Zu diesem Buch

James Onedin, Held aus der gleichnamigen Fernsehserie, hat alles erreicht, was ein tüchtiger Mann auf See nur erreichen kann: Er ist Kapitän, Schiffseigner, Reeder geworden. Er hat durch seine Handelsseglerflotte Reichtümer erworben, und er hat, die Zeichen der Zeit erkennend, sich rechtzeitig umgestellt auf die neuen Dampfschiffe. Er ist ein ungekrönter König auf allen Weltmeeren, und er ist erfahren und gerissen genug, sein Imperium gegen alle Neider und Konkurrenten zu verteidigen. Doch ein maßloses Unternehmen, in das er sein ganzes Geld investiert hat, droht ihm jetzt zum Verhängnis zu werden.

Nach dem Tod von Cyril Abraham, dessen Drehbuch-Co-Autor er war, hat Bruce Stewart die Reihe jetzt fortgeführt. Aus der Serie «Die Onedin-Linie» liegen von Cyril Abraham bereits als rororo-Taschenbücher vor: «Der Kapitän» (Nr. 4127), «Der Reeder» (Nr. 4211), «Auf hoher See» (Nr. 4255), «Die Passatwinde» (Nr. 4314) und «Die weißen Schiffe» (Nr. 4898).

Bruce Stewart

Die Onedin-Linie

Am großen Strom

Roman

Deutsch von Karl-Otto
und Friederike von Czernicki

rororo

Rowohlt

Titel der Originalausgabe
«The Onedin Line: Book 6 The Turning Tide»
Umschlagentwurf Werner Rebhuhn
(Foto aus der Fernsehverfilmung der BBC mit
Peter Gilmore/BBC Copyright photographs)

Veröffentlicht im Rowohlt Taschenbuch Verlag GmbH,
Reinbek bei Hamburg, Juni 1983
«The Onedin Line: Book 6 The Turning Tide»

Satz Bembo (Linotron 404)
Gesamtherstellung Clausen & Bosse, Leck
Printed in Germany
580-ISBN 3 499 15153 7

Der Hurrikan

Ein unbekannter, grüngelber Vogel krächzte hinter ihm aus dem Geäst eines fremdartigen Baumes. Von weit unten, neben der blauen Bucht, stieg ein lautes, rasselndes Geräusch herauf – ein Ton, den man für das Ächzen eines Seglers im Sturm hätte halten können, wenn er nicht bereits als die Musik der seltsamen Eingeborenen dieser exotischen Uferlandschaft erkennbar gewesen wäre.

Für einen Mann, der mehr an die Gleichförmigkeit und das geschäftige Treiben von Liverpool (oder das Blähen weißer Segel und die Befehle des Steuermanns) gewöhnt ist, könnte dieser Ort nie ein Zuhause bedeuten, dachte James Onedin bei sich. Und dennoch ist es ein Ort, wo Kapital ebenso wohlüberlegt wie vielleicht in der Church Street von Liverpool investiert wurde; wo die Natur gezwungen ist, sich ebenso kompromißlos wie auf den Coburg Docks der Industrie zu beugen; wo ein Traum geträumt wurde, um Wahrheit zu werden.

Port Baines. Tiefere Linien zeigten sich neuerdings auf seiner Stirn, seine lederige Haut war von den Jahren in der Sonne tief gebräunt. Captain James Onedin betrachtete nachdenklich die Gebäude, die weit unter ihm am Ufer dicht beieinander standen. Neben ihnen begannen die langen, solide gebauten Anlegestellen, die sich in den schönen, natürlichen Hafen hinauszogen, wo die Schiffe lagen. Am heutigen Tage, da sein Hafen, sein Werk, endgültig für den Handel eröffnet werden würde, waren besonders viele Schiffe in der Bucht. Jedes Schiff der Onedin-Linie lag hier vor Anker, um der neuen Stellung ihres Eigners Reverenz zu erweisen. Dazu kamen Handelsschiffe aller Nationen, die diese Gegend befuhren; sie zeigten ihre Nationalflagge und waren über die Toppen geflaggt. Und schließlich war noch an diesem Morgen ein Kanonenboot der brasilianischen Marine eingelaufen und hatte interessierte Geschäftsleute sowie Regierungsvertreter aus Rio de Janeiro mitgebracht.

James' Blick wanderte von dieser erfreulichen Szene zu den grünen Hügeln, die sich gen Westen erhoben. Ganz oben fiel das Land schroff ab und bildete eine tiefe, nebelige Schlucht. Zwischen den beiden Steilhängen war eine Bogenbrücke errichtet worden. Sie schimmerte in dem klaren, tropisch-heißen Licht.

«Port Baines», murmelte James Onedin vor sich hin. Und er hätte ohne falschen Stolz hinzufügen können: Mein Hafen. Ich allein habe ihn geschaffen.

Ein plötzlich aufkommender leichter Wind strich ihm über das Gesicht, als er sich über den primitiven Pfad auf den Abstieg machte. Das überraschte James, denn der Tag war drückend und windstill gewesen, und wenn er seiner südamerikanischen Gründung einen Nachteil zuschreiben konnte, so war es der, daß die fast zu sehr geschützte Lage des Hafens durch die umgebenden Hügel auch manchmal wünschenswerte Witterungsumschläge fernhielt. Man vermißte die Wechselfälle des Seeklimas. Nur allzuoft mußten seine stolzen weißen Schiffe aufs offene Meer hinausgeschleppt werden, bevor sie Segel setzen und davonfahren konnten.

«Papa», rief eine helle, jugendliche Stimme, «welchen Namen willst du der Brücke geben?»

Eine schlanke junge Frau stand neben ihm und schaute über die Bucht hinweg bis zu der Schlucht hinüber, wo die beherrschende Eisenkonstruktion der Brücke lag. Sie war attraktiv – vielleicht sogar schön – mit ihren dunklen und leuchtenden Augen, und sie gab sich wie eine Frau, der man nicht ansah, daß sie erst sechzehn war. James wunderte sich immer wieder darüber, daß er in seiner Tochter Charlotte im selben Augenblick das Kind erblicken konnte, das er auf den Armen gehalten hatte, und die Frau, die einmal daraus erwachsen würde. Die Frau war Anne, das wußte er: die tote Anne, die er noch immer auf seine zurückhaltende Art betrauerte, obwohl er nun schon seit vier Jahren mit Laetitia Gaunt, der früheren Gouvernante der kleinen Charlotte, verheiratet war.

«Die Brücke», sagte James gedehnt. Sie standen noch ziemlich weit oben auf einem flachen Absatz, wo sich das Gelände ein wenig ausbreitete. In den Jahren, als Port Baines erbaut wurde, hatte es sich James zur Gewohnheit gemacht, allein zu dieser Stelle hinaufzuklettern, um auf sein Werk hinauszublicken – wie Moses, der das Gelobte Land vor sich sieht. Ab und zu hatte er sich jedoch, wegen seines angeborenen Pessimismus, eher wie Napoleon gefühlt, der vor seinem Waterloo stand. Er fragte sich, was Charlotte hier vorhatte. Es mußte für sie ein anstrengender Aufstieg gewesen sein, denn Laetitia bestand darauf, daß sie die weiten Röcke trug, die im Gelände hinderlich waren, obwohl sie sich alle weit abgesetzt von England und der «Zivilisation» befanden.

«Na ja, Brücken werden gewöhnlich nach dem Ort benannt, wo sie errichtet werden, nicht wahr? So ist es mit der Tey Bridge oder der Leith Bridge. Dieser Ort trägt keinen anderen Namen als den, den ich ihm gegeben habe – Port Baines. Infolgedessen ...»

«Ach, bloß nicht Port Baines Bridge!» Charlotte warf den Kopf zurück. Sie hatte lange, rabenschwarze Haare, die in der Sonne bläulich glänzten. «Ich muß schon sagen, wenn hier noch mehr nach Baines benannt wird, wird der arme Mann noch an Größenwahn sterben. Hast du den Captain heute gesehen?» fragte sie mit quirlendem Lachen. Charlotte war ein intelligentes Mädchen; dank Lettys wohlbedachter Schulung verstand sie es, sich im Gespräch von ihrer besten Seite zu zeigen, aber trotzdem sprang sie immer wieder von einem Thema auf das andere über.

«In seinen besten weißen Segeltuchhosen betrachtete er – mit einer funkelnagelneuen Mütze und seinem Jackett – die ganze Anlage, als gehöre sie ihm. Als ich ihm auf der Merseyside begegnete, fuhr er plötzlich einen unglückseligen Seemann an, der eine ausgebrannte Tonpfeife wegwarf, auf seinem Schiff würde er eine solche Ungehörigkeit nicht dulden, und er täte gut daran, den Dreck schnellstens wegzuräumen, sonst könne er noch etwas erleben. Er hält Port Baines für eine Brigantine, die unter seinem Kommando steht.» Sie lachte wieder laut.

Merseyside hieß die Hauptstraße der kleinen Siedlung, die um das Hufeisen der Bucht herumführte. Es war eine vertraute und irgendwie trostreiche Bezeichnung für ein Gemeinwesen, das sich weitgehend aus Auswanderern zusammensetzte. Es gab kaum mehr als ein Dutzend fertiger Gebäude, aber Händler und kleine Geschäftsleute hatten sich im Laufe der Jahre eingefunden, um die Bedürfnisse der Bauarbeiter zu befriedigen. Kein Zweifel: Eine Stadt war im Entstehen. Es gab sogar ein Bürgerzentrum, wo später einmal die brasilianischen Notablen feierlich bewirtet werden würden – ein Gebäude, das von Baines, der zusammen mit James ganze zwei Jahre am Ausbau des Hafens gearbeitet hatte, schon jetzt als das «Rathaus» bezeichnet wurde.

In seiner Moses-ähnlichen Stimmung sah James Onedin hier eine große Stadt mit breiten Prachtstraßen vor sich – eine Rivalin (wer konnte das jetzt schon wissen?) für Rio. Aber als er sich mehr wie Napoleon vorkam, betrachtete er die Brücke über der Schlucht und fragte sich trübsinnig, ob hier vielleicht die Ursache für sein Unglück lag.

«Wir könnten sie Santos Bridge nennen», meinte James. Santos war der nächstgelegene Hafen, obwohl er nicht wie Port Baines ein natürliches Hafenbecken und die Verladeeinrichtungen besaß, die hier noch geschaffen werden mußten. «Es sei denn, wir lassen das alles aus dem Spiel und geben ihr einen ganz anderen Namen. Wir könnten sie sogar ...» Er hatte plötzlich einen Einfall und brach in lautes Lachen aus. «Ja, warum nicht? Du machst dir wegen der Brücke Gedanken. Also könnten wir sie Charlotte Bridge nennen!»

Er umfing die gewaltige Eisenkonstruktion mit einer weitausladenden Handbewegung. Charlotte sah ihn neugierig an und wandte dann den Blick wieder auf die Brücke. James war zunächst erstaunt über ihre offensichtliche Interesselosigkeit, begriff dann aber, daß sie mit einer völlig neuen Idee bekannt gemacht worden war und beschlossen hatte, nicht mit spontaner, mädchenhafter Begeisterung zu reagieren, sondern das Problem lieber kühl abzuwägen. Er freute sich über diesen Wesenszug, denn sie hatte ihn offensichtlich von ihm geerbt.

«Charlotte Bridge ...» sprach sie nach längerer Pause langsam vor sich hin. «Klingt ganz nett, finde ich. Aber werden denn die Leute wissen, warum ...?»

Aufmerksamkeit, vorsichtiges Abwägen: Eigenschaften, die James während seiner ganzen Laufbahn für unabdingbar gehalten hatte. Eigenschaften, die seine Tochter (obwohl sie nicht der Sohn war, auf den er einstmals gehofft hatte) noch lange bewahren würde, wenn sich vielleicht schon herausgestellt hatte, daß er sie alle ins Verderben geführt hatte ...

James' Pessimismus kehrte zurück, als sein Blick wieder auf die eisernen Stützen der Brücke fiel. Die ganze Konstruktion sah eher wie ein Skelett aus, das sich über den Bergeinschnitt hinwegspannte. Es war seine Brücke, die ausschließlich mit seinem eigenen Geld erbaut worden war. Aber die Baukosten hatten ein finanzielles Risiko von einer Größenordnung mit sich gebracht, die ihm ganz neu war. Es würde viele Jahre dauern, bis er seine Auslagen durch die Erhebung des Brückenzolls wieder hereingeholt haben würde; im Augenblick stand er jedenfalls tief in der Kreide. Es war eine Erkenntnis, die nicht geeignet schien, sein Herz zu erleichtern.

Die Brücke war zwingend notwendig gewesen. Port Baines hätte ohne sie einfach nicht existieren können. Güter aus dem reichen Binnenland hätten zwar bis zu der Bergkette oberhalb der Bucht transportiert werden können, aber dort lag dann jener tiefe Einschnitt, der den Höhenrücken von dem zum Meer hin abfallenden Gelände trennte. James hatte zu Anfang gehofft, die brasilianische Regierung würde einen Teil der Baukosten übernehmen, aber obwohl sich Kaiser Dom Pedro II. persönlich mehrmals durchaus positiv geäußert hatte, war letzten Endes jede finanzielle Hilfe ausgeblieben.

Die brasilianische Regierung hatte die Eisenbahnlinie von Curitiba bis zur Küste verlängert und ganz allgemein die Straßenverbindungen verbessert. Als es aber darum ging, derartig hohe Summen Geldes bereitzustellen, hatten andere Überlegungen die Oberhand gewonnen. Ausländische Investitionen waren in Brasilien zwar willkommen, aber der Kaiser war kein Dummkopf. Er war mit Sicherheit nicht gewillt, Geschäftsleute anderer Nationen mit seinem Geld in Positionen zu bringen, die seiner eigenen Machtstellung vorbehalten waren.

«Es ist nett von dir, Papa», meinte Charlotte schließlich. «Ich weiß es zu würdigen, daß du die Brücke nach mir benennen willst. Ich weiß es mehr zu würdigen, als ich es in Worte kleiden kann. Aber dies ist, wie du mir von Anfang an gesagt hast, ein geschäftliches Unternehmen. Vielleicht wäre es deshalb klüger, die Brücke Dom Pedro II. Bridge zu nennen. Oder Ysabel Bridge – nach *seinem* Kind. Das hielte ich gar nicht für schlecht ...»

Meine Tochter, dachte James bei sich. Annes Tochter? Von neuem wurde das vertraute Gesicht der Toten in den Umrissen des Antlitzes vor ihm erkennbar. Ach, Anne, Anne, muß ich in alle

Ewigkeit die Schuld an deinem Tod tragen? Ich weiß, ich habe dich zu Lebzeiten nie stark genug geliebt. Ich weiß, ich ließ dich dein Leben opfern, für mich, ohne daß du einen Lohn verlangt hättest. Aber willst du mich jetzt nicht freigeben und mich meinem neuen Leben überlassen – mit diesem deinem Kind und Letty?

Der Wind kam merkwürdigerweise wieder in Böen, als James und Charlotte den Pfad hinabstiegen. «Wird es regnen?» fragte Charlotte.

«Ich weiß nicht. Die Wolken scheinen sich nicht von der Stelle zu rühren. Aber über dem Boden kommt es immer wieder zu einzelnen Windstößen. Merkwürdig.» Und dann fragte er sie: «Kommst du oft hier in die Berge? Ich wußte gar nicht, daß du gern einmal etwas auf eigene Faust unternimmst.»

«Nicht so wie du, Papa. Und nicht so oft.» Also teilte sie sein Bedürfnis, sich gelegentlich in die Einsamkeit zurückzuziehen. Lag das im Blut? «Aber manchmal tue ich es, um die Indianer zu sehen.»

Er runzelte die Stirn. Charlottes Interesse an den Mestizen, die hier die einheimische Bevölkerung bildeten, bereitete James einige Sorge. Er hielt nicht viel von Vorurteilen, war aber der Meinung, daß sich die beiden Kulturen besser aus dem Wege gehen sollten: die der Mestizen mit ihrer steinzeitlichen Lebensform und die der Europäer, die sich auf Grund ihres technischen Fortschritts bemühten, an dieser Küste eine moderne Welt zu errichten. Als er zum erstenmal hierhergelangte und den Entschluß faßte, Port Baines zu gründen, hatte ein Stamm unten an der Bucht gelebt. Mit Freundlichkeit, aber auch mit Beharrlichkeit hatte er die Menschen zum Umzug auf höher gelegenes Gelände bewegt; er hatte neue Unterkünfte für sie gebaut, hatte sie mit Geschenken und Waren entschädigt und ihnen ihre wertvollen Fischereirechte garantiert. Jetzt kamen sie nur noch herunter, um ihre Netze in der entfernten Ecke der Bucht auszulegen oder vielleicht um sich als Dienstpersonal der inzwischen fest ansässigen Siedler zu verpflichten. Es gab eine junge Indianerin in dem Haus, das James für sich und Letty gebaut hatte. Sie war es, die als erste Charlottes Interesse an dem Volksstamm geweckt und ihr mancherlei Geschichten erzählt hatte.

«Hast du gewußt, daß die Mestizen Mischlinge sind?» wollte Charlotte wissen und stieß einen kleinen Schrei aus, als sie auf dem

Steilhang ins Rutschen kam. «Sie stammen von frühen Verbindungen der Spanier und Portugiesen mit den echten Indianern ab. Der alte Macedo hat mir das gestern erzählt. Er ist der Anführer der Indianer, weißt du. Ich lerne jetzt einige Worte ihrer Sprache. Die Mestizen gerieten angesichts des europäischen Lebensstils so aus der Fassung, daß sie zu ihren primitiven Gewohnheiten zurückkehrten. Deshalb fingen die Europäer an, in ihnen nichts als reine Indianer zu sehen – und sie zu versklaven ...»

Charlotte stolperte und wäre fast zu Boden gestürzt, aber James ergriff ihren Arm, um sie vor dem Fallen zu bewahren.

«Ich finde, dies ist das Schrecklichste von allem», stieß Charlotte hervor. «Daß es in diesem Lande noch immer Sklaverei gibt. Und das in unserem Zeitalter! Es widerspricht den Verfügungen des Kaisers und den Grundsätzen der Kirche. Aber sie hält sich noch immer. Sklaverei ...»

James Onedin wußte nur zu gut, daß die Sklaverei in Brasilien noch praktiziert wurde. Die diesbezüglichen Sitten und Gebräuche waren seinerzeit eine große Versuchung für ihn gewesen. Während der Bauzeit hatten sich die Arbeitskräfte als außerordentlich kostspielig erwiesen, und nachdem er etwa ein Jahr hindurch den Wanderarbeitern, die er herangezogen hatte, immer höhere Löhne zahlen mußte, hatte er sich gefragt, ob er sich nicht, wie es angeblich die Siedler im Landesinneren taten, auf andere Weise eine Gruppe billiger Arbeitskräfte zulegen sollte. Von den Behörden war anscheinend kein Einschreiten zu erwarten, solange man nicht allzuviel Aufhebens davon machte. Was James schließlich von diesem Schritt abbrachte, war das plötzliche und überraschende Auftauchen eines britischen Kriegsschiffes, das ein brasilianisches Sklavenschiff in brasilianischen Hoheitsgewässern aufgebracht und seine Freigabe abgelehnt hatte, solange den Sklaven nicht offiziell ihre Freiheit zugestanden worden war.

Plötzlich erhob sich eine Staubwolke von der ungepflasterten Straße vor ihnen und nahm ihm die Sicht. «Ich verstehe dieses Wetter nicht», sagte er hustend zu Baines, der neben ihm ging. Die beiden Männer näherten sich den Schleppern und Baggern, die seine Schwester Isabel und die Frazer Company bei Beginn des

Ausbaus von Port Baines zur Verfügung gestellt hatten. Isabel war jetzt mit dem in den Adelsstand erhobenen Daniel Fogarty verheiratet und lebte mit ihm und ihrem Sohn William in Australien, wo Daniels nicht unbeträchtlicher Besitz lag. «Dunkle Wolken hoch oben am Himmel, die sich kaum von der Stelle rühren, aber Böen in Bodennähe. Ich kann mich an solche Wetterlagen nicht erinnern.»

Und dann begann es zu regnen.

Baines hob sein breites Gesicht zum Himmel. Die dicken Tropfen, die zuerst nur vereinzelt fielen, durchnäßten seine neue Jacke und die weißen Segeltuchhosen. «Habe so etwas erwartet», bemerkte er gleichgültig. «Schon bei Tagesanbruch habe ich einen Sturm gerochen. Ich glaubte zuerst, ich träumte bloß, wieder auf See zu sein. Aber ich habe es gerochen, genauso wie ich vor vielen Jahren den Sturm gerochen habe, der der alten *Orphir* zum Verhängnis wurde. Es gibt Zeiten, wo man es in der Nase hat, was auf einen zukommt.»

«Die alte *Orphir* ging unter, weil sie in ein Tropengewitter geriet», meinte James. «Aber jetzt liegen keinerlei derartige Anzeichen vor.»

«Es fing damals genauso an», sagte Baines leise. «Der Wind erzeugte weiße Schaumkronen auf dem Wasser, aber in der Takelage war kein Lufthauch zu spüren.»

Sie suchten eiligst einen Unterschlupf, als der Regen an Stärke zunahm. Das wilde Toben der See konnte Baines nicht vergessen, dachte James bei sich. Er muß immer daran denken, wie ihm damals das Kommando entzogen wurde, und jetzt fürchtete er, daß ihm auch noch der endgültige Triumph mit diesem Hafen streitig gemacht werden könnte. James empfand plötzlich ein gewisses Mitleid für Baines, als sie gemeinsam in einem behelfsmäßigen Schuppen Zuflucht suchten, der in der Nähe der Dampfkräne, die für die Verladeeinrichtungen des Hafens aufgestellt worden waren, errichtet worden war. Er und der hünenhafte Seebär waren alte Gefährten, zuerst als Kapitän und Steuermann, dann als Reeder und Kapitän. Und jetzt waren sie – was eigentlich? Partner? Schicksalsgefährten?

Der Ausbau von Port Baines hatte für Baines ebensoviel wie für James bedeutet. Baines hatte sich sehr gefreut, als James den Vorschlag machte, den Hafen nach ihm zu benennen. Dann hatte ein gewisser Besitzerstolz ihn ergriffen, und er war an Land geblieben, um mit James die drei Jahre dauernden Planungsarbeiten zu teilen, die zur Errichtung der Hafenanlagen notwendig waren. Für James war alles ein geschäftliches Unternehmen – für Baines wurde der Hafen in gewissem Sinn zum Höhepunkt seines Lebens. Hier stand sein Name, deshalb lag hier auch sein Arbeitsplatz, und eines Tages wollte er hier zur letzten Ruhe gebettet werden. So entstand ein sauber abgezirkelter Kreislauf und nicht nur eine sinnlose gerade Linie, die sich wie ein Garn ausspinnen ließ. «Die ganzen feinen Herren sind dort unten im Rathaus», murmelte Baines wenig glücklich vor sich hin. «Bin gespannt, wie sie das Wetter überstehen werden.»

Sein ungewöhnlich eleganter Anzug hatte durch den Regenguß erheblich gelitten.

«Irgend jemand wird die Leute vor dem Regen schon in Sicherheit bringen, keine Sorge.» James grinste breit. «Und Sie sehen prächtig aus, Mann! Ein kleiner Regenguß kann unserer Planung nichts anhaben. Ich bin fest entschlossen, auf Sie als den lebenden Schutzherrn von Port Baines einen Toast auszubringen, und Sie werden dann die Antwortrede halten. Sobald der Regen aufhört, gehen wir zum Rathaus.»

«Dort draußen», sagte Baines. «Schauen Sie dort hinaus!»

Er wies mit einem Kopfnicken hinüber zu den Klippen hinter der Bucht, die jetzt durch den Regenvorhang nur noch undeutlich zu sehen waren. Riesige Wogen türmten sich wie Seeungeheuer auf und donnerten mit zunehmender Geschwindigkeit auf das Hafenbecken zu. Der Seegang war so gewaltig, daß er zu riesigen grünen und weißen Gischtwolken zerbarst, als das Wasser mit ungeheurer Kraft gegen die Felswände schlug.

«Die alte *Orphir* war die schönste Brigg, die ich je geführt habe», meinte Baines nachdenklich. «Wenn Schiffe eine Seele haben, dann hatte sie es nicht verdient, daß ihr diese Seele auf jene Art und Weise aus dem Leib gerissen wurde. Haushohe Wogen, ein Aufbäumen von wenigen Stunden ... und dann war sie nur noch ein Gerippe. Ein Gerippe an einer fremden Küste. Wenn das geschieht, stirbt auch im Menschen irgend etwas, Captain Onedin», schloß James'

Schicksalsgefährte und blickte unverwandt zu den Klippen hinaus. «Und sein ganzes Leben lang kommt ihm der Anblick dieses Gerippes nicht aus dem Sinn ...»

James wurde gegen den Mangobaum geschleudert und klammerte sich an den Stamm, um einen Halt zu finden. Der Sturm war jetzt genau über ihnen und riß die Rinde von den Bäumen; er schleuderte Äste, Erdreich, Sand und alles, was lose herumlag, hoch in die Luft. Es war fast so dunkel wie in der Nacht geworden. James hatte gerade die Stadthalle verlassen, wohin er sich in Begleitung von Baines unter großen Schwierigkeiten begeben hatte. Sie hatten die brasilianischen Notablen und die übrigen Gäste aus dem Handelswesen in einem panikartigen Zustand vorgefunden.

«Senhor Capitão, Senhor Capitão», hatte ein rundlicher Portugiese in nasser und beschmutzter Uniform gejammert und dabei mit den Armen herumgefuchtelt. «Wo, bitte, gibt es in diesem wunderbaren Port Baines, das Sie so großartig erbaut haben, einen Schutz vor den Elementen? Betrachten Sie nur die Wände dieses – äh – Rathauses. Sie geben nach. Sie schwanken hin und her. Und das Dach, *Senhor* – wird es über unseren Köpfen bleiben, glauben Sie das, oder wird es einstürzen und, bevor wir noch zur Jungfrau Maria beten können, über unseren unglückseligen Häuptern zusammenbrechen und uns alle ohne Gnade vernichten?»

James gab Befehl, daß die aufgeregte Menge aus dem gefährdeten Gebäude in die Gräben geführt wurde, die für die künftigen Lagerhäuser ausgehoben worden waren. Dort mochte es zwar naß sein, aber es bestand wenigstens keine Einsturzgefahr. Dringende Fragen, Forderungen und Proteste umschwirrten ihn in mindestens fünf Sprachen.

Die in der Bucht liegenden Schiffe tanzten wie groteske Korken an ihren Ankerketten auf dem Wasser – wie Spielzeugschiffchen an einer Schnur. Während er sich mit Mühe den Weg am Wasser entlang bahnte, hörte er das unheilvolle Krachen und Aneinandermahlen von Schiffsplanken, als zwei Schiffe kollidierten, und hatte gerade noch Zeit zu dem Gedanken: ‹Gott im Himmel – ist das eines meiner Schiffe?›, bevor ihn der Orkan wegen eines solch impertinenten Gedankens erfaßte, hochhob und praktisch ins Wasser warf.

Eine der langen, solide gebauten Piers erzitterte und ächzte, als er sich verzweifelt bemühte, an ihr vorbeizukommen. Nein, betete er instinktiv und dachte an die mühevolle Arbeit, die sie hatten leisten müssen, um die erforderlichen Fundamente anzulegen, laß bitte die Piers bestehen, verschone sie, erspar mir das. Hinter ihm stieß jemand einen Schrei aus – ob aus Entsetzen oder Verzweiflung, wußte er nicht, es war ihm auch einerlei. All seine Gedanken richteten sich jetzt auf das Haus, das er gebaut hatte, und auf Charlotte und Letty.

Das Haus stand auf einer kleinen Anhöhe an der Westseite der Bucht. Hier waren nicht so viele Bäume gefällt worden, da dieses Gebiet als Wohnviertel vorgesehen war. Die riesigen *mongubas*, die stehengeblieben waren, schienen wild um sich zu schlagen, als wären sie von Dämonen besessen. James hatte sie unbedingt erhalten wollen, als er die Arbeitskräfte zum Bau der aus Ziegeln bestehenden Hazienda eingesetzt hatte, aber jetzt wirkten sie wie teuflische Ungeheuer aus der Unterwelt. Ein dicker Bananenbaum brach wie ein dünner Zweig zusammen und fiel mit Donnergetöse vor ihm über den Weg. Er sprang darüber, rannte stolpernd auf die langgezogene Veranda des Hauses zu und rüttelte an der schweren Eingangstür.

«Letty!» schrie er. «Letty, um Himmels willen!»

Die Tür gab von seinen Schlägen nach und öffnete sich knarrend. Er war überrascht, daß sie nicht verriegelt gewesen war. Er stürzte ins Innere des Hauses. Irgendwelche Gegenstände fielen zu Boden; der Riegel mußte also durch die Sturmböen gelockert worden sein, und jemand hatte anscheinend vergeblich versucht, Stühle und anderes Mobiliar auf der Innenseite der Tür zu stapeln, um sie gegen den Sturm zu sichern. Ein Fensterladen hing nutzlos an seinen Angeln vor dem Hauptfenster, und der Sturm heulte bis in den Raum hinein.

«Letty ...!»

Sie erschien und umklammerte eine Stehlampe aus rotem Glas, die sie, wie er wußte, von ihrer Mutter geerbt hatte und die ihr stets besonders am Herzen lag. Ihr schmales Gesicht war bleich und abgespannt; über dem rechten Auge hatte sie einen kleinen Bluterguß. Sie hatte sich in den Innenraum zurückgezogen, weil sie hoffte, die dicken Wände würden sie schützen. Sie war verängstigt, bemühte sich aber, nicht nachzugeben.

«Hast du sie gefunden?» rief sie. Ihre Stimme klang heiser, und sie blickte mit wilden Augen um sich. «Hast du sie gefunden?»

«Wen gefunden?»

«Charlotte! Ich bin vor Sorgen schon fast verrückt geworden. Sie ist verschwunden, James! Wohin ist sie gegangen? Wohin ...?»

James starrte seine Frau an. Die Verzweiflung betonte noch ihre kantigen Gesichtszüge. Letty war nie eine Schönheit gewesen; die Heirat war nicht so sehr aus reiner Zuneigung, sondern eher aus Zweckmäßigkeit zustande gekommen. «Willst du damit sagen, daß Charlotte nicht hier ist?» fragte er ungläubig. «Wohin ist sie gegangen?» Plötzlich überkam ihn sinnlose Wut. «Großer Gott, Frau, was hast du dir dabei gedacht, als du sie bei einem solchen Unwetter ins Freie gelassen hast?»

War denn Letty nicht immer noch die Gouvernante des Kindes? Bildete sie sich etwa ein, daß sie durch die Ehe von den einfachsten Aufsichtspflichten entbunden worden sei? «Ich habe die ganze letzte Stunde nichts weiter getan, als in der ganzen Siedlung, soweit es ging, die Luken dichtzumachen! Es ist ein Hurrikan, Letty! Ein irrsinniger Orkan! Es wird Tote geben, bevor noch der Tag zu Ende ist. Das kann ich dir sagen – wenn meine Tochter durch deine Nachlässigkeit ...»

«Ich konnte sie nicht aufhalten», warf Letty mit lauter Stimme ein. Sie schien am Rande eines hysterischen Anfalls zu stehen, und Tränen traten ihr in die Augen. Sie war offenbar zu lange allein im Haus gewesen, und dabei hatte ihre Angst in demselben Maße zugenommen, wie sich der Sturm zum Orkan gesteigert hatte. «Sie ist jetzt erwachsen und hört nicht mehr auf mich, wenn ich sie zurechtweise, so wie sie es früher als Kind getan hat. Sie hört einfach nicht mehr, James! Sie *wollte* gehen! Wegen der Indianer, sagte sie –»

«Der Indianer ...»

«Sie wollte sich vergewissern, daß ihnen nichts zugestoßen sei; denn wer kümmert sich sonst um sie dort oben in den Bergen, sagte sie. Ich versuchte es ihr auszureden und erklärte ihr, die Indianer wüßten sich bei ihrer Naturverbundenheit viel besser zu schützen als wir alle, aber Charlotte ...»

«Gott im Himmel!» Ein Wutanfall, so unbezähmbar wie der draußen tobende Sturm, brach aus James heraus. «Mein Kind! Du hast mein Kind wegen dieser verdammten Indianer hinausgehen lassen ...» Er bebte förmlich vor Zorn, was sonst nie bei ihm vorkam. Wenn das ganze Haus in diesem Augenblick über ihm eingestürzt wäre, hätte er weitergeredet und aus seinem Herzen keine Mördergrube gemacht. Wer war eigentlich diese Frau, die da vor ihm stand? Was war sie gewesen, bevor er ihr die Ehe und eine gesicherte Zukunft angeboten hatte? «Ich werde nicht dulden, daß du dich einfach über meine Wünsche hinwegsetzt, Letty! Du weißt, wie ich zu Charlottes Interesse an den Eingeborenen stehe. Ich habe es dir oft genug gesagt. Aber trotzdem bestehst du hartnäckig ...»

«Unsinn, James, hör auf damit! Hör auf, mir Vorwürfe zu machen!» schrie sie zurück; auch sie hatte jetzt die Wut gepackt. «Ich weiß, ich habe dir nie viel bedeutet, aber es ist gemein von dir, mich so zu hassen. Gemein!»

«Dich zu hassen?» Trotz des um ihn herum tobenden Unwetters, trotz des beißenden Regens, den er noch auf dem Gesicht fühlte, war er schockiert. «Wovon redest du denn, um alles in der Welt?»

«O ja, ich weiß, ich bin nicht deine über alles geliebte Anne», brachte sie unter Tränen heraus. «Das weiß ich ganz genau. Ich habe von Anfang an gewußt, daß ich es nie würde sein können.» Sie warf ihm einen bösartigen Blick zu. «War das der Grund, warum du mich geheiratet hast?» wollte sie wissen. Bitterkeit lag in ihrer Stimme. «Weil auch du gewußt hast, daß ich mit Sicherheit versagen würde? Weil du jemanden brauchtest, der dich in deiner Furcht bestätigen würde, daß alles Lebenswerte für dich dahin war – alles, außer Annes Geschenk an dich ... Charlotte ...?»

Der Sturm drang mit Urgewalt in den Raum, packte eine Kommode und stürzte sie um, als wäre sie aus Stroh. Die verzweifelte Letty merkte es kaum. Und trotzdem, dachte sich James, mußte ihr dies ganz besonders nahegehen. Die Vernichtung ihrer kostbaren ‹Sachen›. Alle diese aus der alten Welt stammenden Möbel und Kunstgegenstände, auf deren Mitnahme sie von Anbeginn an bestanden hatte, falls sie ein Heim in der Wildnis einrichten sollte. Letty war die Sklavin ihrer Gesellschaft und von deren Konventionen.

«Wir sind nicht sehr glücklich geworden, James, findest du nicht auch?» fragte sie. «Ich habe dich nicht glücklich gemacht, wenn du so willst. Aber hast du denn versucht, mich glücklich zu machen? Hast du dich jemals darum bemüht? Ich wurde lediglich in deinen Haushalt aufgenommen und über meine Pflichten informiert. Du hast mich über die halbe Welt geschleppt, als dir klar wurde, daß du mich hier brauchen würdest. Aber brauchst du mich wirklich, James?» Wieder war Bitterkeit in ihrer Stimme. «Oder bloß jemanden, der sich um Charlotte kümmert ...?»

Sie war also eifersüchtig. Eifersüchtig auf seine Tochter. Der Wind heulte durch das Zimmer. Und er begriff, daß sie recht hatte, daß er ihr in den wenigen Ehejahren nur selten Freude bereitet hatte. Und wieder fielen ihm ihre scharfen und kantigen Züge auf. Anne, Anne. Warum hast du sterben müssen? Warum muß gerade diese unglückselige Frau die schlimmsten Folgen tragen?

«Ahoi!» Es war ein gewaltiger, widerhallender Schrei, der noch das Heulen des Sturms übertönte. «Captain Onedin, Sir!» James stürzte zum offenen Fenster. Draußen war in dem Unwetter eine kleine Personengruppe zu erkennen. Zu ihr gehörte auch die mächtige Gestalt von Baines. Die anderen drei waren Mestizen, und sie trugen eine leblos scheinende Gestalt.

«Ich wußte, daß Sie hier sein würden», schrie Baines gegen den Wind. «Ich bringe schlimme Nachrichten, Sir. Miss Charlotte – sie ist verletzt!»

James rannte hinaus und war sich nur undeutlich bewußt, daß Letty ihm atemlos auf den Fersen blieb. Er dachte bloß noch an den Tag, als Anne starb und er sich wütend darüber geärgert hatte, jetzt ein schwächliches Mädchen versorgen zu müssen. Ihm kam außerdem ins Gedächtnis zurück, wie Laetitia Gaunt als Gouvernante in seinem Haus erschien und ihm allmählich beigebracht hatte, der Tochter, die seine Frau ihm geschenkt hatte, Liebe entgegenzubringen. Und jetzt hatte sich das Blatt gewendet. Letty war an einem Punkt angelangt, wo sie anfing, sich gegen Charlotte zu stellen; und er hatte entdeckt – ja, Gott stehe ihm bei, aber so war es –, daß ihm seine Tochter wichtiger war als die Frau, die er geheiratet hatte.

«Wir tragen sie besser hinein, Sir», rief Baines, als James auf die Gruppe zugerannt kam. «Ich hatte noch Glück, diesen Leuten hier zu begegnen. Sie hätten bestimmt nicht gewußt, wohin sie sich wenden sollten. Sie ist jetzt bewußtlos. Aber vorher hat sie Blut gespuckt ...»

James hörte Letty einen Schrei unterdrücken, während er auf das aschfahle, reglose Gesicht seines Kindes hinabsah.

«Wie?» fragte er. «Wie ...?»

«Kann ich wirklich nicht sagen, Sir.»

«Die da ...?» James fuhr herum und sah die Mestizen an – schattenhafte Gestalten, die in ihren Ponchos und breiten Hüten wie vom Wind zerzauste Vogelscheuchen aussahen. Sein Gesichtsausdruck wurde plötzlich ausgesprochen böse. «Bei Gott, wenn ich herausfinde, daß einer von diesen Kerlen irgend etwas damit zu tun gehabt hat ...»

Einer der Indianer sprach einige unverständliche Worte. Er hatte offenbar begriffen, was James gesagt hatte, antwortete aber in seiner Muttersprache. Baines, der ein Gefühl dafür besaß, was andere Menschen ausdrücken wollten, ohne die in fremder Zunge ausgesprochenen Worte tatsächlich zu verstehen, nickte kurz. «Sie sagen, sie sei hinaufgestiegen, Sir, dort oben auf die Anhöhe. Dann habe der Wind sie plötzlich gepackt, und sie sei ausgerutscht. Das Gebüsch habe sie aufgefangen, sonst wäre sie bis zum Meer abgestürzt.»

Er zeigte auf die Berge, wo James vorher mit Charlotte gewesen war. James' Augen wanderten zu dem Felsvorsprung, wo sie gestanden und sich über die Eisenbrücke, die die Schlucht überspannte, unterhalten hatten. Dann war ihm plötzlich, als unterliege er einer Sinnestäuschung. Die Brücke schien zu zittern.

Aber dann kam ihm wie ein Donnerschlag zum Bewußtsein, daß es keine Täuschung war. Die Brücke, die robuste und feste Brücke, die Port Baines mit dem reichen Binnenland verband, bebte in ihren Fundamenten. Sie schwankte hin und her.

Es war unglaublich. Er verbannte für den Augenblick alle Gedanken an Charlotte und starrte nur noch auf die große Eisenkonstruktion, die immer stärker zu erschauern schien. Die Brücke schwankte wie ein Rohr in dem heulenden Orkan. Dann begann sie sich langsam zu heben und wie ein Streichholz zu knicken; die Stützpfeiler lösten sich aus ihren Widerlagern an den Wänden, und die aus ihren Lagerungen gerissenen Einzelteile fielen auf den Boden der Schlucht hinab. In Sekunden, die ihm wie qualvolle Stunden vorkamen, wurde aus der Brücke, seiner Brücke, die mit seinem Geld erbaut worden war, ein sinnloses Gewirr von Metalltrümmern, die sich unten in der alles überwuchernden Vegetation auftürmten.

Als das Krachen sie auf der Veranda des Bungalows erreichte, klang es wie eine ferne, auf seltsame Weise langandauernde Explosion. Und der zutiefst erschütterte James Onedin konnte nur noch an zweierlei denken: Meine Tochter, Annes Kind, ist diesem mörderischen Orkan vielleicht zum Opfer gefallen. Und ich bin vernichtet. Ich bin an diesen Felsen gescheitert und untergegangen.

Lady Isabel

Lady Isabel Fogarty betrachtete das vertraute Wohnzimmer und nickte. Hier hatte sich nichts verändert. Die Möbel befanden sich zwar noch unter ihren Schonbezügen, aber sie erkannte deutlich ihre hohen Abbotsford-Stühle, die an dem gewohnten Platz standen, den Flügel in der Ecke und einen merkwürdigen, unförmigen Gegenstand, den sie für die Kredenz aus Nußbaum hielt, die sie immer so geliebt hatte.

Draußen hinter den breiten Fenstern hoben sich die Villen des Price's Boulevard scharf gegen einen Gott sei Dank grauen Himmel ab. Isabel freute sich über die trübe Witterung. Sie hatte in der letzten Zeit zuviel blauen Himmel und Sonnenschein ertragen müssen. Sie konnte sich an Vormittage in dem geräumigen Haus erinnern, das Daniel in dem eleganten Balmain-Viertel von Sydney erworben hatte; beim Aufwachen hatte sie ein Stoßgebet zum Himmel gesandt, daß, wenn sie schon aufstehen müsse, die Sonne an diesem Tag nicht aufgehen würde. Die Hitze hatte natürlich auch etwas Gutes – und wenn sie ehrlich war, mußte sie zugeben, daß ihr Ehemann Daniel hohe Temperaturen ebenso gut vertrug wie ihr Sohn William, aber Nebel, Dunst und dunkle Wolken schienen ihr auf geheimnisvolle Weise ein Gefühl der Geborgenheit zu bieten, und kühler Regen war ihr lieb und wert geworden. Es war schön, wieder in Liverpool zu sein.

Die rundliche Haushälterin, die sie während ihrer Abwesenheit in Australien behalten hatte, damit diese ein Auge auf das Haus hielt, das einstmals zum Besitz der Familie Frazer gehört hatte, begrüßte sie mit einem Knicks. «Verzeihung, Mylady – wollen Sie, daß der Tee heute hier serviert wird?»

«Nein, Mrs. Eccles, diesen Raum werde ich vorläufig nicht wieder eröffnen. Übrigens auch nicht das große Eßzimmer. Bis auf weiteres werde ich alle Mahlzeiten im Frühstückszimmer einnehmen.»

«Heißt das, Mylady … ich wollte sagen, wegen der Schlafzimmer ... soll ich oder soll ich nicht ...» Die plumpe kleine Frau schien in Schwierigkeiten geraten zu sein.

«Was ist los, Mrs. Eccles?»

Mrs. Eccles holte tief Atem. Zu den Nachteilen ihrer Stellung gehörte die Tatsache, daß sie nie genau wußte, was sie eigentlich hätte wissen müssen. Aber diese Frau, die hier vor ihr stand, war von Geburt an kaum an das Leben der Aristokratie gewöhnt. Sie war bis zu ihrer Eheschließung mit dem erst kürzlich in den Adelsstand erhobenen Sir Daniel Fogarty lediglich Mitglied einer Kaufmannsfamilie gewesen – wohlhabend zwar, aber nichts Besonderes. Deshalb sollte sie ihr eigentlich mehr Verständnis entgegenbringen. «Ich – ich habe mich nur gefragt, Mylady ... wann Sir Daniel zurückkommt.»

«Sir Daniel wird nicht zurückkommen», erklärte Isabel kurz angebunden. «Die Geschäfte halten ihn leider im fernen Australien fest. Es ist jedoch möglich, daß Master William in einiger Zeit wieder hier ist. Ja, das ist durchaus möglich.» Sie schien über diesen Punkt eine Weile nachzudenken. «Ich werde es Sie rechtzeitig wissen lassen. Im Augenblick brauchen wir jedoch kein zusätzliches Dienstpersonal einzustellen, Mrs. Eccles. Ich werde nicht viele Gesellschaften geben.»

Mrs. Eccles knickste wieder und ging. Während sich Isabel noch einmal im Wohnzimmer umsah, stiegen die Schatten der Vergangenheit vor ihr auf. Sie sah Elmer Frazer in seinem Lieblingssessel vor dem Kamin sitzen; Elmer, der vor seinem frühzeitigen Tod ihr Ehemann gewesen war und mit seinem Vater, dem Eisernen Jack, die gutgehende Frazer Steamship Company gegründet hatte. Sie erinnerte sich an den Empfang, den sie gegeben hatte, als auch der Eiserne Jack gestorben war; bei dieser Gelegenheit war sie auch von den unbeugsamen Geschäftsleuten Liverpools, die das Testament des Verstorbenen kannten, schließlich in ihren Kreis aufgenommen worden. Sie sah ihren Bruder James, der um Unterstützung für sein Vorhaben in Südamerika warb, was damals etwas ganz Neues war; sie sah ihren anderen Bruder Robert, der auf Grund seines Kaufhauses schließlich zu gewissem Einfluß gelangt war; und sie sah Daniel Fogarty – Daniel, der als reicher Mann in ihr Leben zurückgekehrt war und großen Wert darauf legte, als Vater des Kindes anerkannt zu werden, das sie Jahre zuvor von ihm empfangen hatte ...

«Schön, Daniel Fogarty», sprach Isabel in die Leere, «vielleicht hatte ich recht, Mitleid mit dir zu empfinden, vielleicht auch nicht. Aber wenn du mich nur deshalb geheiratest hast, um die Kontrolle über meinen Sohn zu gewinnen, dann laß dir gesagt sein: Damit hast du dich verrechnet. So verrechnen sich meistens die Menschen, wenn sie es mit mir zu tun bekommen. Menschen wie Chiara Santa», fügte sie leise und geheimnisvoll hinzu. «Chiara Santa ...»

«... deshalb ist er vermutlich ruiniert», erklärte Mr. Tupman mit einer Erregung, die seiner sonstigen geschäftsmäßigen Art fremd war. «Völlig ruiniert.»

«Um Gottes willen», meinte Robert. Sein untersetzter Körper füllte den Lehnsessel, in dem er saß, völlig aus. Sein gutgehendes Warenhaus hatte ihn in mancherlei Hinsicht zu einem bedeutenden Geschäftsmann gemacht.

«Sie übertreiben doch sicherlich, Mr. Tupman», meinte Isabel lächelnd. Sie ließ sich, wenn es um Geld ging, nie aus der Ruhe bringen.

Sie saßen in dem Kontor der früheren Salt Line, wo jetzt die Onedin Line Ltd. eingezogen war. Bevor er sich zum Ausbau eines Hafens nach Südamerika begeben hatte, war dieses Kontor von James nach seinen persönlichen Wünschen eingerichtet worden. Die ganze Einrichtung spiegelte Energie, Fleiß und Zielstrebigkeit wieder. Er war ein großer Mann. Im Augenblick aber schien er ein Mann zu sein, den das Glück im Stich gelassen hatte.

«Ich wünschte, es wäre eine Übertreibung, Lady Isabel», meinte Mr. Tupman mit besorgtem Stirnrunzeln. Tupman, James' Hauptbuchhalter, war älter geworden und sah merkwürdigerweise weniger bedeutend aus. Es war Isabel schon früher aufgefallen, daß es Menschen gibt, die weniger eindrucksvoll wirken, je höher sie steigen. In dieser Beziehung war Tupman das Gegenteil von Robert.

«Aber im Augenblick kann man einfach nicht sagen, wieviel er verloren hat. Die Baukosten für die Brücke sind noch nicht wieder hereingekommen, müssen Sie wissen. Ich war von Anfang an gegen die Errichtung dieser Brücke», stöhnte Tupman, der die Narretei eines von ihm so verehrten Arbeitgebers zutiefst beklagte. «O ja. Auf seine eigenen Kosten. Unerhört! Die Brücke mußte natürlich gebaut werden, aber die brasilianische Regierung hätte zur Übernahme eines Teiles der Baukosten veranlaßt werden müssen. Dazu gehörte Fingerspitzengefühl und viel Geduld. Wenn Captain Onedin einen Fehler hat», verkündete Mr. Tupman wie ein Oberlehrer, der die Vorzüge und Fehler eines alten Schülers aufzählt, der aus unverständlichen Gründen in die Hände der Polizei gefallen ist, «dann ist es der, daß er sich einbildet, er könne freihändig alle Probleme nur mit seinem Geschäftsgeist lösen. Er ist ein Unternehmer – ein Spieler auf dem Handelsgebiet. Ich will ihm daraus keinen Vorwurf machen», setzte Tupman eiligst hinzu. «Ich will nur darauf hinweisen, daß dieselben Eigenschaften, die ihn zum Erfolg geführt haben, ihn auch ins Verderben bringen können.»

«Ich frage mich, warum James überhaupt einen neuen Hafen errichten wollte», meinte Isabel nachdenklich. «Er hat sich über diesen Punkt nie klar ausgedrückt. Bevor ich nach Australien abreiste, habe ich ihn sogar noch gefragt, ob es ihm um mehr gehe als nur um die Ausweitung seines Unternehmens. Ob er plane, einen ganz neuen Geschäftszweig zu eröffnen. Gewissermaßen einen Einmann-Colonial-Service.»

«Isabel», warf Robert mißbilligend ein. In James' Kontor war es kalt. Er hatte in seinem Warenhaus bewiesen, daß ausreichende Beheizung die Grundlage für Ertrag und Profit darstellte. «Mister Tupman hat uns heute hier zusammengerufen, um uns zu sagen, daß die Familie vor einer ernsten Situation steht. Vor einer wirklich sehr ernsten Situation. Von ihr ist nicht nur James betroffen, sondern ebenso auch du und ich.»

«Meine Interessen konzentrieren sich hauptsächlich auf die Frazer Company, die ich für William so lange verwalte, bis er großjährig geworden ist», entgegnete Isabel.

«Mag sein. Aber du besitzt dennoch fünfzehn Prozent der Onedin Line Limited, ebenso wie ich.»

«Aber Daniel hat auch Anteile an der Frazer Company», fuhr Isabel stirnrunzelnd fort. «Ja. Eine Beteiligung, die er nicht aufgeben will. Ich finde das merkwürdig. Ich habe ihm gleich zu Beginn unserer Ehe gesagt, es habe keinen Sinn, diese Anteile zu behalten, da er auf seine Geschäfte in Australien festgelegt sei. Ich habe sogar angeboten, ihn auszuzahlen. Aber er wollte darauf nicht eingehen.»

«Was hat das mit dem vorliegenden Fall zu tun?» warf Robert gereizt ein. Er hatte keine Ahnung, warum seine Schwester überhaupt wieder in England war, statt an der Seite ihres Ehemanns zu bleiben, wohin sie gehörte. «Mister Tupman», fragte er den Angestellten, «können Sie uns zu diesem Zeitpunkt ungefähr sagen, in welcher Größenordnung sich die Verluste von James bewegen?»

«So einfach ist das Problem leider nicht, Mister Onedin», antwortete Tupman ungerührt. «Die Einbußen, die er in Port Baines erlitten hat, sind zwar erheblich und Anlaß zu großer Sorge. Aber es besteht außerdem das Problem, wie er seine Zahlungsverpflichtungen hier in England erfüllen kann.»

«Zahlungsverpflichtungen? Was für Zahlungen?»

«Zahlungen an die Banken, die für ihn gebürgt haben», sagte Tupman. Schlechte Nachrichten beunruhigten ihn zweifellos, aber in der Stellungnahme zu trüben Prognosen behielt er stets die Fassung. «Das Vorhaben in Südamerika hat Captain Onedin letzten Endes beträchtlich mehr gekostet, als er veranschlagt hatte. Insbesondere diese Brücke. Er hat mich deshalb angewiesen, hier Kredite aufzunehmen, damit er seine Planung zum Abschluß bringen könne. Hohe Kredite aufzunehmen – ja, das war der Ausdruck, den er gebrauchte –, ohne Rücksicht auf die Kosten.»

«Er wollte also eine Kolonie gründen», meinte Isabel kopfnikkend. «Er wollte ein Empire gründen ...»

«Isabel, bitte!» Robert konnte ihren Gedankengängen einfach nicht folgen. Und die Kälte im Kontor machte ihm zu schaffen.

«Die gesamte Gesellschaft ist verpfändet», fuhr Tupman fort. «Die Geldgeber sind – äh – gemolken worden, um die notwendigen Mittel bereitzustellen. Und jetzt müssen wir uns natürlich mit diesem Dilemma auseinandersetzen.»

«Schön – aber wie?» Robert war bemüht, das Gespräch in praktische Bahnen zu lenken.

«Ich weiß es noch nicht.» Tupman hatte früher einmal Anwalt werden wollen, und er hatte auch das Zeug dazu, denn er besaß ein ausgeprägtes Fingerspitzengefühl für schwierige Situationen. Er nahm ein Telegramm, das auf seinem Schreibtisch lag, in die Hand. Es war eines von vielen, die er in den letzten Tagen erhalten hatte. Es lautete unverblümt:

BERGUNGSOPERATIONEN NOTWENDIG VIER SCHIFFE GESUNKEN ZWEI SCHWER BESCHÄDIGT BRÜCKE VOLLKOMMEN ZERSTÖRT PORT BAINES IN TRÜMMERN CHARLOTTE VERLETZT ONEDIN.

«Es klingt außerordentlich beunruhigend wegen Miss Onedin», murmelte Tupman pflichtschuldigst. «Ja, außerordentlich.»

«Wie schwer ist sie denn verletzt?» fragte Isabel angstvoll. Auch sie machte sich hierüber die meisten Sorgen.

«Bedauerlicherweise habe ich keine genauen Einzelheiten, Lady Fogarty. Im Augenblick weiß ich nur, daß Miss Onedin in aller Eile nach São Paulo transportiert wurde, wo sie ärztlich versorgt werden soll. Um aber jetzt zu diesen – äh – materiellen Fragen zurückzukehren ...»

Tupman legte das Telegramm wieder auf den Tisch, lehnte sich in seinem Stuhl zurück, warf die Lippen auf und legte seine langen Finger zusammen. Der Juristenstand würde nie erfahren, was für ein Naturtalent ihm in Gestalt von Mr. Tupman entgangen war. «Wenn Schulden einer bestimmten Größenordnung bestehen, müssen Guthaben vorhanden sein, um sie abzudecken», erklärte er, «sonst können die Geschäfte nicht fortgeführt werden. Wenn derartige Aktiva verschwinden – oder, wie in diesem Falle, unvermutet zerstört werden – kann man die Lage als ... als ...»

Plötzlich kam Robert zum Bewußtsein, daß es nicht die kühle Herbstluft war, die für die Kälte im Zimmer verantwortlich war. Das Frösteln war von ganz anderer Art. Ein Gespenst streckte die knochige Hand nach ihnen allen aus, und auf seiner Stirn stand das häßliche Wort BANKROTT geschrieben.

Die Droschke holperte quietschend und knarrend über die Water Street, die kaum zu den schönsten Straßen der Stadt gehörte. Viele Pflastersteine waren tief eingesunken und verliehen der Oberfläche das Aussehen eines Schlachtfeldes. «Ich weiß nicht, was wir tun sollen», bemerkte Robert nun schon zum zehntenmal. «Ich kann einfach nicht sehen, was wir tun sollen.»

«Schön, mein lieber Robert», gab ihm Isabel mit einer gewissen Schärfe zurück. In dem engen Innenraum saß sie dicht an ihn gedrückt. «Wenn du es nicht weißt, hat es auch keinen Sinn, in lautes Wehklagen auszubrechen.»

Der Wagen erlitt einen besonders schweren Stoß, so daß sie noch härter gegeneinander gedrückt wurden. Isabel machte sich mit einem ungeduldigen Aufschrei von ihm frei. Robert war wirklich dicker geworden. Es war absurd. Robert seinerseits warf einen Blick auf seine Schwester. Sie hielt sich aufrecht wie immer, und hinter dem Fenster, das ihren Kopf wie ein Rahmen umgab, zog eine graue Geschäftswelt vorbei – Lagerhäuser, aufgestapelte Kisten und Fässer, hin und wieder ein abgemagertes Pferd, das an einem Trog stand.

«Bist du eigentlich überhaupt nicht erschüttert, um alles in der Welt?» fragte er.

«Ich mache mir sehr große Sorgen um Charlotte. Sie ist schließlich meine Nichte, und ich fühle mich in gewissem Sinne für sie verantwortlich. Aber ich nehme an, daß sich Letty ihrer annehmen wird, wie sie es von Anbeginn an getan hat. Ich muß schon sagen, ich bewundere Letty», fügte Isabel nachdenklich hinzu. «Als Gegenleistung für ein gesichertes Leben als verheiratete Frau hat sie eingewilligt, das Kind einer anderen zu erziehen. Nicht als Gouvernante, wohlgemerkt, sondern als Mutter. Das ist nicht einfach. Ich bin nicht sicher, ob ich so etwas tun könnte.»

Robert runzelte die Stirn. Er konnte Isabel oft nicht mehr verstehen. Die Ehe war ein Vertrag auf Gegenseitigkeit, so wie er die Sache sah, und die Frauen bekamen dabei sowieso den Löwenanteil. «Warum ist Daniel nicht mit dir zurückgekommen, Isabel?» fragte er unvermittelt.

Isabel lächelte fein. «Wenn ich jetzt mit dir in dein Haus zurückgehe», sagte sie, «werde ich dann Gelegenheit haben, mit Sarah zu sprechen? Seit meiner Landung haben wir höchstens ein paar Worte gewechselt.»

«Warum ist Daniel nicht mit dir zurückgekommen?» fragte Robert beharrlich. «Gibt es Unstimmigkeiten?»

«Was für Unstimmigkeiten?»

«Du weißt genau, was ich meine.» Robert war plötzlich verlegen. Er war für derartige Gespräche nicht geeignet. Trotz bester Absicht benahm er sich in Situationen, die Zartgefühl verlangten, unweigerlich wie der Manager eines großen Warenhauses, der eine nachlässige Verkäuferin zur Rechenschaft zieht. «Die Ehe ist nichts als Mühsal und Kummer. Schön, darüber braucht sich niemand zu schämen. Du mußt lediglich den Tatsachen ins Auge sehen – und entsprechend handeln.»

«Zwischen dir und Sarah steht es anscheinend nicht zum besten, lieber Robert?» fragte Isabel katzenfreundlich.

«Ich rede nicht von mir und Sarah! Ich spreche von dir und Daniel Fogarty.»

«Daniel hat seine Probleme», erwiderte Isabel mehrdeutig, «und ich habe die meinigen.»

Isabel blickte aus dem Fenster der Droschke hinaus. Ein Teil der Dockanlagen war jetzt zu sehen, und sie erkannte die Sparren und Rahen einer Brigantine, die über die niedrigen schwarzen Pieranlagen hinausragte. Das Segel war nicht tot; keineswegs, trotz all der ‹Kohlenpötte›, die zur Zeit bei Frazer auf den Werften gebaut wurden. James war immer dieser Meinung gewesen und hatte recht behalten.

Sie konnte sich hinsichtlich ihrer Rückkehr nach England natürlich auf die langfristigen Interessen der Frazer Company und von William berufen. Auch Daniel hatte eingesehen, daß sie Verpflichtungen in dieser Hinsicht hatte. Es hatte keinen Streit gegeben; im Gegenteil – Daniel hatte ihr beigepflichtet, daß es schwierig, wenn nicht sogar gefährlich sei, ein Unternehmen aus einer Entfernung von zwölftausend Meilen zu führen. «Und ich komme schon allein zurecht, Isabel», hatte er ihr mit einem breiten Lächeln versichert. «Du brauchst dir wirklich keine Sorgen zu machen. Tue das, was du tun mußt, und versuche, dir etwas Abwechslung zu gönnen. Nimm dir so viel Zeit, wie du brauchst.»

Aber war sein Einverständnis nicht vielleicht doch zu bereitwillig gekommen? Hatte er sein Lächeln um einen Bruchteil zu schnell aufgesetzt? Isabel hatte während der nicht enden wollenden Seereise von Australien nach England mißmutig über diese Unwägbarkeiten nachgegrübelt. Sie mußte zugeben, daß sie ganz gern eine Zeitlang von Daniel getrennt war; die ständige körperliche Nähe, die das Eheleben mit sich brachte, hatte bei ihr zu Problemen geführt. Vielleicht wäre es anders gewesen, wenn William mit ihr hätte zurückkehren wollen.

William. Sein Gesicht trat ihr oft vor die Seele. Er war mit seinen achtzehn Jahren inzwischen zu einem jungen Mann herangewachsen, der selbständig zu denken verstand und über ein eigenes Vermögen verfügte. Daniel hatte ihn auf großzügige Weise finanziell abgesichert, da es ihm offenbar darauf ankam, William für die Jahre zu entschädigen, in denen er sich um seinen Sohn nicht gekümmert hatte. Aber vielleicht steckte noch mehr dahinter. Isabel konnte sich nicht erklären, warum sich in Australien bei ihr der Eindruck verstärkt hatte, daß Daniel sie nicht um ihrer selbst willen, sondern nur deshalb geheiratet hatte, um die Erziehungsberechtigung über ihren Sohn zu gewinnen.

Australien war für Isabel im allgemeinen kein großer Erfolg gewesen. Sie hatte Daniel ursprünglich auch gar nicht begleiten wollen, als dieser sagte, er müsse dorthin zurück. Und dann waren die anstrengende Seereise, das heiße Klima und die neue Umgebung dazugekommen. Australien war, obwohl es eine britische Kolonie war, ganz anders als England. Daniels Erhebung in den Adelsstand hatte ihm in der oberen Gesellschaft von Sydney natürlich ein hohes Ansehen verschafft. Aber für Isabel brachte dieser Umstand nur zusätzliche Probleme. Sie hatte nicht nur ihre Unabhängigkeit eingebüßt, sondern sah sich plötzlich in der Rolle einer Ehefrau, die als Gastgeberin auftreten und gegenüber einem zusammengewürfelten Haufen ziemlich erbärmlicher Leute sich charmant geben mußte. Gegenüber Leuten wie Chiara Santa.

«Wir werden unsere Anteile verkaufen müssen», erklärte Robert unvermittelt und drängte Isabel mit seinem massigen Körper in die Ecke der Droschke. «Solange sie noch etwas wert sind. Ja. Es hat keinen Sinn, sie noch so lange zu behalten, bis der große Krach kommt. Damit helfen wir auch James nicht.»

«Aber wie wollen wir denn James helfen?» fragte Isabel, aus ihren Träumereien aufgerüttelt. Chiara Santa. Der Name klang eigentlich eher wie eine Weinsorte. Aber wenn die Opernsängerin ein Wein gewesen wäre, hätte sie einem sehr schlechten Jahrgang entstammen müssen.

«Kann man ihm überhaupt helfen?» fragte Robert mürrisch. Verlust von Geld und Ansehen in der Geschäftswelt war für ihn etwas Schreckliches. Der Tod war vielleicht noch schlimmer, aber nur um ein geringes. «Er hat sich alles selbst zuzuschreiben. James hat nie auf andere Leute gehört – nie in seinem ganzen Leben. Wollte auch nicht auf Tupman hören, als es um diese verdammte Brücke ging. Wir haben ihm die Wahrheit gesagt, aber er hat alle Ratschläge ignoriert. Die ganze Sache war von Anfang an ein Hirngespinst.»

«Er bildete sich ein, eine Stadt zu errichten. Etwas Größeres und Besseres als alles, was er bisher geschaffen hat. Etwas Dauerhafteres. Etwas, was immer noch da sein würde, auch wenn all die weißen Schiffe im Schiffahrtsregister längst verschrottet wären oder auf dem Grunde des Meeres lägen ...»

Eine wunderschöne Singstimme, kein Zweifel. Die Australier, die einen solchen Kunstgenuß lange hatten entbehren müssen, waren natürlich hingerissen. Die charmante Sängerin aus Mailand. Die italienische Nachtigall ...

«Was redest du da die ganze Zeit, daß James eine Kolonie oder so etwas gründen will?» fragte Robert in gereiztem Tonfall. «James hat nie etwas anderes im Sinn gehabt, als möglichst viel Geld zu verdienen. Das war der Grund für ihn, Port Baines zu bauen. Er hatte bestimmt nicht im Sinn, sich zum König der Kannibalen-Inseln auszurufen oder etwas anderes, woran du zu denken scheinst.»

«Aber warum hat er dann nicht einfach jemand anderen hingeschickt, um den Hafen zu errichten? Warum ist er nicht hiergeblieben, um die Geschäfte von hier aus zu führen? Das wäre vernünftiger gewesen. Es war wirklich zu vertrauensselig, Mister Tupman so lange die Geschäftsführung zu überlassen – so tüchtig er auch sein mag. Nein, Robert. James fuhr nach Südamerika, um sich mit Haut und Haaren diesem Vorhaben zu verschreiben. Es ging ihm um mehr als nur um Geld. Es ging ihm um seine Entschlußfreiheit. Jene Art von Entschlußfreiheit, die den Frauen in unserer Gesellschaft nur vor oder zwischen Eheschließungen zugestanden wird – wie ich es am eigenen Leibe erfahren habe. Frauen können sich ihr Schicksal nicht aussuchen, wie es James getan hat. Es wird ihnen aufgezwungen.» Das Theatre Royal in Sydney hatte sich zu Chiaras Stimme in strahlendem Glanz dargeboten. Wie hatte sie ihre Rolle in der ‹Traviata› gesungen! Und als sie auf den Treppenstufen, mit dem großen Leuchter in der Hand, hinabgeschritten war, waren ihr die herrlichen Töne des *‹Caro nome›* wie Perlen von den Lippen getropft. Hatte sie den Blick nicht lächelnd direkt auf die Loge gerichtet? Auf die Loge, in der Isabel im Hintergrund neben einem gelangweilten William saß und Daniel, ihr Ehemann, sich wie gebannt nach vorn über die Brüstung lehnte?

«Ich verstehe es nicht.» Robert schüttelte den Kopf. Das Rütteln der Droschke verstärkte noch das Beben seiner schlaffen Wangen. «Daß ausgerechnet James so dumm sein konnte. Er ist erledigt!»

«James ist nicht erledigt!» Isabel war auf eigenartige Weise fest davon überzeugt. «Wie kannst du so etwas sagen?»

«Es geht hier nicht um Tausende von Pfund, Isabel, es geht um Hunderttausende. Ich habe den Voranschlag damals gesehen, und ich kenne die Größenordnungen, in denen er denkt. Es hat ihn nur mehr gekostet, als er dachte. Armer James. Er wird nie wieder auf die Beine kommen.»

‹Nie› ist eine lange Zeit, tröstete sich Isabel. Mit etwas Unternehmungsgeist und gutem Willen ... Sie merkte plötzlich, daß sie James unter allen Umständen helfen wollte. Daß sie es sich sogar eine Menge kosten lassen würde. Sie begriff nicht ganz warum – aber es kam ihr sofort zum Bewußtsein, daß hierbei eine gewisse Verbindung mit Daniel bestand. Daniel, der früher einmal James hatte ruinieren wollen, und zwar aus Rache für altes Unrecht. Daniel, der jetzt in der neuen Welt Australiens allgemein beliebt war, der auf die Unvoreingenommenheit und die Begeisterungsfähigkeit der dortigen Bewohner und auf die Gastspiele italienischer Opernsängerinnen so bereitwillig einging ...

Es ist eigentlich merkwürdig, kam Isabel Fogarty plötzlich in den Sinn, daß ich meinen Mann dieser neuen Welt von Sydney ganz ohne Gewissensbisse überlassen habe. Auch dieser italienischen Sängerin. Und das sieht mir gar nicht ähnlich. Wirklich nicht.

Lady Isabel Fogarty lernte die *Lady Isabel* an einem trüben regnerischen Nachmittag kennen, als keine von beiden besonders gut aussah.

«Dort ist sie, Mylady», strahlte Hindle, der ältliche Werftmeister, und zeigte mit seinem Stock auf den schwarzen Metallrumpf, der sich über der Helling erhob. «Hübsch wie aus einem Bild.» Er hatte eigentlich sagen wollen ‹hübsch wie Sie, wenn Sie sich für einen Ball herausputzen› oder ein ähnliches Kompliment, aber man wußte nie, wie diese Leute, die es zu etwas gebracht hatten, reagieren würden. Ganz besonders fühlte sich der alte Hindle nicht ganz sicher bei dieser jungen Frau, die jetzt die Leitung der Firma, für die er arbeitete, übernommen und das nächste Schiff nach ihrem eigenen Namen hatte taufen lassen. Er erinnerte sich an den Tag, als sie zum erstenmal auf diese Werft gekommen war – am Arm des jungen Master Elmer, Gott sei seiner Seele gnädig. Damals war sie noch ein junges Mädchen gewesen, das mit weit aufgerissenen Augen die Röcke hinter sich hergezogen hatte, aus Angst, sich die Kleider zu beschmutzen. Klein Lizzie Onedin.

«Sie ist anders als die anderen Dampfschiffe, die wir hier gebaut haben, Mister Hindle», bemerkte Isabel und warf einen fachkundigen Blick über das neue Schiff. «Was hat sie für eine Tonnage?»

«Zweitausendsechshundert Tonnen, Mylady.»

«Das ist nicht viel. Und sie ist so schmal.»

«Das kommt der Geschwindigkeit zugute. Sie wird elf Knoten laufen, würden Sie das für möglich halten? Und dazu noch ohne Rücksicht auf das Wetter. Bei Flaute wird sie nicht einfach herumliegen, während die Besatzung auf den leisesten Windhauch hofft, so wie es bei den Klippern der Fall ist. Das gilt besonders für diesen neuen Suezkanal, hat man mir gesagt.»

Hindle war bereits ein Veteran in der Dampfschiffahrt. Er hatte sein ganzes Leben auf der Frazer-Werft zugebracht; er hatte die ersten Erfolge des Eisernen Jack und von dessen Sohn Elmer, aber auch deren Rückschläge und Fehlkalkulationen miterlebt; und er hatte sich in den Hafenkneipen den Hohn und das hämische Gelächter der betrunkenen Segelschiffsmatrosen gefallen lassen müssen. Jeder, der für die Frazers arbeitete, mußte gelegentlich mit Spott rechnen. Zuerst wurde über die Dampfschiffe nur gelacht. Aber jetzt konnte er auf die Tatsache hinweisen, daß ihre ‹Kohlenpötte› im Jahr drei- bis viermal so viele Reisen wie ein Segelschiff durchführen konnten, wodurch sie drei- bis viermal soviel Fracht beförderten und den Reedern drei- bis viermal soviel Gewinn einbrachten.

«Was für Maschinen hat sie?» Obwohl sie mit dem Herzen noch immer an den stolzen weißen Segelschiffen hing, interessierte sich Isabel naturgemäß für das Unternehmen, das sie für ihren Sohn sachkundig weiterführte. Wenn man die Hindles dieser Welt für sich gewinnen wollte, mußte man auch etwas vom Fach verstehen.

«Dreizylindermaschinen, Mylady. Das ergibt – warten Sie einen Augenblick – achtzehnhundert Pferdestärken. Wir haben auch den Kohleverbrauch erheblich gedrosselt. Sie wird auf hoher See pro Tag nicht mehr als fünfundzwanzig Tonnen verbrauchen.»

Isabel erinnerte sich, daß die Familie Frazer in Lancashire auch ein Kohlebergwerk besaß. Damit war auch dieses Problem gelöst. «Für wen wird sie gebaut?» fragte sie.

Hindle schüttelte sein ergrautes Haupt. «Ursprünglich war sie für die Reederei Penninsular and Oriental bestimmt. Aber diese trat vom Vertrag zurück; sie braucht größere Schiffe. Sieht so aus, als wolle sie ins Geschäft mit den neumodischen Kühlschiffen einsteigen. Ob das eine Zukunft hat, Mylady?» Hindle wartete die Antwort nicht ab, sondern fuhr fort: «Die *Lady Isabel* wird deshalb ein Trampschiff werden. Aber ein gutes.»

«Ein Tramp ...?»

«Verzeihung, Mylady.» Hindle schluckte betreten. Man vergaß manchmal, daß sich die Leute, die jetzt nach oben gekommen waren, durch den neuen Slang der Seefahrt beleidigt fühlen könnten.

«Mir ist eben der Ausdruck unbekannt.»

«Er ist erst vor kurzem aufgekommen», erklärte Hindle eilfertig. «Damit ist ein Dampfschiff gemeint, das nicht im Linienverkehr eingesetzt wird, sondern überall dahin fährt, wo es Fracht erwarten kann. Wirft eine Menge Geld ab, Mylady. Zucker, Weizen, sogar Baumwolle – es gibt Zeiten, wo so viel von diesem Zeug von einem Ende der Welt zum anderen zu transportieren ist, daß ein Eigner besser daran ist, wenn er seine Schiffe die Häfen aufs Geratewohl anlaufen läßt, statt sich an bestimmte Routen und Zeitpläne zu halten.»

«Na schön», meinte Isabel nachdenklich und schaute weiter zu dem dunklen Schiffsrumpf mit den schlanken Schornsteinen hinüber, «die *Lady Isabel* ist fix und fertig herausgeputzt und weiß nicht, wohin sie gehen soll.»

«Es ist noch kein Termin für den Stapellauf festgesetzt. Aber sie wird schon einen Käufer finden, keine Sorge.» Hindle deutete ihre Anspielung als Ausdruck des Besitzerstolzes. «Auf der Welt werden

Dampfschiffe jetzt so dringend gebraucht, daß die Leute schon sagen, wir sollen sie als Meterware herstellen, Teile abschneiden, die Stücke vorn und hinten vernieten und nach Kundschaft Ausschau halten.» Hindle kicherte geräuschvoll. Lady Isabel blieb ernst. Das war nun einmal so bei den Leuten, die nach oben gekommen waren: kein Sinn für Humor.

«Wir werden die *Lady Isabel* so bald wie möglich vom Stapel lassen», verfügte Isabel und lächelte freundlich. «Ich werde die Taufe persönlich vornehmen, sobald Sie den Zeitpunkt für günstig halten. Und ich werde das Schiff auf seiner Jungfernreise begleiten.»

«Großer Gott!» Für den alten Hindle kam das alles etwas zu plötzlich. «Jungfernreise? Sie wollen die Jungfernreise mitmachen? Und wohin?»

«Nach Südamerika», erwiderte Isabel unbekümmert. «Ich finde, es ist Zeit, daß Staaten wie – na, sagen wir, Brasilien endlich merken, was für ausgezeichnete Dampfschiffe wir jetzt in England bauen.»

«Brasilien? Warum Brasilien?»

«Einfach aus Werbegründen.» Isabel schien der Alte in seiner Verwirrung leid zu tun. «In Brasilien geschieht eine ganze Menge, Mister Hindle», erläuterte sie. «Es gibt dort einen riesig langen Küstenstreifen, der gute Geschäftsaussichten bietet. Dann haben die Leute dort einen gewaltigen Strom, den sie erst kürzlich für die Schiffahrt geöffnet haben: den Amazonas. Man hat mir erzählt, daß er stellenweise so breit ist, daß man auf ihm wie auf hoher See navigieren muß.»

«Aber es gibt dort keine Kohle», warf Hindle ein. «Das hat immer zu Schwierigkeiten mit Südamerika und Dampfschiffen geführt.»

«Gewiß, das könnte sich als Nachteil erweisen», räumte Isabel ein, ohne die Katze aus dem Sack zu lassen. Mr. Tupman hatte klugerweise vorläufig darauf verzichtet, über Port Baines eine offizielle Erklärung abzugeben. Er wollte erst einmal die weitere Entwicklung abwarten. Solange die notwendigen Zahlungsverpflichtungen eingehalten werden konnten, würde kein Verdacht aufkommen. Erst wenn kein Bargeld mehr zur Verfügung stand, würde es zu Schwierigkeiten kommen. «Aber wenn wir ihr Interesse wekken, werden sie bestimmt Kohle in größeren Mengen aus den Vereinigten Staaten importieren. Zu ihrer Beförderung wären dann *unsere* Schiffe notwendig. Guten Tag, Mister Hindle. Ich habe noch viel zu tun. Vielen Dank, daß Sie mir gezeigt haben, daß auf der Werft alles zum besten steht.»

Der alte Hindle kratzte sich die Backe, als sie sich umdrehte und davonging. Sie war irgendwie ein Original, Klein Lizzie Onedin. Viele waren der Meinung, daß sie nur deshalb die Geschäftsleitung übernommen hatte, weil der Eiserne Jack zum Schluß nicht mehr ganz klar bei Verstand gewesen sei. Aber sie hatte gute Arbeit geleistet, wenn man davon absah, daß sie mit ihrem neuen Ehemann für eine Weile nach Australien gefahren war. Die Geschäfte gingen nicht schlecht. Aber diese Sache mit Brasilien ... Der alte Hindle seufzte. Im schlimmsten Fall könnte sie wenigstens eine Ladung Nüsse mit zurückbringen. Für diese bestand kurz vor Weihnachten sicherlich eine große Nachfrage ...

Und Lady Isabel Fogarty, die sich mit Vorsicht einen Weg durch das Gewühl der Werftanlagen bahnte, war plötzlich klargeworden, warum sie ihren Gemahl der neuen Welt von Sydney (mit ihren italienischen Sängerinnen) überließ und warum sie ihrem Bruder James helfen wollte.

Sie mußte wieder zu einem inneren Gleichgewicht kommen. Sie war zu lange eine unabhängige Frau gewesen, um sich jetzt mit der bescheidenen Rolle einer Hausfrau abfinden zu können. Und sie wollte nicht tatenlos zusehen, daß jemand unterging, der, wie James, ein so großartiges Vorhaben in Angriff genommen hatte. Eine neue Stadt zu errichten, wo es vorher überhaupt nichts gegeben hatte. Eine neue Siedlung zu gründen. Sie wußte, daß dies sein Ziel gewesen war. Und sie wollte ihn gerade deshalb nicht fallenlassen. Sie wollte verhindern, daß er durch diesen neuen Schicksalsschlag oder durch seine alten Feinde ruiniert würde.

Verbotene Fracht

«Sie haben gute Arbeit geleistet, Baines», sagte James Onedin in dem etwas kleinlauten Tonfall, den er sich angewöhnt hatte, seit ihn der schwere Schicksalsschlag getroffen hatte. «Eine bessere Arbeit, als ich für möglich gehalten hätte. Sie haben mehr geleistet, als ich und meinesgleichen mit Recht hätten erwarten können. Aber ...» seine Stimme klang einen Augenblick so, als wolle er sich entschuldigen, «ist das Schiff denn seetüchtig?»

Baines runzelte die Stirn und machte ein mürrisches Gesicht. Er hatte etwas gegen diese neuartigen Selbstzweifel bei Captain Onedin. Seiner Meinung nach hatten Männer wie James – trotz aller Schicksalsschläge – fest auf der Brücke zu stehen, Kommandos trotz des heulenden Orkans zu geben und dafür zu sorgen, daß er und seinesgleichen die Befehle ausführten. Merkwürdig war, daß sich das Verhältnis zwischen ihnen beiden im Grunde nie geändert hatte – dabei spielte es keine Rolle, daß Baines jetzt als Kapitän ein eigenes Schiff führte und James nur der auf Profit erpichte Eigner war, der, wie die Zyniker behaupteten, an Land saß, von der Arbeit anderer Menschen lebte und sein Geld zählte.

Schön, das Vermögen war geschrumpft. Baines verstand so etwas nicht ganz, aber er hörte Gerüchte, daß James Onedin und die Onedin Line erledigt seien. Weg vom Fenster. Und das alles nur wegen der Verwüstungen in Port Baines. Der Captain habe sich zuviel vorgenommen, und seine Versicherungen würden niemals den schrecklichen Schaden decken. Der hünenhafte, ergraute Seefahrer schüttelte trübsinnig den Kopf und schaute auf die Bucht hinaus. Port Baines. Irgendwie hatte er das Gefühl, daß auch er sich zuviel vorgenommen hatte. Er hatte seinen Namen für ein Vorhaben hergegeben, an das sich die ganze Menschheit später noch erinnern würde. Ihm war, als hätte er sich von einem gewöhnlichen Sterblichen in einen festen Punkt auf der Landkarte verwandelt. Hochmut kommt vor dem Fall.

«Das Schiff dort wird Sie zu Ihrem Bestimmungshafen bringen, wohin Sie wollen, keine Sorge, Captain», brummte Baines und wies mit einem Kopfnicken auf das schwer angeschlagene Schiff in der Bucht. «Ich habe bei dem Besan nicht viel tun können, deshalb müssen wir auf günstiges Wetter hoffen. Aber die Masten und Spieren sind noch so solide wie eh und je, und außerdem haben wir ein neues Oberbramsegel, das von einem der gesunkenen Schiffe gerettet werden konnte. Die Schäden am Vorderschiff sind unerheblich.»

«Und die Besatzung ...?»

«Es hat Tote gegeben», antwortete Baines ruhig, «und Schwerverletzte. Wir haben für alle getan, was wir konnten. Uns bleiben etwa ein Dutzend einsatzfähiger Seeleute, und diese täten nichts lieber, als das Schiff wieder auf die offene See zu steuern. Ich habe ihnen gesagt, daß eine solche Fahrt mit Sicherheit keine Vergnügungsreise sein wird. Aber die Seekarten, die ich von der brasilianischen Marine bekommen habe, bevor diese das Wrack ihres Kanonenbootes abschleppen konnte, zeigen an der ganzen Küste gute Durchfahrten und sichere Buchten.»

Gute Durchfahrten. Sichere Buchten. Aber konnte eine Bucht jemals sicher sein? James und Baines standen vor den zerstörten Piers am Ufer und schauten zur *Neptune*, Baines' Schiff, hinaus. Wie durch ein Wunder war sie das einzige Fahrzeug, das sich jetzt noch in einigermaßen seetüchtigem Zustand befand. Trotz der Beschädigungen zeigte sie noch immer ihre stolze Linienführung – ein herzerfrischender Anblick. In Richtung auf die offene See sah es dagegen sehr unerfreulich aus. Trümmer zerstörter Schiffe trieben neben Masten ohne Takelage und Rahen auf dem Wasser und ragten merkwürdig verwinkelt aus einer jetzt wieder beruhigten See heraus. Es waren die Leichen einstmals lebensvoller Schiffe, die der Orkan vor sich hergetrieben und unbarmherzig versenkt hatte.

Wenn man aber landeinwärts blickte, sah man eine Verwüstung, die einer Schilderung aus der Bibel würdig gewesen wäre. Das Rathaus, jenes eitle und törichte Prunkstück, war zu einem Haufen zerbrochener Bretter und Dachsparren zusammengesunken. Die Wohnhäuser, unter ihnen auch James' Hazienda, waren fast ganz zerstört, und ihre dicken Wände (die die unerträgliche Hitze abhalten sollten) waren angeschlagen und vor dem Zusammenbrechen.

Die hohen Bäume und Palmen waren entweder wie riesige Streichhölzer geknickt oder wirr gegeneinander geschleudert worden. Und unten in der Schlucht bot sich ein Anblick, den niemand längere Zeit ertragen konnte: ein riesiges Gewirr aus Metallteilen und Trümmern, die jegliche Form verloren hatten – da gab es keinen Träger und keine Stütze, die noch als solche erkennbar waren oder vielleicht noch hätten verwendet werden können. Dort unten in der Schlucht herrschte das Chaos.

«Wollen Sie noch einmal nach São Paulo fahren, bevor wir ablegen, Sir?» fragte Baines respektvoll. «Ich könnte uns vielleicht besser bevorraten, wenn ich noch ein paar Tage Zeit hätte, mich umzusehen und festzustellen, was sich hier noch finden läßt. Die Vorräte liegen überall verstreut herum.»

«Ich fahre nicht wieder nach São Paulo», entgegnete James in ruhigem Ton. «Wir laufen mit der Morgenflut aus.»

«Aber vielleicht wollen Sie Mrs. Onedin und Miss Charlotte noch ein letztes Mal sehen, bevor sie nach Norden fahren.» Baines zuckte verlegen die Schultern. «Wir könnten längere Zeit unterwegs sein.»

«Mrs. Onedin wird schon allein zurechtkommen», erwiderte James, dem man plötzlich die innere Spannung anmerkte. «Sie ließ sich durch das Unglück nicht aus der Ruhe bringen. Ich würde mindestens zwölf Tage, vielleicht sogar zwei Wochen brauchen, um nach São Paulo zu gelangen und wieder zurückzukommen. Was hat es für einen Sinn, so viel Zeit zu vergeuden? Für Miss Charlotte ist das Menschenmögliche getan worden. Ich habe mit den Ärzten persönlich gesprochen. Das würde mich nur aufhalten. Ich muß mich jetzt um andere Dinge kümmern. Ich muß meine Verluste wieder wettmachen. Die Bücher müssen ausgeglichen werden.»

Die gespenstische Reise nach São Paulo mit Charlotte und Letty trat ihm wieder vor die Seele. Nach dem Orkan stand sofort fest, daß Charlotte dringend in ärztliche Behandlung überführt werden mußte. Aber nicht ein einziges Schiff in der Bucht hatte sich in einem Zustand befunden, der es erlaubt hätte, sie nach Santos zu transportieren, von wo aus die Weiterfahrt nach São Paulo, wo sich das einzige Krankenhaus befand, möglich gewesen wäre. James war am Ende seiner Weisheit gewesen, bis ihm die Mestizen zu

Hilfe gekommen waren. Dieselben Mestizen, die gewußt hatten, wie man einen solchen Orkan überleben kann – wie Letty vorhergesagt hatte –, sie hatten erfahren, daß Charlotte das Leben für sie aufs Spiel gesetzt hatte, und wollten sich dafür jetzt erkenntlich zeigen. Es war eine Ironie des Schicksals, die der von Sorgen gequälte James erst später voll zu würdigen verstand.

Charlotte spuckte wieder Blut, als der harte Eselskarren sie querfeldein zum Ausgangspunkt der Eisenbahn brachte. Ihre Rippen waren gebrochen, und ein Knochenstück war in die Lunge eingedrungen. Kein Zug war da, denn der Betrieb nach Port Baines war noch nicht aufgenommen worden; sie mußten zwei ganze Tage warten, bis ein Zug zurückbeordert werden konnte. Die Fahrt in dem Viehwagen, an der auch die Indianer teilnahmen, wurde erst recht zur Qual. Als Charlotte schließlich in ärztliche Pflege kam, war sie mehr tot als lebendig. Aber die Ärzte erklärten, die Verletzungen seien nicht lebensgefährlich und Charlotte werde nach einer längeren Erholungspause wieder völlig genesen.

James wollte sich aus Dankbarkeit bei den Mestizen für deren aufopfernde Hilfe erkenntlich zeigen und ihnen eine Belohnung geben. Aber sie waren verschwunden. Als sie mit Sicherheit wußten, daß Charlotte nicht sterben würde, hatten sie sich unbemerkt wieder davongemacht. Nur Letty war noch da. Und nach den Verheerungen des Unwetters wurde ihm plötzlich wieder klar, welche Kälte zwischen ihm und Letty herrschte.

«Für Miss Charlotte wird alles Menschenmögliche getan», wiederholte James verbissen. Er durfte jetzt wirklich nicht in Gefühlsduselei versinken. Es gab für ihn Wichtigeres zu tun. Die Sanierung seines Unternehmens war beinahe ebenso wichtig wie das nackte Leben, denn es kam weder für James Onedin noch für seine Angehörigen in Frage, sich mit einem Leben in Armut und Schande abzufinden. Er mußte deshalb seinen Zahlungsverpflichtungen in England nachkommen, um die ganze Sache mit seinem Bankrott zu verschleiern. Er mußte wieder ein Vermögen machen, oder doch wenigstens einen beträchtlichen Teil seines bisherigen Kapitals, und zwar auf einem Wege, der in diesen Breiten gangbar erschien ...

«Ich habe für Mrs. Onedin in São Paulo ein Haus gekauft. Sie wird sich dort um Miss Charlotte kümmern, bis ich zurück bin. In einer Familie», erklärte James mit Entschiedenheit, «ist es Sache der Frau, sich des Hauses und aller derjenigen anzunehmen, die darin wohnen; der Mann muß in die harte Welt hinausgehen und so viel Geld verdienen, daß die Familie davon leben kann. Ohne welches die Familie nicht leben kann.» Er sprach diese Worte mit besonderem Nachdruck aus, als wollte er vor aller Öffentlichkeit erklären, wo für ihn die Prioritäten lagen.

Baines verstand von diesen Dingen nur wenig. Er war sein ganzes Leben hindurch der Ehe aus dem Weg gegangen und war froh darüber. Als er aber wieder zur *Neptune* hinübersah – der braven, tapferen *Neptune*, die alles verkörperte, was er hierhergebracht hatte, und letzten Endes das einzige war, das er von hier wieder mitnehmen würde –, da wußte er, daß Captain Onedin von einem Fieber ergriffen war. Er hatte schon früher, als sie noch viel jünger waren, erlebt, daß Captain Onedin davon besessen schien. Es war das fieberhafte Streben nach materiellem Gewinn, ohne den ein Mann wie James Onedin nicht leben konnte. Die Zerstörung aller seiner Hoffnungen hatte eine große Leere in seinem Herzen hinterlassen; so war es damals auch Baines ergangen, als die alte *Orphir* scheiterte. Aber Baines hatte nur tiefe Traurigkeit empfunden und war seither vorsichtiger geworden – James dagegen hatte nach dieser Ernüchterung seiner Bitterkeit freien Lauf gelassen und war wie versessen darauf, den Schaden wiedergutzumachen. Es ging ihm nur um den Profit. Der Captain wollte nichts anderes als wieder zu Geld kommen.

«Was ist das für eine Gegend, die wir ansteuern, Sir?» fragte Baines. «Die Karten der brasilianischen Marine zeigen das Seegebiet zwischen Recife und Para ziemlich genau. Aber danach gibt es nur wenige Eintragungen. Wir werden stromaufwärts fahren, sagen Sie. Was haben wir mit einem solchen Schiff auf einem Fluß zu suchen?»

«Dies ist kein Fluß wie jeder andere. Es ist der gewaltige Amazonas. Und der Ort, den wir anlaufen werden ...» James brach ab. Vier Männer tot. Etwa zehn schwer verletzt. Gute Seeleute, die er in diesen entlegenen Winkel der Welt mitgebracht hatte, wo sie vom Schicksal ereilt worden waren. Das war es, was ihn das waghalsige Unternehmen von Port Baines gekostet hatte. Dann Charlottes Verletzung. Auch das war hinzuzurechnen. Die Entdeckung, wie wenig ihm Letty im Leben eigentlich bedeutete ... Er mußte vieles wiedergutmachen. Vieles mußte wieder eingesammelt, zusammengetragen und erneut auf die Füße gestellt werden. Er brauchte seinen finanziellen Gewinn. Und er brauchte ihn schnell.

«Der Ort, zu dem wir fahren, gehört im Augenblick zu den reichsten Gegenden Brasiliens», meinte James. «Dort liegt das Geld praktisch auf der Straße. Manáos. Eine neue, wohlhabende Großstadt, fast tausend Meilen oberhalb der Mündung eines Flusses, der so breit wie das Mittelmeer ist. Dort werde ich alles zurückgewinnen, was ich verloren habe. Manáos ...»

Die Hafenstadt Para veranstaltete ein großes Fest, als die *Neptune* ankam, und es gab keinen Anlegeplatz. Die Hafeneinrichtungen waren sowieso primitiv, und da die gesamte Bevölkerung feierte, gab es niemanden, der einlaufende Schiffe versorgt hätte. Die *Neptune* lag außerhalb auf dem Strom, zusammen mit einem Schoner, der etwa zur selben Zeit, aber von flußaufwärts, eingetroffen war. Bei Einbruch der Nacht blieb auf diesem Schiff alles dunkel.

«Was ist hier eigentlich los?» fragte Baines; er war verblüfft, als er die unzähligen Lichter und Fackeln betrachtete, die vom Ufer herüberleuchteten, und er lauschte der merkwürdigen Musik und dem Aufschrei der Tänzer und Tänzerinnen. Der britische Seemann war daran gewöhnt, Weihnachten und Ostern und vielleicht noch Pfingsten als Feiertage zu begehen, aber ein Fest zu dieser Jahreszeit schien ihm unbegreiflich.

«Es ist das Fest Unserer Senhora do Nazareth», erwiderte James obenhin. Er stand neben Baines auf dem Achterdeck. James war kurz vorher mit dem Beiboot an Land gegangen.

«Wie bitte, Sir ...?»

«Nossa Senhora do Nazareth. Es bedeutet Unsere Liebe Frau von Nazareth.»

«Aha. Eine von diesen katholischen Veranstaltungen.»

«Es ist das größte Fest in Para, wie ich gehört habe. Alle nehmen daran teil. In den Kirchen werden von Sonnenaufgang an die Glokken geläutet, und wenn die Prozessionen und Gottesdienste vorüber sind, beginnt ein rauschendes Fest. Die Leute trinken ein Gebräu, das sie aus gegorener Maniokwurzel herstellen. Ich habe einen kleinen Schluck probiert und bin beinahe umgekippt. Wenn sie genug davon getrunken haben, betrachten es die Frauen als ihre Pflicht, auch Fremde bei sich willkommen zu heißen, wie es so schön heißt.» James räusperte sich. Er machte sich gewisse Gedanken über seine Mannschaft, die aus einem Dutzend Überlebender von Port Baines bestand; er hatte ihnen erst vor einer Stunde Landurlaub gewährt. Würden sie die heutige Nacht überleben? In dem riesigen Lichtermeer, das die ganze Stadt Para erhellte, gab es einige geheimnisvolle dunkle Flecken. James hielt diese für die vielen Kirchen und Klöster der Stadt. Religion und Liebe – die Südamerikaner schienen an nichts anderes zu denken. So wie James an nichts anderes als daran dachte, möglichst schnell möglichst viel Geld zu verdienen. Aber das war etwas anderes. Etwas ganz anderes.

Baines wandte dem Lärm und den Lichtern den Rücken, lehnte sich gegen die Reling und schaute hinaus über das dunkle Wasser. Es war ein richtiger Entschluß gewesen, daß er und der Captain die Wache übernommen hatten. Baines zog ein Stück Kautabak aus der Tasche und biß etwas davon ab. Südamerika hatte auch eine gute Seite. Hier gab es guten Tabak. Gut, viel und billig. Wetterleuchten zuckte auf, das alles in gleißendes Weiß hüllte. Dann folgte ein Donnerschlag. Baines hob ruckartig den Kopf. «Großer Gott!» entfuhr es ihm.

James blieb ungerührt. «Davon haben wir unseren Anteil schon hinter uns», meinte er und war offenbar zuversichtlich, daß ihm ähnliche Schicksalsschläge in absehbarer Zeit nicht mehr widerfahren würden. «Seit unserer Ankunft ist es heiß und schwül gewesen. Und das feiernde Volk in der Stadt scheint sich keine Sorgen zu machen. Wir werden einen Platzregen erleben, und der geht schließlich auch wieder vorbei.» Er zeigte mit dem Finger auf den Schoner, der ihnen gegenüberlag. «Warum hat das Schiff dort keine Lichter gesetzt?» fragte er verwundert.

Baines ließ den Blick wieder über die Wasserfläche schweifen. «Kaum zu glauben, daß wir uns auf einem Fluß befinden», bemerkte er. «Bei der Annäherung an Para müssen wir sieben, acht Seemeilen draußen gewesen sein. Aber auch als wir kreuzten, um

«Dort werde ich alles zurückgewinnen …

... was ich verloren habe.» Dazu ist Captain Onedin fest entschlossen. Wer soviel riskiert wie er, kann überall sein Glück machen – aber auch nur zu leicht Schiffbruch erleiden. Wer nicht auf Biegen und Brechen dem Glück hinterhersegeln will, der findet einen besseren Platz zum Anlegen – mit Sicherheit.

überhaupt voranzukommen, haben wir das andere Ufer nie zu Gesicht bekommen.»

Auf dem abgedunkelten Schoner entstand plötzlich eine gewisse Bewegung, obwohl James nicht erkennen konnte, worum es sich handelte. Es war ein Geräusch, als ob zahlreiche Menschen über die Deckplanken schlurften. Es schien seltsam, daß die Mannschaft beim Deckreinigen sein sollte, ohne dafür ein Licht anzuzünden. James wurde neugierig. «Geben Sie mir Ihr Glas, Mister Baines», sagte er und streckte die Hand aus.

Auf der langen Reise von Santos, an der brasilianischen Küste entlang, hatte sich zwischen Baines und James mühelos das alte Verhältnis zwischen ihnen wieder eingestellt. Es war nichts direkt zwischen ihnen ausgesprochen worden, aber sobald sie in dem Chaos von Port Baines Anker gelichtet hatten, stand fest, daß James wieder der Kapitän und Baines sein zuverlässiger Steuermann war. Was fehlte, war nur der Zylinder, der als Kennzeichen seiner Stellung von einem Kapitän zum anderen weitergegeben wurde.

Durch Baines' Fernglas konnte James nur wenig erkennen. Der Schoner schien voll beladen zu sein, denn er lag tief im Wasser. Er konnte lediglich ein paar Männer an Deck erkennen. Sie sahen wie Seeleute aus, die ihrer normalen Arbeit nachgingen, aber eine größere Gruppe konnte James nicht ausmachen. Vielleicht hatte er sich doch geirrt. An Deck war außerdem ein Teil der Ladung zu erkennen. Zunächst glaubte James, es handle sich um Säcke, aber dann erinnerte ihn die ausgebleichte Farbe mehr an die Ponchos, die von den Mestizen in Port Baines getragen worden waren. War der Kapitän des Schoners vielleicht einer von den Händlern, die auf dem Strom auf und ab fuhren, mit denen, die sich nicht hinters Licht führen ließen, ehrliche Geschäfte machte, aber die einfältigen Eingeborenen des Amazonas betrog? James hatte den Kapitän des Schoners vorher gesehen. Als er an Land gegangen war, um festzustellen, ob er irgendwo anlegen und sein Schiff neu bevorraten könnte, war er ihm begegnet, als er sich gerade mit einem gelangweilten und schäbig gekleideten Soldaten auseinandersetzte, der an diesem Festtag die verschlossenen Dockanlagen zu bewachen schien.

Das Militär trat in Para überall in Erscheinung, obwohl es wenig von der Tüchtigkeit und Disziplin britischer Truppen aufwies. (Trotz seiner ausgedehnten Reisen blieb James Onedin in mancherlei Hinsicht im Grunde genommen ein Engländer, der sich gerade im Ausland befand.) Nach der Revolution, die Brasilien von der portugiesischen Herrschaft befreit hatte, war in der Provinz Para eine Gegenrevolution ausgebrochen, die vom Militär niedergeschlagen werden mußte. Aber noch nach zwanzig Jahren schienen die Behörden in diesem riesigen und schwer zu regierenden Gebiet nicht bereit, ihre Sicherheitsvorkehrungen zu lockern.

«Por favor», knurrte der Kapitän des Schoners den Wachtposten an. Der Kapitän war ein kleiner, unrasierter Mann, der nach seiner ganzen Erscheinung einen wenig sympathischen Eindruck machte. «Ich brauche Proviant für mein Schiff. Aber in der Stadt will mir niemand verkaufen, was ich haben will.»

«Heute ist *Nossa Senhora do Nazareth*», antwortete der Wachtposten ungerührt. Er sprach in mürrischem Ton – offensichtlich wie jemand, für den es Strafe genug war, an der allgemeinen Fröhlichkeit nicht teilhaben zu können. Und er war anscheinend nicht bereit, sich die unbegründeten Klagen eines Schiffskapitäns anzuhören. «Heute bekommen Sie nichts. Morgen, morgen.»

«Aber ich kann nicht bis morgen warten, ich muß schon vorher auslaufen. Ich brauche Maniok, und zwar viel. Zwanzig Kilo. Um den Maniokkuchen zu machen, verstehen Sie? Dann *pescada*. Ich brauche auch *pescada*. Sie müssen mich in die Lagerhallen hineinlassen.»

«Das ist mir nicht erlaubt, Senhor. Dort ist jetzt niemand.»

James fragte sich verwundert, warum der Kapitän des Schoners so dringend Maniok und in solchen Mengen benötigte. Außerdem war er erstaunt, daß die gemahlene Pflanzenwurzel zum Proviant auf Schiffen in dieser Gegend gehörte. Aus Maniokmehl wurde ein übelriechender, säuerlicher Maniokkuchen gemacht, der sich auch beim besten Willen nicht mit Brot vergleichen ließ. James dachte mit Dankbarkeit an die Tatsache, daß er aus Port Baines so viel Weizenmehl hatte retten können, daß der *Neptune* die Zwangslage erspart blieb, sich dieser besonderen einheimischen Praxis anschließen zu müssen.

Der Kapitän des Schoners nahm Münzen aus der Tasche und

klimperte mit ihnen vor den Augen des Wachtpostens. «Ich habe Geld», sagte er grinsend. Er hatte außerdem ein sehr schadhaftes Gebiß, was James auffiel. «Sehen Sie? *Reis. Por favor.* Ich brauche die Sachen sehr dringend. Sie werden mir Zutritt zu den Lagerhallen geben, und ich werde mitnehmen, was ich für meine Reise brauche.» Sein Grinsen wurde noch breiter. Es war kein besonders erfreulicher Anblick. Der Kapitän des Schoners spreizte die Hände, als wolle er einlenken. «Selbstverständlich werden Sie alles aufschreiben, was ich mitgenommen habe, und bei meiner Rückkehr werde ich sofort alle Eigentümer entschädigen.»

Der Wachtposten – schlecht bezahlt und der Entbehrungen überdrüssig, denen er laufend ausgesetzt war – hätte zweifellos das Geld angenommen und sich mit allem einverstanden erklärt. Er hätte hinterher immer noch sagen können, daß er bei einer Schlägerei auf der anderen Seite der Dockanlagen habe eingreifen müssen, als in die Lagerhallen eingebrochen wurde. Aber just in diesem Augenblick sah er James, der nur wenige Meter von ihm entfernt stand.

Der Kapitän des Schoners merkte, daß sich die Haltung des Wachtpostens plötzlich veränderte, und drehte sich um. Sein Blick fiel auf James; er war offensichtlich zutiefst empört. Er war anscheinend nicht gewohnt, daß ihm jemand einen Strich durch die Rechnung machte. Aber der Wachtposten konnte ihm jetzt, da ein Zeuge zugegen war, schwerlich helfen; deshalb ließ der Kapitän ein verächtliches Brummen hören, spuckte auf den Boden und entfernte sich.

James hielt den Kapitän des Schoners für einen Portugiesen. Aber dessen konnte man in Brasilien nie ganz sicher sein, wie er auf der Fahrt von Santos hatte feststellen können. In diesem Land waren die Rassen nicht nur eine Mischung, sondern ein völliger Wirrwarr. Da gab es die Mestizen in Port Baines – halb Indianer, halb Portugiesen. In Pernambuco und dann wieder in Camocim war James auf Neger gestoßen, und hier in Para bestand die Bevölkerung größtenteils aus Mulatten – halb Neger, halb Weiße. Dann gab es die *cafuzos* und die *curibocos*. Aber die *curibocos* hatten sich zum Teil mit den *cafuzos* vermischt, so wie die *xibaros* teilweise negroid waren. Alle diese Gruppen waren deutlich voneinander unterschieden, nur gab es keine klar umrissene Rassenhierarchie wie in Europa oder in den britischen Kolonien. Vermutlich waren nur die Weißen europäischer Herkunft wirklich reich, aber viele Neger und andere Mischlinge machten einen wohlhabenden Eindruck. Die einzigen, die anscheinend ein wirklich armseliges Dasein fristeten, waren die reinblütigen Indianer, die im Dschungel ein primitives Leben führten. Wer sich in dem einen oder anderen Sinne ihren Lebensgewohnheiten anschloß, teilte auch ihr Schicksal. Je näher man den Ureinwohnern des Kontinents stand, desto sicherer wurde man als minderwertig und als Bedrohung angesehen; man wurde zum Objekt der Ausbeutung.

«Er setzt Segel, Sir», verkündete Baines überrascht. «Sehen Sie sich das an.»

Wieder zuckte ein Blitz auf, und James, der zu der hell erleuchteten Stadt hinüberschaute, wandte den Blick und sah gerade noch, wie die Besatzung des Schoners das Großsegel setzte, das sich blähte, während es am Mast hinaufglitt. James nahm Baines' Fernglas wieder zu Hilfe und erkannte deutlich die gedrungene Gestalt des Kapitäns, der seine Kommandos gab, während ein neuer Donnerschlag am Himmel widerhallte, der Schoner wendete und Kurs nach Norden nahm. «Er muß es sehr eilig haben», meinte James verwundert. «Wenn man bedenkt, daß er bei einem solchen Gewitter ausläuft.»

«Vielleicht hofft er, sich den steifen Wind zunutze machen zu können. Er will offenbar unbedingt weg.»

«Aber er hat keinen Proviant an Bord», sagte James stirnrunzelnd. «Das hat er vorhin selbst gesagt. Und er hat noch immer keine Lichter gesetzt ...»

«Hier», sagte Baines und wies nach draußen. Ein kleines Boot kam mühsam von den Hafenanlagen auf sie zu. Es wurde nicht sehr sachkundig geführt; als der Seegang zunahm und ein Blitz auf den anderen folgte, tanzte es förmlich auf dem Wasser und brauchte volle zwanzig Minuten, um in die Nähe der *Neptune* zu kommen. Dann schien es unschlüssig zu sein, was es eigentlich vorgehabt hatte. Das Boot kreiste eine Weile an der Stelle, wo der Schoner gelegen hatte, drehte dann ab und kam längsseits bei James' Schiff. Es war ein Patrouillenboot der Regierung, und es waren bewaffnete Soldaten an Bord.

«Senhor Capitão», rief der befehlshabende Offizier James zu; er war besser angezogen als seine Männer und gab sich ausgesprochen amtlich, während die Besatzung eher einen gleichgültigen Eindruck machte. «Wohin, bitte, fährt dieses Schiff, das gerade Anker gelichtet hat?»

«Wie soll ich das wissen?» rief James zurück. Er zeigte mit dem Finger flußaufwärts. «Es ist noch nicht außer Sichtweite. Sie könnten es einholen, wenn Sie an Land noch jemanden finden, der nüchtern genug ist, eine schnelle Barkasse zu steuern. Was ist denn los?»

«Ein sehr ernster Fall», schrie der Offizier zurück. Er hatte offenbar gezecht oder sich mit Weibern abgegeben – vielleicht auch beides –, und irgend etwas war geschehen, was ihn gegen seinen Willen von diesen Vergnügungen abhielt. «Der Kapitän dieses Schoners befördert verbotene Fracht.»

«Was für eine Fracht? Opium? Gold?»

«Wenn er zurückkehrt, seien Sie so gut, uns jede nur mögliche Hilfe zu geben», sagte der Offizier abschließend. «Er transportiert Sklaven.»

James wurde plötzlich klar, was es mit der nächtlichen Bewegung an Bord des Schoners auf sich gehabt hatte. Der Kapitän hatte mit seinen Sklaven ‹die Puppen tanzen lassen›. Auch für sie hatte er Maniok in so großen Mengen gebraucht.

James war außerdem klar, daß die Sklaven zu den Indianern des Amazonas gehören mußten. Es waren Verwandte des Volkes, das seine Tochter Charlotte zu ‹retten› versucht hatte, wobei sie sich so schwer verletzte. Es begann zu regnen. An Land erloschen die Lichter, und das Tanzen wurde plötzlich abgebrochen.

Durch reinen Zufall und zu ihrer großen Überraschung stießen James und Baines mit der *Neptune* innerhalb von achtundvierzig Stunden wieder auf das Sklavenschiff.

Die Mündung des gewaltigen Amazonas besteht aus mehreren Teilen, denn draußen liegt die unter dem Namen Marajo bekannte große Insel. Der nördliche Teil von Marajo ist Savanne, die südlichen und östlichen Gebiete sind jedoch von dichtem Wald bedeckt. Die *Neptune*, die ihre Fahrt vom Hafen Para um die südliche Spitze von Marajo herum fortsetzte, erreichte die Durchfahrt von Tojopuru und wollte von dort in den eigentlichen Amazonas einlaufen, als James eine bemerkenswerte Entdeckung machte.

Er betrachtete mit dem Fernglas den Küstenstreifen der Insel und war von der Undurchdringlichkeit des Amazonasdschungels völlig gefangengenommen. Auf diese Weise konnte er wenigstens an etwas anderes denken als nur an seine verzweifelte finanzielle Situation und die Zeit, die er brauchen würde, um seine Verluste wieder auszugleichen. Die Bäume schienen überall am Ufer zu wachsen; sie bildeten ein dichtes Gewirr. Ihm war das gleiche bei Para aufgefallen, das ein grüner Vorhang von allen Seiten einschloß, so daß neues Wachstum ständig gekappt werden mußte, um eine weitere Ausdehnung des Dschungels zu verhindern. James betrachtete prüfend einen der Riesenbäume, die bis zu dreißig Meter Höhe erreichen können, bevor sie den ersten Ast ansetzen, und senkte zufällig das Glas ein wenig, worauf er plötzlich eine von Bäumen umschlossene, geschützte kleine Bucht entdeckte. In ihr lag mit eingerollten Segeln der Schoner, der ihm in Para so viel Kopfzerbrechen gemacht hatte.

«Verdammt noch mal», murmelte Baines, als James ihn darüber informiert und er sich anschließend selbst von der Entdeckung überzeugt hatte. «Er wußte also, daß sie es auf ihn abgesehen hatten, und wollte nicht in ihre Hände fallen, falls sie ihn verfolgen sollten. Statt Kurs auf die offene See zu nehmen, segelte er nur um die Insel herum und hat sich hier verkrochen. Ein schlauer Bursche. Wie lange wird er dort mit einer solchen Fracht liegenbleiben? Was meinen Sie?»

«Nicht lange», antwortete James. «Er ist knapp an Vorräten. Wo will er hin, frage ich mich.»

«Er will nicht weit.» Baines schien keinen Zweifel daran zu haben. «Vielleicht hinauf nach Cayenne, vielleicht nicht einmal so weit. Es gibt hier noch viele Sklavenhändler – in diesem Teil der Welt. Auch viele Christen kaufen Sklaven, weil diese billige Arbeitskräfte auf ihren Plantagen darstellen, und die Gesetze oder die Bibel sind ihnen gleichgültig.»

James dachte einen kurzen Augenblick an die Versuchung, selbst Sklaven in Port Baines arbeiten zu lassen. Im Moment bedrückte ihn vor allem seine eigene mißliche Lage – die Unterdrückung anderer sollte ihn eigentlich nichts angehen. Dennoch hörte er sich selbst sagen: «Warum zeigen wir diesem Sklavenhändler nicht, daß es Dinge gibt, mit denen sich ein ehrlicher Seefahrer nicht abfinden kann?»

Baines sah ihn gespannt an. Dies war etwas ganz Neues. «Wir müßten dazu die lange Strecke bis nach Para zurückfahren, um die Behörden zu orientieren, Sir. Das ist verlorene Zeit. Es wäre bestimmt besser, wenn wir nach São Paulo zurückführen, damit Sie Frau und Kind wiedersehen könnten.»

James übersah die Andeutung. «Ich habe auch gar nicht daran gedacht, nach Para zurückzufahren», sagte er. «Ich hatte nichts dergleichen im Sinn.»

Das mit James, Baines und fünf Matrosen besetzte Beiboot glitt leise und wie ein dunkler Schatten über das Wasser. Es wehte nur eine leichte Brise, und Wolken verhüllten den Mond. Die Voraussetzungen für ein solches Unternehmen konnten nicht besser sein, dachte James. Er spürte eine nervöse Spannung. Während er außer Sichtweite der kleinen Bucht bis zum Einbruch der Dunkelheit vor Anker lag, war er von dem Gedanken besessen gewesen, sein Vorhaben sei in Wirklichkeit töricht und sinnlos. Seine angeborene Vorsicht machte sich geltend. Aber er hatte nicht die Absicht, ein vorsichtiger Mann zu bleiben, wenn es darum ging, sein Vermögen auf kurzem Wege zurückzugewinnen; in einem solchen Fall mußte man das Risiko auf sich nehmen und durfte sich nicht durch Skrupel dabei beirren lassen.

«Wenn die Leute aber bewaffnet sind ...?» flüsterte Baines in der Dunkelheit. Er wiederholte eine Frage, die er schon vorher gestellt, aber auf die er noch keine Antwort erhalten hatte. «Dann könnte etwas passieren, womit wir nicht gerechnet haben, bei Gott.»

«Sie sind nicht bewaffnet», zischte James zurück. Er verließ sich auf die Matrosen. Sie waren nur zögernd mitgekommen. Alle Seeleute glauben aber fest, daß alles, was ihr Kapitän befiehlt, in jedem Fall das Richtige ist. Sie sind daran gewöhnt, ihr Leben in seine Hand zu geben. Deshalb wird er unter Deck auch häufig ‹Vater› genannt. «Was tun Männer, die in einer solchen Bucht liegen?» fuhr James fort. «Männer, denen gerade ein großes Fest mit Zechgelagen und Frauen entgangen ist? Sie werden sich irgendwie entschädigen. Sie machen die Rumfässer auf.»

Die Konturen des Sklavenschiffes tauchten undeutlich vor ihnen auf. Einzelheiten waren schwer zu erkennen, denn es waren noch immer keine Lichter gesetzt. Als sie geräuschlos längsseits kamen, erklang über ihnen heiseres Gelächter. Es hatte einen alkoholischen Anflug. Vielleicht hatte James tatsächlich recht.

Unter Baines Anleitung kletterten sie an Bord. Niemand tat es ihm gleich, wenn es darum ging, seemännische Geschicklichkeit zu beweisen. Er schwang die beschwerte Leine langsam und geräuschlos in einem möglichst großen Kreis über dem Kopf herum, berechnete die Geschwindigkeit genau und ließ sie im richtigen Augenblick mit einem kräftigen Schwung nach oben los. Ein leises Klirren sagte ihnen, daß er präzise geworfen und der Greifhaken fest an der Reling saß.

Sie kletterten rasch und vorsichtig an dem Tau hinauf – James als erster. An Deck war alles still und dunkel. Einen Augenblick fragte sich James verwundert, ob der Schoner vielleicht von seiner Mannschaft verlassen war. Aber dann hörten sie wieder das heisere Lachen und sahen achtern eine Kerze, die brennend auf einem Faß stand; darum herum hockten drei Männer. Sie tranken tatsächlich Rum.

Gewehre, die vermutlich den Männern gehörten, waren gegen die Bordwand gelehnt. Baines schlenderte einfach auf die Gruppe zu, ergriff die Rumflasche und zerschmetterte diese auf dem Kopf eines der Männer. Dieser sackte in sich zusammen. Die beiden anderen sprangen auf, aber bevor sie noch einen Schrei ausstoßen konnten, hatte James die geballte Faust dem einen ins Gesicht gerammt, und der andere war unter einem schweren Hieb des Steuermanns der *Neptune* zu Boden gegangen. Sie lagen regungslos auf den Deckplanken.

«So», murmelte Baines. Ihm gefiel die saubere Ordnung, in der die bewußtlosen Gestalten vor ihm auf dem Boden lagen. Er legte Wert auf ein sauberes Deck. «Jetzt wollen wir einmal sehen, ob es auf diesem Kahn noch etwas anderes gibt, in dem ein Rest von Leben steckt.»

Sie stiegen leichtfüßig nach unten und ließen zwei Mann als Wache an der Luke zurück. Gleich unten lag die Messe, und hier beleuchtete eine Sturmlaterne die schattenhaften Gestalten von vielleicht sechs Männern, die sinnlos betrunken über der Tischplatte zusammengebrochen waren; ein Rumfaß lag leer neben ihnen. Auf einem Stuhl am Kopfende des Tisches saß zusammengesunken der gedrungene, unrasierte Kapitän, den James kurz in Para gesehen hatte. Sein Mund stand offen, wodurch das unvollständige und verfaulte Gebiß sichtbar wurde; er schnarchte laut. Auch dies war kein erfreulicher Anblick. Dazu kam ein erstickender Gestank.

«Es wird einem richtiggehend übel, nicht wahr?» meinte Baines und warf angeekelt einen Blick in die Runde. Er hatte manchmal seine kritischen Tage. «Wenn das meine Leute wären, würde ich sie in die Takelage jagen und Segel setzen lassen, bevor sie überhaupt wüßten, ob es Weihnachten oder Donnerstag ist. Und jeder, der dabei in den großen Teich fällt, würde seinen Kameraden die Mühe ersparen, ihm hinterher den Gestank vom Leibe zu waschen.» Eine halbleere Flasche stand neben ihm auf dem Tisch. Baines hob sie hoch, schnupperte daran und ließ sie dann, wie geistesabwesend, in seine Tasche gleiten. «So, Sir», sagte er zu James, «von diesen hier ist kein Ärger mehr zu befürchten. Wir folgen jetzt Ihnen.»

James wußte, wohin er zu gehen hatte. Der Schoner war ein kleines Schiff; um Sklaven einzusperren, kam sowieso nur der Laderaum in Frage. Als er und seine Männer, ermutigt und von neuer Zuversicht getragen, die Ladeluke aufbrachen, schlug ihnen ein fürchterlicher Gestank entgegen. Ebenso wie das Gestöhn und Weinen der etwa vierzig verdreckten, halbnackten Männer und Frauen, die an die Holzstreben gekettet waren, zeigte sich hier die Verachtung des Menschen für den Menschen in ihrer ganzen Grausamkeit.

Sie waren fast verhungert, aber es hatte sich herausgestellt, daß der Schoner für die Besatzung genügend Lebensmittel an Bord hatte. Die Gruppe von der *Neptune* stieß den noch immer bewußtlosen Kapitän mit seinen Helfershelfern in den Laderaum und band sie wie die Gefangenen an die Holzstreben; dann ging sie daran, den Hungernden etwas zum Essen zu geben. Eine Brise war aufgekommen. Während die verdutzten Indianer aßen, manövrierte Baines den Schoner aus der Bucht heraus und zum Festland hinüber. Ausgerüstet mit Kleiderstoffen, die der Schoner an Bord hatte, und ausdrücklich aufgefordert, alles mitzunehmen, was ihnen besonders gefiel, wurden die Indianer dann in Freiheit gesetzt.

Noch immer unter den Nachwirkungen des Schocks stehend, schlichen sie in den Dschungel zurück, der ihre natürliche Heimat war. Irgendwie würden sie den Rückweg zu der Gegend finden, wo sie geraubt worden waren, oder einfach als unglückselige Kinder der Natur, die sie waren, ein neues Leben beginnen – bis der nächste weiße Kapitän mit seiner Besatzung auftauchte und sie erneut in die Sklaverei wegführte.

Denn die Praxis der Sklaverei wird nicht aufhören, dachte James bei sich, als die mageren, dunkelhäutigen Männer und Frauen außer Sichtweite waren. Vergeblich drohten Gesetze und Geistliche weltliche und Höllenstrafen an. Aber im Augenblick hatte wenigstens er, James Onedin, diese Menschen, von denen seine Tochter eine so hohe Meinung hatte, zu seinen Schuldnern gemacht. Dies war auch der Grund, warum er es getan hatte, und es war mit Sicherheit besser, als in der Schuld dieser Leute zu stehen. Er überließ den Schoner, den bösartigen Kapitän und das ganze üble Geschäft der Sklaverei der Sorge anderer Stellen und gab den Befehl zur Rückkehr auf die *Neptune*. Er, James Onedin, würde, wie vorgesehen, nach Manáos, dem Eldorado am Amazonas, weiterfahren und sich dort einer viel dringenderen Aufgabe widmen: Geld zu verdienen.

Die Stadt im Dschungel

Die Stadt Manáos war, als James Onedin dort eintraf, ein wohlhabendes, blühendes und sich ständig ausdehnendes Gemeinwesen, das sich (obwohl einige keinen Grund zu dieser Annahme sahen) noch auf der Suche nach seiner eigenen Seele befand.

Es war höchst erstaunlich, einen solchen Ort im Herzen des äquatorialen Südamerika zu finden. Die lange Fahrt auf dem Amazonas hatte durch ein Gebiet von fast unglaublicher Vielfalt geführt, aber der Reisende war kaum auf eine moderne Stadt vorbereitet, die mitten im Dschungel entstanden war. Die *Neptune* war durch ödes, fast wüstenartiges Land gefahren, wo der breite Strom die menschenleere Trockenregion durchschnitt. Sie hatte meerähnliche Gewässer passiert, wo plötzliche heftige Gewitterstürme auftraten, vor allem auf den riesigen Wasserflächen bei Obydos und der Einmündung des Rio Madeira. Sie hatte Klippen so hoch wie die Kalkfelsen von Dover umschiffen müssen. Und überall, wo das Flußufer in Sicht kam, lag dichter Dschungel. Er kroch wie ein Raubtier bis an den Rand des Wassers hinab. Er bildete eine größere Gefahr als die Krokodile, die allerorten ins Wasser hinabglitten. In diesem Teil der Welt wurde der Krieg zwischen dem Menschen und der Natur ausgefochten, und nur ein unverbesserlicher Spieler hätte Geld dafür gewettet, daß der Mensch auch nur eine entfernte Chance hätte, diese Auseinandersetzung zu gewinnen.

Als die *Neptune* schließlich vor Anker gegangen war, betrachteten James und die Besatzung der *Neptune* mit ungläubigem Staunen die Stadt, die sich Manáos nannte. Errichtet auf einer kleinen Anhöhe, wo der Rio Negro in den Amazonas mündet, lag die Stadt so hoch, daß die üblichen Dockanlagen nicht gebaut werden konnten. Ankommende Schiffe mußten an riesigen Pontons festmachen, und ihre Passagiere wurden mit Booten an Land übergesetzt. Man hatte eine Lastenseilbahn konstruiert, um die Fracht zu den Lagerhäusern zu transportieren; ihr kleiner Motor war ständig in Betrieb. Manáos war usprünglich als ein portugiesisches Fort gegründet worden, schien aber jetzt fest entschlossen zu sein, sich zu einer prächtigen, geradezu europäischen Hauptstadt zu entwikkeln.

Diese Entwicklung verlief jedoch nicht gleichmäßig. Die Straßen waren stellenweise breite Boulevards mit gutem Pflaster, an anderen Stellen aber kaum passierbare Pfade voller Schlammlöcher. Überall erhoben sich eindrucksvolle Gebäude, neben denen verwahrloste und heruntergekommene Haziendas oder primitive Strohhütten standen. Herren im schwarzen Überrock (der trotz der großen, schwülen Hitze getragen wurde) ergingen sich, von eleganten Damen und gelegentlich sogar von einem Diener in Livree begleitet, auf den Straßen. Daneben sah man Negerinnen in farbenprächtigen Gewändern, die rote Wasserkrüge auf dem Kopf trugen, oder Mulatten, *cafuzos* und *cablocos*. Letztere bildeten eine weitere Rassenmischung in dieser außergewöhnlichen Nation und waren in Wirklichkeit Amazonas-Indianer, die ‹zivilisiert› worden waren. Sie wußten wenig von ihren Brüdern, die im dunklen Dschungel lebten. Man erkannte sie an ihren reichverzierten Ohrringen und den goldenen Ketten.

«Manáos ist großzügig, Manáos ist weltoffen», strahlte der Italiener, als er mit James in einem teils aus portugiesischen, teils englischen Brocken und teils aus seiner Muttersprache bestehenden Idiom redete. «Manáos heißt alle willkommen. Besonders die Engländer, die so betriebsam und so seriös sind. *Per piacere* – kennen Sie Clerkenwell?»

«Ich suche eines der Vermögen, die hier angeblich auf der Straße liegen», antwortete James unwirsch; er sah Anzeichen des Reichtums überall, wußte aber nicht, wie er erworben worden war. Der weißgekleidete Einwohner der Stadt mit seinen pomadigen Haaren war an James mit ansteckender Ungezwungenheit in dem Augenblick herangetreten, als James sein Schiff festgemacht hatte und an Land gekommen war. Seine Art schien dem hiesigen Lebensstil zu entsprechen. Man hielt Ausschau nach neu einlaufenden Schiffen und war begierig, jeden, der die Stadt betrat, zu umgarnen. Es war vielleicht teilweise bloßer Geschäftssinn (denn über den Strom wurde alles herangeschafft, was hier von Wert war), teilweise aber auch die Sehnsucht des Auswanderers nach dem Atem der Heimat und der Zivilisation. Jedenfalls war es offenbar echt. «Ich nehme an, daß alle Schätze heute unter dem Dreck begraben liegen.»

«Wir werden einen für Sie ausgraben. Haben Sie einen englischen Spaten mitgebracht? Englische Spaten sind gute Spaten. Ich wünschte, ich hätte viele davon. Ich könnte sie alle verkaufen.» Der kleine Mann strahlte wieder. Er war offenbar ein in Manáos gut situierter Geschäftsmann. Die Leute nickten ihm ehrerbietig zu, als er mit James durch das Geschäftsviertel der Stadt wanderte. Frauen lächelten ihm zu, obwohl man ihn schwerlich als gutaussehenden Mann bezeichnen konnte. «*Per piacere.* Meine Tante Rosa ist ausgereist und wohnt jetzt in Clerkenwell. Es soll ein besonders gesunder Landstrich in England sein. *Miserio.* Unsere Familie ist jetzt zerstreut. In alle Winde. Als wir Napoli verlassen mußten ...»

Sein Name war Juan Lombardo – an sich bereits ein Beweis für das in Manáos herrschende Sprachengewirr. Er war, wie alle anderen, herübergekommen, um sein Glück zu machen, als er gezwungen war, Europa wegen wirtschaftlicher Schwierigkeiten zu verlassen. Das Gebiet war außerordentlich reich und produktiv; es brachte neben anderen Dingen den besten Kaffee der Welt, riesige Mengen Nüsse, Pflanzenöle, Jute und Rosenholz hervor. Die Stadt war auf dem Wasserweg nicht nur mit dem Atlantik, sondern über den Rio Negro auch mit den spanischen Republiken Ekuador, Venezuela und Peru verbunden. Sie war auch ein Verwaltungszentrum: Kaiser Dom Pedro II. hatte in dem Bestreben, die Wirtschaftsentwicklung zu fördern, am Amazonas eine neue Provinz mit Manáos als deren Hauptstadt gegründet. Dies hatte den Zustrom zahlreicher Regierungsbeamter herbeigeführt. Die meisten dieser Leute leisteten keinerlei Arbeit, sondern saßen in den neuen Ämtern auf vergoldeten Sesseln und widmeten sich endlosen, belanglosen Formalitäten.

«... was wollen Sie also tun, Senhor Capitão? Was wollen Sie geschäftlich unternehmen?» James merkte plötzlich, daß der wortgewaltige Italiener eine Frage an ihn richtete. Lombardo redete pausenlos und sprach alles aus, was ihm gerade in den Sinn kam, bis ein Thema auftauchte, das irgendwie von Bedeutung zu sein schien. «Sie haben Ihr schönes Schiff. Streben Sie lediglich an, Fracht für andere zu befördern, oder ist es Ihr Wunsch, auch selbst Waren zu kaufen, um sie woanders mit Gewinn wieder zu verkaufen?»

«Ich muß Geld machen», erwiderte James kurzangebunden. «Eine Menge Geld.»

«In Manáos läßt sich viel Geld verdienen. Einige haben bereits die *milhão* geschafft.»

«Wie haben sie das erreicht?»

«Sie arbeiten schwer. Sie denken an nichts anderes als an Geld.» Der Italiener zuckte die Schultern. Sie überquerten gerade eine Brücke, die über einen der Kanäle oder *igarapes* führte, von denen die Stadt an vielen Punkten durchschnitten wurde. Auf Kanus konnten hier allerlei Güter hin und her befördert werden. Der unterdrückte Schrei eines Mädchens war zu hören, als ein langes, zigarrenförmiges Boot unter der Brücke verschwand. Na ja, vielleicht dienten die Kanus nicht nur der Beförderung von Waren. «Arbeit. Die Konzentration auf Gewinn und immer höheren Gewinn. Die Leute lassen sich keine Zeit für Ruhe oder Vergnügen, Senhor. Auch nicht zum Schlafen. Nicht einmal für die Liebe.» Lombardo schüttelte den Kopf, tat einen tiefen Seufzer und machte urplötzlich einen tief niedergeschlagenen Eindruck. Er würde nie die *milhão* machen.

«Liebe kann eine Täuschung sein», erwiderte James mit ernstem Gesicht. «Liebe kann zu einer Art von Haß werden. Das glaubt man zunächst gar nicht. So etwas halten Sie zuerst für unmöglich. Und dann passiert etwas – und es fällt Ihnen wie Schuppen von den Augen ...» Er blieb auf der Brücke stehen und schaute nachdenklich auf das Wasser hinunter. Es hatte eine merkwürdig olivbraune Farbe. Es tat ihm jetzt leid, daß er nicht weggefahren war, um Charlotte in São Paulo aufzusuchen. Ja, er hätte sich erst vergewissern müssen, daß mit ihr alles in Ordnung war, bevor er diese Reise unternahm. Nicht daß er nicht auch in ihrem Interesse handelte, wenn er dringend versuchte, ein neues Vermögen zu machen. Er hätte wirklich nicht tatenlos herumsitzen können, bis sie wieder völlig genesen war. Frauen konnten manchmal zwischen den Mann und seine Verpflichtungen ihnen gegenüber treten. Frauen konnten den Mann zwingen, gegen ihre wohlverstandenen Interessen zu handeln. Lettys Gesicht in der Hazienda, als der Orkan draußen tobte, kam ihm plötzlich wieder in den Sinn. Er schob die Erinnerung beiseite.

«Was Ruhe und Schlaf angeht», fuhr James fort, «so bin ich in meinem bisherigen Leben schon oft ohne beides ausgekommen. Und die Arbeit – Arbeit ist eine Notwendigkeit. Sie ist kein Unheil, nur weil sie mühsam ist. Fragen Sie die Leute in Liverpool. Dort wird man Ihnen sagen, daß es James Onedin ganz gleich ist, wie schwer er zu schuften hat. Aber er wird seinen Profit dabei machen. Seinen Profit.»

Senhor Lombardo betrachtete das entschlossene Gesicht seines Gesprächspartners und war beunruhigt. Er respektierte die Engländer, wie es jeder tat, der erfahren hatte, welche Errungenschaften durch Erfindergeist und Unternehmungslust zu erzielen waren. Ohne die Engländer gäbe es vielleicht keine Eisenbahnen, keine Dampfschiffe, vielleicht nicht einmal Eisen und Stahl. Aber die Zielstrebigkeit der Engländer war manchmal kaum zu ertragen. Er dachte schweren Herzens an seine Tante Rosa in Clerkenwell. In Napoli hatte sie so viel gelacht, und alle hatten ihre Bemerkungen darüber gemacht. Ob sie auch jetzt noch lachte?

«In welcher Branche, Senhor Lombardo, sind die höchsten Gewinne zu erzielen?» fragte James.

Lombardo wandte den Blick hinüber auf einen Landstrich, wo der Wald gerodet, bis jetzt aber noch nichts gebaut worden war. «Dort wird das Opernhaus stehen», verkündete er.

«Opernhaus ...?»

«*Si*, Senhor! Es gehört zur Entwicklungsplanung für Manáos. Eine öffentliche Sammlung ist angelaufen, und die Regierung steuert beträchtliche Mittel bei. Es wird ein wunderschönes Bauwerk sein – eines, das es mit den besten Opernhäusern der Welt aufnehmen kann und in dem auch die größten Sänger, Senhor, sich nicht schämen werden, auf der Bühne aufzutreten. Schon ...»

«Senhor Lombardo», unterbrach ihn James, «ich frage Sie lediglich ...»

«Schon jetzt», fuhr Lombardo fort, dessen Redefluß nicht zu bremsen war, «kommen Sänger aus Europa her, um uns zu entzükken.» Er konnte die vertrauten Arien förmlich hören. ‹*Ah che la morte ...*› – «Wir können die Gagen, die von solchen Künstlern verlangt werden, bezahlen. Ach, Senhor, bedenken Sie doch! Wenn die Kathedrale einmal fertiggestellt ist – São Joaquim –» er wies mit dem Finger auf ein grandioses, noch im Bau befindliches Gebäude weiter südlich von ihnen – «und dann haben wir auch unser Opernhaus! Alles wird vollkommen sein. Manáos ist dann wie Napoli.» – ‹*Addio del passato, Questa o quella* ...›

«Verdammt noch mal, euer blödes Opernhaus ist mir einerlei!» warf James gereizt ein. Es ärgerte ihn, sich dieses Geschwätz weiter anhören zu müssen. Er war nach Manáos gekommen, weil er glaubte, dies sei der Ort, wo sich die Menschen der Anhäufung großer Reichtümer widmeten. Und jetzt brabbelte dieser idiotische Geschäftsmann über lauter Albernheiten. Wenn er wieder davon anfing, würde das Opernhaus keinen roten Heller von seinem Geld bekommen. «Ich muß meine Angelegenheiten hier in Ordnung bringen, und zwar unverzüglich. Ich bitte Sie um Ihren Rat, Senhor Lombardo. Welches ist für mich der beste Geschäftszweig, um wieder zu Geld zu kommen?»

«Meinetwegen, wenn dies alles ist, worauf es Ihnen ankommt ...» Lombardo zuckte wieder mit den Achseln. «Haben Sie Kapital?»

«Etwas. Und ich bin überzeugt, daß ich Kredite bekommen werde.»

«In Manáos ist es vorteilhaft, über Bargeld zu verfügen. Beschaffen Sie sich davon so viel, wie Sie können, Senhor. Und dann, wenn Sie viel verdienen wollen, ein Vermögen ... ja – dann müssen Sie sich für Kautschuk interessieren ...»

Daniel Fogarty drückte die Ruderpinne von sich weg, und das Boot wendete auf dem leuchtendblauen Wasser direkt in den Wind. Es war ein eleganter kleiner Kutter, fand er, und er verstand ausgezeichnet mit ihm umzugehen. Manchmal vermißte Daniel Fogarty das Meer ungeheuer. An Tagen wie dem heutigen, wenn die Sonne in dem herrlichen Hafenbecken von Sydney vom Himmel herablächelte und trotzdem noch so viel Wind wehte, daß die Segel sich blähten und die Boote über die weißen Schaumkronen dahinflogen, erschien es ihm als eine sonderbare Schicksalsfügung, daß er zu einem gesetzten Geschäftsmann geworden war, der nur noch an Land lebte, über einen riesigen Grundbesitz und große Viehherden verfügte. Die Sonne blendete Daniel; sie war heiß und gleißend. Isabel hatte die australische Sonne nicht leiden können. Er drückte wieder auf die Ruderpinne und ging über Stag.

Ein silberhelles Lachen ließ ihn wissen, daß Chiara Santa und ihre Freundinnen die kleine Ausfahrt genossen. In ihren langen, hellen Kleidern, mit den Hüten, die sie mit Nadeln und verknoteten Schals am Kopf befestigt hatten, klammerten sich Chiara und drei andere Damen der Carlo-Manzini-Opera-Truppe an den Lukendeckel; sie waren von Gischt besprüht, halb verängstigt, halb begeistert, wie es Frauen meistens an Bord kleiner Boote sind. Auch unter solch ungünstigen Umständen konnte er nicht umhin, Chiara für die weitaus Schönste in der Gruppe zu halten. Hoch gewachsen, mit dunklen Augen und einer seidigen, fast olivfarbenen Haut und zartem Teint, war die Opernsängerin zweifellos eine große Schönheit. Sie war wieder in Sydney, nachdem sie eine längere und anstrengende Gastspielreise durch die anderen größeren Städte des Landes unternommen hatte. Überall hatte sie Triumphe gefeiert. Chiara schien überglücklich zu sein, Daniel wiederzusehen; sie hatte ihn herzlich umarmt und Tränen der Freude vergossen. Er hatte dies überraschend und rührend gefunden.

Auf der anderen Seite der Luke hielten sich William und zwei seiner Freunde fest. William war zu einem kräftigen und selbständigen jungen Mann herangewachsen; er hing nicht mehr am Rockzipfel seiner Mutter. Daniel erinnerte sich, wie Isabel vor ihrer Rückreise nach England (angeblich, um ihre Geschäftsinteressen wahrzunehmen) versucht hatte, William zu überreden, mit ihr zu fahren. Aber William hatte sich rundweg geweigert. Die Nabelschnur war durchtrennt. Nicht einmal der Hinweis auf die Frazer Company, die eines Tages ihm gehören würde, hatte Daniel Fogartys Sohn veranlassen können, seinen Vater allein zu lassen. Dies bedeutete aber nicht, daß sich die beiden besonders nahegestanden hätten. Im Gegenteil, trotz aller Bemühungen von seiten Daniels bestand noch immer zwischen ihnen eine gewisse Entfremdung; sie ging auf die Tage zurück, als der Sohn von der Existenz seines Vaters noch nichts gewußt hatte. Vielleicht brauchte William einfach nur die Gelegenheit, zu der Überzeugung zu gelangen, daß er nach so vielen Jahren der Abhängigkeit von seiner Mutter jetzt auf eigenen Füßen stand. Zu Isabels Abreise nach England hatten anscheinend auch noch andere Überlegungen beigetragen, die Daniel nicht ganz verstand. Er hatte den bestimmten Eindruck gewonnen, daß sie überdrüssig war – nicht so sehr seiner Person als vielmehr des Bandes, das zwischen ihnen bestand.

Der Klüverbaum kam über, als Daniel wieder ein Wendemanöver durchführte. Chiara und ihre Freundinnen kreischten und duckten sich, als der Baum sie ins Wasser zu stoßen drohte. Daniel grinste belustigt und weidete sich an der Angst der Schönen, und Chiara warf ihm ein bestrickendes Lächeln zu. Wieder war er erstaunt und irgendwie gerührt. Er fragte sich unwillkürlich, wie alt Chiara Santa wohl sein mochte. Jedenfalls war sie kein törichtes Kind mehr – sie war jung und trotzdem gereift, außerordentlich begabt und stand in der Blüte ihrer Jahre.

Sein Blick fiel auf William, der krampfhaft Halt suchte, während der Kutter jetzt vor dem Wind dahinsegelte. In seinem Gesichtsausdruck lag nicht dasselbe Entzücken wie bei den Frauen. Man hatte den Eindruck, daß er alles nur geduldig über sich ergehen ließ. Es war offensichtlich, daß William Fogarty an dieser Fahrt keine Freude hatte.

Einige Stunden später saß Daniel in seinem Club in der Macquarie Street und las den *Sydney Morning Herald*, als William eintrat.

«Vater, ich muß mit dir sprechen», erklärte er.

«Mein lieber Junge.» Daniel legte die Zeitung weg und sah ihn lächelnd an. Mit seinen kurzgeschnittenen, lockigen Haaren und dem schlanken Wuchs war William wirklich ein gutaussehender junger Mann. Daniel merkte, daß sich andere Clubmitglieder nach ihm umsahen und beifällig nickten. Der Club war eine genaue Nachahmung englischer Clubs, obwohl der wuchtige Bau und die dicken Vorhänge, Ledersessel und Bilder von London an den getäfelten Wänden wenig zu der subtropischen Außenwelt paßten.

«Möchtest du einen Brandy haben?»

«Nein, ich möchte jetzt nichts trinken.»

«Dann setz dich hin.»

William nahm in dem Sessel gegenüber Platz. Er wußte anscheinend nicht recht, was er mit seinen langen Beinen anfangen sollte;

er legte sie erst in die eine und dann in die andere ebenso unbequeme Stellung. Ab und zu schaute er über die Schulter zurück, als fürchte er, beobachtet zu werden. Er hatte offenbar etwas zu sagen.

«Na?» fragte Daniel, halb belustigt. Er bedauerte, daß ihm die Kindheit dieses Jungen, der ihm jetzt so viel Freude bereitete, entgangen war.

«Die Sache ist die, Vater.» William räusperte sich. Er hatte sich ein wenig von dem Akzent und dem Gehabe der Australier während seines Aufenthalts im Land angeeignet. Die Leute bewegten beim Sprechen die Lippen nicht mehr, als unbedingt notwendig war, und konnten so unverblümt sein, daß es schon fast beleidigend wirkte. «Ich mache mir Sorgen über diese Opernsängerin. Chiara Santa.»

«Du meine Güte. Warum solltest du dir über Chiara Santa Sorgen machen, um alles in der Welt?»

«Ja, eigentlich ...» William stockte. Er war offenbar im Begriff, ein sehr empfindliches Thema anzuschneiden. «Wenn du es genau wissen willst ... dann mache ich mir hauptsächlich über *dich* Sorgen.»

«Über mich ...?»

«Ja. Mir gefällt die Art nicht, wie sie dich ansieht, Vater.» William sprach plötzlich in tiefem Ernst. «Es ist mir aufgefallen, als sie hier war, bevor Mutter nach England fuhr. Ich dachte damals, und ich glaube jetzt – daß sie hinter dir her ist ...» Er fuhr hastig fort, während Daniel ihn ungläubig ansah und der Versuchung widerstehen mußte, in lautes Lachen auszubrechen: «Du hältst mich vielleicht für albern, Vater, aber sie ist nicht verheiratet, sie sieht sehr gut aus, und sie ist – na ja – eine Opernsängerin. Du weißt, wozu diese Art von Menschen fähig ist. Deshalb finde ich, daß du sie singen lassen solltest, und sonst nichts. Du bist immer noch mit Mutter verheiratet.»

Daniel war fast ein wenig bestürzt. Er war es nicht gewohnt, sich von seinem Sohn Anweisungen über seine Freundschaften geben zu lassen. «Ich bin mir durchaus bewußt, daß ich *noch* mit deiner Mutter verheiratet bin», gab er zurück und legte eine leichte Betonung auf das Wörtchen ‹noch›. Vielleicht war die Nabelschnur doch noch nicht ganz durchtrennt.

«Heißt das, daß du es nicht mehr sein möchtest?»

Daniel war verblüfft. «Was, zum Teufel, willst du damit sagen?» wollte er wissen. «Und was ist heute überhaupt mit dir los? Chiara Santa ist seit langem mit uns befreundet. Als sie das erste Mal in Sydney war, haben deine Mutter und ich uns enorm über ihren Gesang gefreut. Es ist nur natürlich, daß ich sie bei ihrer Rückkehr aufsuche und sie mit ihren Freundinnen und so weiter zum Segeln aufs Wasser mitnehme.»

«Ich dachte, sie wäre es gewesen, die sich an dich herangemacht hat.»

«Wie es auch gewesen sein mag – das ist jetzt ganz unerheblich. Was ist heute wirklich mit dir los?»

William blickte einen Augenblick auf den Boden hinunter. Er schien unsicher geworden zu sein. «Mutter hat der Gesang von Signorina Santa überhaupt nicht gefallen», sagte er.

«Hm.» Daniel empfand eine gewisse Faszination. «Mir hat sie jedenfalls nichts davon gesagt.»

«Aber mir. Und sie hat mir außerdem gesagt, daß du ...»

Der junge Mann schien in Schwierigkeiten zu geraten. Er biß sich auf die Lippe.

«Sie hat mir außerdem gesagt – daß du gar nicht musikalisch bist.»

Zum erstenmal empfand Daniel einen leichten Anflug von Ärger. Der Junge war aggressiv geworden. Wären sie zu Hause in Daniels Villa in Balmain gewesen, hätte er ihn wahrscheinlich zurechtgewiesen. Aber da sie sich jetzt in dem Club befanden, wo er als Sir Daniel bekannt und geachtet war, als der englische Ritter, der mit dem Charisma seiner Gegenwart zu den Koloniebewohnern herabgestiegen war, sagte er leise: «Das genügt fürs erste, William.»

«Aber Vater ...»

«Ich sagte, das genügt fürs erste! Chiara Santa ist eine Freundin von mir und wird es bleiben.» Er sprach zwar nicht mit erhobener Stimme, aber in seinem Tonfall lag eine gewisse Schärfe. «Du brauchst dir wirklich keine Sorgen um deine Mutter zu machen. Es war nicht meine Idee, daß sie eine Geschäftsreise nach England unternehmen solle. Es war ihr eigener Entschluß. Und du hast sie nicht begleiten wollen. Deshalb müssen wir beide eine Weile ohne sie auskommen ...»

«Vater, ich wollte gar nicht ...» Aber William stockte plötzlich. Er senkte den Blick wieder zu Boden. «Es ist nur ... als ich geboren wurde – als du und Mutter mich bekamt ...» Wieder schien es dem Jungen schwerzufallen weiterzusprechen. Trotz seines berechtigten Ärgers konnte Daniel nicht umhin, ein gewisses Mitgefühl für den Jungen aufzubringen. «Ich meine – ihr wart damals nicht verheiratet ...»

«Nein. Das stimmt. So etwas kommt im Leben vor. Aber ich nehme an, du bedauerst nicht, auf die Welt gekommen zu sein.» Merkwürdig. Woher hatte sein Sohn diese hochtrabende Art? Von seiner Mutter? Seiner Mutter, an die er sich noch gebunden fühlte?

«Was ich sagen will, ist», schloß William kleinlaut, «daß es gelegentlich passieren kann. Zwischen Menschen, die eigentlich nicht daran denken ... ja, es kann passieren!»

Und er erhob sich aus dem Sessel, indem er die Beine, die sich irgendwie umeinander geschlungen hatten, wieder gerade streckte.

Daniel war froh, daß sein Sohn offenbar gehen wollte, denn er wußte, daß er sonst womöglich noch die Geduld verlieren würde. Chiara Santa erschien ihm als eine ausnehmend attraktive Frau. Aber es war etwas ganz anderes, ob man eine offensichtliche Tatsache anerkannte oder dann auch die Konsequenzen daraus zog. Er liebte Isabel, seine Frau, noch immer. Oder er liebte sie in dem Maße, wie sie ihn liebte. Diese Frage hatte sich so richtig noch nicht gestellt. William wandte sich zum Gehen. «William», sagte Daniel unvermittelt. «Warum wolltest du nicht mit deiner Mutter nach England reisen?» Es schien ihm plötzlich wichtig zu sein, die Antwort auf diese Frage zu bekommen.

William blieb stehen und sah seinen Vater mit flackernden Augen an. «Du kennst die Antwort darauf», erwiderte er.

«Weil du mir schließlich einmal nahe sein wolltest? Dich für die lange Zeit entschädigen wolltest, die ich nicht da war?» Daniel kam sich bei diesen Worten töricht vor. Er war nicht nur Engländer durch und durch und verabscheute Gefühlsduseleien in jeglicher Form, sondern er war sich auch bewußt, daß die Worte kaum mehr als eine schwache Hoffnung zum Ausdruck brachten.

William schüttelte entwaffnend den Kopf. «Weil Mutter sich um die Geschäfte von Frazer's kümmern wollte», berichtigte er. «Die Firma wird eines Tages mir gehören.» Er wiederholte den Ausdruck mechanisch, als wäre er ihm beigebracht worden, ihn jederzeit zu gebrauchen, ganz gleich, was er selbst davon hielt. «Aber es ist mir gelungen, hier draußen all das zu vergessen, weißt du. Den ganzen Gestank und den Dreck der Werftanlagen ... Weißt du, Vater, ich hasse das Meer, ich hasse das Meer ...»

Und Daniel erinnerte sich, was Isabel ihm einmal erzählt hatte, daß nämlich William, als er mit vierzehn seine Ausbildung an Bord der *H. M. S. Conway* beendete, genau diese Worte gebraucht hatte, um seine tiefempfundene Erleichterung und Dankbarkeit auszudrücken. «Ich hasse das Meer ...» Und als sich sein Sohn, der noch immer unter dem Bann seiner Mutter stand, obwohl er ihre Interessen nicht teilte, langsam entfernte, erschien Daniel von neuem das faszinierende Lächeln der Chiara Santa, die, mit vom Wind zerzausten Haaren und von Gischt übersprüht, an Bord des Segelbootes stand und glücklich war, das von ihm so geliebte Element, das einmal sein ganzes Leben bedeutet hatte, teilen zu können ...

«Tun Sie es, Captain Onedin», sagte der junge Engländer eindringlich. «Nehmen Sie das Geld und tun Sie, was ich gesagt habe. Es wird nur etwa einen Monat dauern – es *darf* nur etwa einen Monat dauern. Dann haben Sie genug Kapital, um hier in Manáos zu tun, was Sie wollen.»

Ein Feuerwerk brannte draußen in der Nacht ab und beschrieb eine flammende Kurve über der unvollendeten Kathedrale. Überall stiegen Jubel und Lachen auf. Jede Nacht in Manáos scheint irgendeiner Feier gewidmet zu sein, dachte James. In dieser künstlich geschaffenen Stadt lag das Geld tatsächlich auf der Straße. Delikatessen, Textilien, sogar die Feuerwerkskörper mußten importiert werden. Gar nicht zu reden von den Bausteinen und anderen Materialien für die Errichtung großer Gebäude. Die Kosten waren kein Hindernis. Es kam nur darauf an, in den Besitz der großen Summen zu gelangen, die über die Tische der Geldwechsler wanderten.

«Sie wollen von mir, daß ich Sie und Ihre ... äh ...»

«Proben.»

«... Proben mit nach England nehme. Wofür Sie mir tausend Pfund zahlen werden.»

«Die Hälfte jetzt, die andere Hälfte bei Erfüllung des Auftrags.»

«Es ist gut angelegtes Geld.»

«Ich bin nicht der einzige in diesem Geschäft.»

Im Nebenzimmer wurde gespielt. Sie standen in einem Anbau des Kasinos – James und der junge Brite, dem er erst an diesem Nachmittag begegnet war. Die großen Fenster ließen den Blick auf die hell erleuchtete Stadt frei, die von Menschen wimmelte. Der bedächtige kleine Lombardo hatte seinen besten Anzug angezogen und spielte mit Begeisterung Roulette im Salon.

Es war wohl typisch für Manáos, dachte James, ein Spielkasino einzurichten, bevor Kanalisation und sanitäre Einrichtungen fertiggestellt waren. So etwas hatte in den meisten zivilisierten Teilen der Welt heutzutage den Vorrang. Aber hier war man in Notfällen völlig auf sich allein gestellt.

«Ich bin mir nicht sicher, ob ich schon jetzt nach England zurückkehren möchte», sagte James gedehnt. «Auch nicht für kurze Zeit.»

«Sie fürchten Ihre Gläubiger?»

«Ich habe nicht gesagt ...»

«Captain Onedin, ich bin ein Mann von Welt.» Er streckte die Hände aus, als wolle er sich entschuldigen. «Um ganz ehrlich zu sein, ich habe von Ihnen gehört und Ihre Karriere in Südamerika mit einer gewissen Anteilnahme verfolgt. Die Sache mit Port Baines war wirklich eine Tragödie. Ihre Verluste müssen erheblich gewesen sein.»

«Ich werde sie wiedergutmachen», erklärte James mit Entschiedenheit. «Bis auf den letzten Penny. Aber wenn ich nach Hause fahre, würde man mich vermutlich zum Bankrott zwingen. Und das wäre das Ende.»

«Nicht unbedingt.» Der junge Engländer schüttelte den Kopf. Er hieß Henry Wickham; er verfolgte breitgefächerte Interessen und besaß ausgezeichnete Verbindungen. «Wie ich höre, steht man in englischen Finanzkreisen auf dem Standpunkt, daß Sie unerhörtes Pech gehabt haben. Trotz geringerer Mittel kommen Sie aber Ihren Zahlungsverpflichtungen nach. Vielleicht stellen Sie fest, daß es Leute gibt, die Ihnen helfen wollen.»

«Unter bestimmten Bedingungen. Ich bin Geschäftsmann, Mr. Wickham», brummte James. «Man würde mir zunächst alle meine Firmen wegnehmen und mir nur den Gestank eines Öllappens belassen, mit dem ich wieder ganz von vorn anfangen soll.»

«Was haben Sie sonst noch, so wie die Lage zur Zeit aussieht?»

«Meine Chancen», antwortete James; er wußte selbst nicht, warum er mit diesem Fremden in dieser Art und Weise sprach. Der Mann flößte ihm Vertrauen ein. «Solange ich noch über meine eigenen Hilfsquellen verfügen kann, könnte ich gewisse Arrangements treffen.» Er meinte damit, daß es ihm lieber wäre, seinen eigenen Niedergang zu steuern, falls es dazu käme, als diese Aufgabe von anderen besorgen zu lassen. Wie alle echten Spielernaturen war er überzeugt, auch die positiven Seiten einer mißlichen Lage erkennen zu können. «Ich bin es gewohnt, meine Angelegenheiten selbst zu regeln. Wie auch immer diese aussehen mögen.»

«Mein Geld kann Ihnen dabei jedenfalls von Nutzen sein», meinte Henry Wickham lächelnd. Er besaß großen Charme, der ihm offenbar angeboren war. «Kommen Sie – eine schnelle Reise nach England und zurück. Sie können mich absetzen, wo es Ihnen paßt. Meinetwegen in einer Seeräuberbucht in Cornwall. Ich muß einfach nach London.»

«Captain Baines könnte Sie mitnehmen, während ich hierbleibe und mich um meine Geschäfte kümmere», schlug James vor.

«Nein.»

«Warum nicht? Baines ist ein ausgezeichneter Seemann.»

«Tut mir leid.» Henry Wickham schüttelte wieder den Kopf, in seinem Blick lag etwas Entrücktes, als denke er an etwas ganz anderes. «Dieser Fall ist für mich von großer Bedeutung. Ich habe mir über Sie ein Urteil gebildet und werde bei diesem Urteil bleiben. Das Ganze ist Vertrauenssache. Aber ich werde keineswegs eine große Summe Geldes – in bar – für eine relativ belanglose Dienstleistung zahlen, um mich mit einem anderen Seemann abspeisen zu lassen, ganz gleich, wie kompetent dieser angeblich auch sein mag.»

James runzelte die Stirn. «Worum handelt es sich bei diesen Ihren – Waren?»

«Ich bin Botaniker. Ich besitze verschiedene Pflanzen und Samen, die ich im Dschungel des Amazonasgebietes gesammelt habe. – Es ist mehr als nur ein Hobby, seien Sie versichert», fügte er rasch hinzu, als er den erstaunten Gesichtsausdruck seines Gesprächspartners sah. «Ich bin jetzt über ein Jahr hier und habe alles, was ich brauche, zusammengetragen. Jetzt müssen alle meine Proben so schnell wie möglich nach England transportiert werden. Die Pflanzen in möglichst frischem Zustand und die Samen dergestalt, daß man sie noch einsetzen und zum Keimen bringen kann.»

«Soll das heißen – daß Sie dieses Zeug nur deshalb befördern wollen, um es in England in einen Garten zu pflanzen?»

«Der Kurator der Kew Gardens ist ein Mitarbeiter von mir. Er übernimmt die volle Verantwortung in dieser Sache.»

«Aber ...» James war völlig perplex. «Sie sind bereit, tausend Pfund für einen solchen Blödsinn auszugeben?»

«Ich stehe auf diesem Gebiet nicht allein», wiederholte Wickham.

James Onedin fragte sich, ob Henry Wickham noch ganz bei Verstand war. Er brauchte Geld, aber dieses Vorhaben sah so aus, als nehme er Geld von einem nicht ganz normalen Kind. Jeder Narr hätte dem romantisch veranlagten Botaniker sagen können, daß die Pflanzen, die in dem üppigen Dschungel Südamerikas wuchsen, in England nie gedeihen würden. Die Verhältnisse waren zu verschieden. Man brauchte nur zu versuchen, einen Bananenbaum oder eine *Monguba* in Birkenhead anzupflanzen, und das britische Klima würde sie sofort umbringen.

«Capisco», nickte der rundliche Lombardo. «Sie wollen nach England fahren und sofort wieder zurückkehren; dafür bekommen Sie eintausend englische Pfund. *Eccellente*. Der Wechsel dieses Senhor Wickham, zusammen mit den anderen Sicherheiten, die Sie haben bieten können, wird mich in die Lage versetzen, ausreichende Kredite aufzunehmen, damit wir anfangen können. Während Ihrer Abwesenheit werden Ihr – äh – Freund und ich die Möglichkeiten erkunden, Kautschuk in großen Mengen zu beschaffen.»

James sah Baines an, der in Lombardos überfülltem Büro neben ihm stand. Der hünenhafte Seefahrer schien sich in dieser Umgebung nicht wohl zu fühlen. Er fing James' Blick auf und bat stumm um Gnade. James erinnerte sich an das Gespräch, das sie am Vortag geführt hatten. Baines hatte gesagt: «Sie werden mich doch nicht Büroarbeit verrichten lassen, solange Sie selbst ein Deck unter den Füßen haben, Captain? Ich habe für Zahlen und so weiter keinen Sinn.»

«Es ist genau dasselbe wie die Buchführung an Bord», hatte James erwidert. «Wir können nicht beide mit Wickham fahren, aber die Kommission, die er mir anbietet, ist lebenswichtig für mein Vorhaben. Es ist das beste, wenn Sie ein wachsames Auge auf alles halten, was bewacht werden muß.»

James erinnerte sich an Lombardos Spielleidenschaft im Kasino und fand, daß ein breitschultriger Mann wie Baines zwischen dem Italiener und dem kleinen Rest stehen sollte, den er noch im Safe verwahrt hatte. Es war bestimmt nicht leicht für seinen alten Gefährten, aber es gab keine andere Wahl. Während James seine letzten Barmittel zusammenkratzte, um ein Vorhaben durchzuführen, das im Jargon der Einwohner von Manáos ‹Gummiweg› genannt wurde, brauchte er jemanden, der sich in den Geschäftsgepflogenheiten dieser fremdartigen Stadt auskannte. Dieser Jemand war Lombardo. Aber Lombardo war auf der Hut.

Die ganze Sache klang zu einfach, um wahr zu sein. Aus Tausenden, wenn nicht Millionen von Bäumen konnte im ganzen Amazonasgebiet natürlicher Kautschuk gewonnen werden. Es war lediglich erforderlich, die Bäume anzuzapfen, den Saft flußabwärts zu transportieren und dann auf dem Weltmarkt zu verkaufen. Die Gewinne im Kautschukgeschäft waren erstaunlich. Kautschuk wurde überall in der Welt dringend gesucht, er war aber nur am Amazonas zu beschaffen. Man konnte für Gummi alles verlangen. Auch wenn der geforderte Preis erheblich überhöht war, würden sich die Händler in Europa gegenseitig überbieten, um Nachschub zu erhalten. Die einzigen Kosten traten für die erforderlichen Arbeitskräfte und Transportmittel ein. Der mächtige Strom löste für James alle Transportprobleme, und er wußte, daß die Arbeitskosten kaum ins Gewicht fallen würden.

«Arbeitskräfte sind in Brasilien billig zu haben», meinte Lombardo achselzuckend, als James diese Frage erneut in Lombardos Büro anschnitt. «Arbeitskräfte werden im Dschungel, wo immer

Sie wollen, durch Agenten vermittelt. Die einzige Schwierigkeit liegt darin, daß oft nicht genügend Arbeiter zu beschaffen sind.»

«Nicht genügend?»

«Es ist eine merkwürdige Sache.» Senhor Lombardo, wohlsituierter Geschäftsmann in Manáos, lehnte sich in seinem Sessel zurück und runzelte die Stirn. «Seit der Abschaffung der Sklaverei in diesem Land wollen die Indianer manchmal keine Lohnarbeit leisten. Sie glauben anscheinend, es sei die Arbeit gewesen, die man abgeschafft hat. Durch die Gnade unseres edlen Kaisers haben wir seit einiger Zeit das Gesetz der freien Geburt. Danach sind alle Kinder noch vorhandener Sklaven frei, wenn sie das Alter von einundzwanzig Jahren erreicht haben. Und diese wollen auch nicht arbeiten. Manchmal. Senhor Onedin, man sagt jetzt in Manáos ... es fällt einem reichen Mann schwer, sich seinen Lebensunterhalt zu verdienen.»

Unerwartetes Wiedersehen

Als Lady Isabel Fogarty Port Baines zum erstenmal sah, fragte sie sich, ob sie den Atlantik nur deshalb überquert habe, um sich dasselbe Elend anzusehen, an das sie auf ihrer eigenen Werft bei Liverpool gewöhnt war. Sie fragte sich außerdem, ob sie eine Abneigung gegen das Meer in sich habe anwachsen lassen, denn während des letzten Teils der Seereise hatte sie sich nicht mehr wohl gefühlt.

Im großen und ganzen war es eine anstrengende Fahrt gewesen. Die *Lady Isabel* hatte zwar die Anforderungen der Jungfernreise gut überstanden. Sie war ein gutes Schiff. Aber sie war als Frachtdampfer und nicht als Passagierschiff gebaut, und wegen ihrer schweren Aufbauten schlingerte sie erheblich. Die Schraube, die das Schiff ständig mit elf Knoten antrieb, verursachte in der Metallkonstruktion unablässige Erschütterungen. Es war aber nicht nur die Bewegung des Schiffes, die zu dem allgemeinen Unwohlsein geführt hatte, erkannte Isabel. Einige Besatzungsmitglieder schienen an irgend etwas erkrankt zu sein. Es war ein unbekanntes Fieber. Auch jetzt, da sie auf dem Vorderdeck des Schiffes stand, das schließlich in der stillen Bucht vor Anker gegangen war, und zu dem Durcheinander von Eisen- und Holzteilen hinüberschaute, die überall am Ufer verstreut lagen, war Isabel fast etwas schwindlig. Der Dschungel war, wie es in diesem Teil der Welt immer geschieht, wieder dorthin vorgedrungen, wo er anfangs gerodet worden war. Die Überreste der Eisenbrücke bei der Schlucht waren inzwischen dicht mit Schlinggewächsen überwuchert, und neue Bäume und Buschwerk sprossen aus den Trümmern hervor. Es war, als ob Port Baines eine uralte Ruinenstadt wäre, die schon vor langer Zeit von den Menschen verlassen worden war.

«Wir müssen hier frisches Wasser an Bord nehmen, Mylady, auch wenn es hier sonst wenig zu holen gibt», sagte Blaney, der Kapitän; er stand neben ihr, als sie betrachtete, was vom Traum ihres Bruders übriggeblieben war. Blaney war ein hochgewachsener, bärtiger Mann aus Belfast; gewöhnlich war er ebenso wettergebräunt wie jeder, der zur See fuhr. Im Augenblick sah er jedoch grau und abgespannt aus. Auch er war krank gewesen. «Und ich mache mir große Sorgen über den Gesundheitszustand meiner Leute.»

«Captain Blaney, was ist dies für ein seltsames Fieber?»

«Es gibt Leute, die für alles einen Namen wissen», gab Blaney trübsinnig zurück. Wie die meisten Seeleute, hatte er für den Arztberuf nicht viel übrig. «Zwei Heizer liegen bereits darnieder, und das sind zwei zuviel. Nicht jeder Mann von der Besatzung kann als Heizer bei den Kesseln eingesetzt werden. Es ist Schwerarbeit, die schwerste an Bord, und dazu muß man kräftig gebaut sein.»

Es kam Isabel in den Sinn, daß sich für den Seemann eigentlich wenig geändert hatte, mochten auch die Schiffe jetzt anders aussehen. Auf Segelschiffen mußten die Männer bei unmöglichem Wetter hinauf in die Takelage klettern, um Segel zu reffen – an Bord von Dampfschiffen stiegen sie hinab, um bei Temperaturen, die bis auf sechzig Grad Celsius steigen konnten, ihre zermürbende Arbeit zu verrichten.

«Besonders schlimm ist es, wenn man zu husten anfängt», fuhr Blaney sinnend fort. «Ich bin selbst letzte Nacht von einem Hustenanfall aufgewacht. Ich dachte, mein letztes Stündlein sei gekommen, Mylady. Ich habe schwarze Galle gespuckt.»

Isabel wandte sich nach ihm um. Er war einer der ersten gewesen, die an dem Fieber erkrankt waren, kurz nachdem die *Lady Isabel* Kingston angelaufen hatte und dann weiter nach Belize gefahren war, um Frachtgüter zu löschen, die sie aus England mitgebracht hatte. Jegliche Farbe schien aus seinem Gesicht gewichen zu sein. Er schwankte etwas, während er auf dem Vorderdeck stand. «Sie sollten sich erst einmal auskurieren, Captain Blaney», sagte Isabel. «Vielleicht übergeben Sie das Kommando einstweilen an Mister Prendergast ...»

Am Ufer waren nur ein paar Mestizen zu sehen. Sie waren an die Bucht zurückgekehrt, seit die fremden Eindringlinge verschwunden waren. Einer von ihnen hatte einige Brocken Englisch gelernt und konnte sich mit Isabel unterhalten.

«... aber ich verstehe nicht, was hier passiert ist», erklärte Isabel; sie hatte den Sonnenschirm aufgespannt, um ihre Haut vor der Sonnenhitze zu schützen. «Warum sind alle verschwunden? Captain Onedin – wo ist er? Ist auch Captain Onedin irgendwohin gefahren?»

«Captain Onedin – er gehen mit Schiff.»

«Wohin?»

Der Mestize grinste und entblößte ein vom Tabak beflecktes Gebiß. Schrecklich, wie diese Leute mit dem Kautabak umgingen, dachte Isabel bei sich. Er tat ihnen sicherlich nicht gut – auch den Seeleuten nicht, die diese Gewohnheit von ihnen übernommen hatten. «Und die anderen – Captain Baines.» Sie wollte unbedingt etwas erfahren. «Ist er mit Captain Onedin weggefahren?»

Sie bekam keine Antwort auf ihre Frage. Isabel wurde etwas unheimlich zumute. Ob diese Leute Kannibalen waren? fragte sie sich insgeheim. Captain Blaney befand sich nur wenige Meter von ihr entfernt; er saß auf einem Felsbrocken in der Nähe des Beiboots. Er hatte sich geweigert, ins Bett zu gehen, als sie es ihm dringend geraten hatte, aber bei seinem schlechten Gesundheitszustand konnte sie im Notfall kaum auf ihn rechnen. «Mrs. Onedin», sagte Isabel; sie machte sich große Sorgen, was aus Letty geworden sein könnte. «Und Miss Charlotte. Sie war verletzt – schwer verletzt.»

«Charlotte – Charlotte.» Das von Tabaksaft befleckte Gebiß war wieder in seiner ganzen Breite zu sehen. «Gute Miss Charlotte. Guter Freund Mestizen.»

«Das letzte, was ich hörte, war, daß sie sich ernsthaft verletzt hatte. Kannst du mir sagen, wo sie ist?»

«São Paulo», sagte der Indianer kopfnickend, «sie gehen São Paulo. Mestizen helfen. Weil sie krank, machen Mestizen für Charlotte starken Zauber. Sie schnell wieder gesund.» Und er zeigte ihr eine Art von Talisman, den er um den Hals trug. Er stellte das kleine und sehr grob angefertigte Ebenbild einer Frau dar. Isabel wandte taktvoll die Augen ab, war aber dankbar. Wenigstens hatten diese Wilden niemanden aufgefressen. Sie schienen im Augenblick auch kein Festmahl vorzubereiten.

Als die *Lady Isabel* nach Santos kam, wo sie bleiben mußte, während ihre Eignerin landeinwärts nach São Paulo weiterfuhr, war Captain Blaney schwer krank und außerstande, seine Kajüte zu verlassen. Das merkwürdige Fieber hatte ihn schließlich auf die Knie gezwungen. Isabel rief einen Arzt herbei und ließ das Schiff unter dem Kommando des Steuermanns, Mr. Prendergast, zurück; auch er schien nicht ganz gesund zu sein.

Die Fahrt landeinwärts nach São Paulo war glücklicherweise kurz und nicht zu anstrengend. Im Eisenbahnwaggon, dessen Fenster weit offenstanden, war Isabel angenehm überrascht, daß das Klima hier weniger drückend war. An Bord und in der Nähe der Küste war es feucht und stickig gewesen. Sie waren besonders von Insekten, hauptsächlich von Moskitos, geplagt worden. Isabel freute sich, daß diese jetzt verschwunden waren, denn die wenigen Stiche, die sie erhalten hatte, drohten, sie durch unschöne Schwellungen zu verunstalten.

São Paulo erwies sich als eine viel größere Stadt, als sie vermutet hatte; man trieb hier hauptsächlich Viehhandel, und Rinder wurden in großen Mengen aus dem Landesinneren zur Auktion herangeführt. Aber in dem modernen Hospital konnte sie zunächst keine Spur von Charlotte entdecken. «Ich bitte Sie», fragte sie. «Miss Charlotte Onedin. Sie ist vielleicht inzwischen schon geheilt – ich hoffe wirklich, daß sie wieder gesund ist –, aber ich möchte wissen, was aus ihr geworden ist. Ich bin ihre Tante.»

Isabel benahm sich genauso, wie sie es sich in England gegenüber ihren Untergebenen angewöhnt hatte, aber irgendwie kam sie hier damit nicht zum Zuge. Diese Menschen schienen keine genaue Vorstellung von sozialen Schichtungen zu haben. Sie respektierten nur das Geld und die Zurschaustellung des Reichtums, was sie nach ihrer Erziehung für schlechten Geschmack hielt. Erst nach einigen Stunden gelang es ihr, eine Adresse in einem Stadtviertel von São Paulo, das sie nicht kannte, zu erhalten. Es war eine ziemlich verwahrloste Gegend, stellte Isabel mit wachsender Besorgnis fest, während der Wagen, den sie gemietet hatte, sie immer tiefer in das Gewirr enger Gassen und hoher Mietshäuser hineinführte. Als das Fahrzeug schließlich zum Stehen kam, glaubte sie, es müsse irgendein Irrtum vorliegen. Die Bewohner des Hauses öffneten Türen oder lehnten sich aus den Fenstern, um diese ihrer Meinung nach unwirkliche Erscheinung anzustarren. Eine Dame in elegantem Kleid stieg aus einer Kutsche, wie sie nur von den Reichen benutzt wurde. Sie war offenbar gekommen, um durch gute Werke ihre Seele zu retten – würden auch sie ihrer Mildtätigkeit teilhaftig werden?

Isabel entdeckte Letty im ersten Stock des Gebäudes, zu dem sie der Wagen gebracht hatte. Zuerst erkannten sich die beiden Frauen gar nicht. In einem farblosen Rock und viel magerer, als Isabel sie in Erinnerung hatte, kochte Letty irgend etwas auf einem Herd in der Ecke des Zimmers, in dem sich außer einem Schrank, einem Tisch und einigen Holzstühlen nichts befand. Als Isabel in der Tür erschien, warf Letty ihr einen scharfen Blick zu, als erwarte sie irgendeine Beleidigung oder Kränkung. Dann merkte sie, wer es war, starrte Isabel einen Augenblick ungläubig an und brach in Tränen aus.

«Letty!» rief Isabel aus; sie war schockiert und wie vor den Kopf gestoßen. «Letty, was soll dies alles heißen?»

«Wo kommst du her?» sagte Letty und schluchzte. «Woher? Und wie?»

«Spielt jetzt keine Rolle. Wo ist James? Ich muß mit ihm sprechen.»

«James ist nicht hier.»

«Wo ist er dann? Was ist passiert? Ich hatte keine Ahnung, daß alles so schlimm ist.» Isabel blickte sich in dem Raum mit der hohen Zimmerdecke um; vielleicht war es früher einmal, bevor der Herd installiert wurde, ein eleganter Salon gewesen; jetzt befand sich der Raum jedoch in einem abstoßenden Zustand, der Stuck wies überall Risse auf, und der Dielenboden hatte sich geworfen. «Es war mir klar, daß der Mißerfolg von Port Baines James teuer zu stehen gekommen war, aber ich wußte nicht, daß er jetzt mittellos dasteht. Warum hat er mir nicht Bescheid gegeben? Ich hätte ihn unterstützen können.»

«Ich dachte ...» Letty schien völlig verwirrt zu sein. «Was tust du hier? Du – du wolltest doch in Australien leben ...»

Isabel erkannte, daß James nicht einmal gewußt hatte, daß sie wieder in England war. Sie hoffte, daß ihr Bruder nicht den Versuch unternommen hatte, sich mit ihr in Australien in Verbindung zu setzen, um seine Lage zu schildern. Damit hätte er Daniel Fogarty auf den Plan gebracht und ihn vielleicht veranlaßt, weiterreichende

Pläne zu verwirklichen. Während der Überfahrt über den Atlantik war Isabel zum Bewußtsein gekommen, daß es ihr keineswegs recht wäre, wenn Daniel Fogarty unerwartet in England erschiene, um den Rest der Onedin-Linie aufzukaufen und James damit ein für allemal zu ruinieren. Sie wußte, daß er diesen Wunsch auf Grund des alten Zwists noch immer hegte. Sie wollte sich mit James irgendwie arrangieren und eine Art von Opposition gegenüber Daniel herstellen. Damit wollte sie zweifellos wieder in eine Lage kommen, in der sie ihr eigener Herr war, ohne die lästigen Fesseln ihrer Ehe. Hieß das aber auch, daß sie ihren Mann nicht mehr liebte?

«Wo ist James?» fragte Isabel wieder.

«James – ist in Manáos.» Lettys Kummer brachte die harten Linien ihres eckigen Gesichts noch deutlicher zum Vorschein. Isabel mußte unwillkürlich daran denken, daß ihre Schwägerin den größten Teil ihres Lebens als Gouvernante verbracht hatte.

«Wo ...?»

«In der großen Stadt am Amazonas: Manáos. Er ist nach Manáos gefahren, um seine Verluste wiedereinzubringen. Er meint, das werde ihm dort gelingen, und dazu noch sehr schnell. Ich mußte zurückbleiben und mich um Charlotte kümmern. James hat uns natürlich Geld dagelassen, aber es war nicht genug. Nachdem die Arztrechnungen bezahlt worden waren, kamen die hohen Lebenshaltungskosten ... Wir mußten aus dem Haus, das er für uns besorgt hatte, ausziehen. Es war viel zu aufwendig. Und obwohl ich ihm geschrieben und unsere Notlage geschildert habe, hat er uns kein Geld mehr geschickt ...»

«James hat dich einfach dir selbst überlassen?» Isabel starrte die hagere Frau, die ihr gegenüberstand, ungläubig an. Gewiß, James konnte sehr rücksichtslos sein, aber in der Vergangenheit hatte er sich gegenüber den Familienmitgliedern immer als fürsorglich und hilfsbereit erwiesen.

«Ich – ich weiß nicht.» Lettys Tränen waren versiegt. Sie hob tapfer den Kopf. Sie hatte trotz allem etwas Würdevolles und Selbständiges an sich. Eine Gouvernante ist eine Frau, der eine untergeordnete Stellung willkürlich aufgezwungen wird, dachte Isabel. «Ich glaube – ich glaube, er hat uns einfach übersehen.»

«Das ist ebenso schlimm!»

«Es ist merkwürdig, daß er über Charlottes Situation einfach hinweggegangen ist. Er hätte doch in erster Linie an Charlotte denken müssen.» Letty schien der Verzweiflung nahe zu sein. «Wenn es um mich geht, ist es etwas anderes, ich weiß. Aber Charlotte ist für James ... Anne.»

Bevor Isabel über diese eigenartige Bemerkung nachdenken konnte, wurde die Tür zum Hinterzimmer geöffnet, und eine junge Frau erschien. Wieder erkannte Isabel sie nicht sofort. Es war eine Reihe von Jahren her, seit sie sie zum letztenmal gesehen hatte, gewiß; aber sie hatte nicht damit gerechnet, in ihrer Nichte einer reifen, erwachsenen Frau zu begegnen. Ihr Gesichtsausschnitt, die hohen Backenknochen und die dunklen Augen erinnerten so stark an ihre tote Mutter, daß gar kein Zweifel mehr bestehen konnte. Dies war Charlotte.

«Mein liebes Kind», hauchte Isabel. Sie konnte nicht sagen, ob diese zurückhaltende junge Frau ihre Notlage ebenso qualvoll wie Letty empfand oder nicht. Sie hatte sicher viel durchgemacht; das stand in ihrem Gesicht geschrieben. Aber sie strahlte eine fühlbare Ruhe aus, als ob die Stürme, die um sie herum alles verwüstet hatten, sie selbst im Grunde genommen unberührt gelassen hatten. «Ich bin so ... Charlotte, Kind, das alles tut mir ja so schrecklich leid.»

Isabel trat rasch einen Schritt vor, um sie zu umarmen. Das junge Mädchen reagierte freudig bewegt, stieß aber einen kleinen Schmerzensschrei aus, als Isabel versuchte, sie an sich zu drücken. Dann fiel Isabel ein, daß ihr die Mestizen erzählt hatten, Charlotte habe sich während des Unwetters in Port Baines mehrere Knochen gebrochen. Sie war offenbar noch nicht wieder ganz gesund.

«Tante Isabel», sagte Charlotte. «Willst du uns helfen, Papa zu finden?»

Isabel erschrak. Die Forderung kam so plötzlich, so direkt.

«Aber, Kind ... du bist noch nicht ganz wiederhergestellt, Charlotte. Das sieht man dir an. Du brauchst Ruhe. Zunächst werde ich euch aus diesem rattenverseuchten Elendsquartier herausholen. Was hat sich James eigentlich dabei gedacht?» Sie konnte immer noch nicht begreifen, warum James Frau und Kind derartig im Stich gelassen hatte.

«Papa hat uns nicht vergessen, wenn du das damit sagen willst», erwiderte Charlotte leise. «Letty glaubt es zwar, aber es ist nicht wahr. Die Ereignisse haben ihm einfach zu stark zugesetzt. Er ist am Ende seiner Weisheit, welchen Weg er jetzt am besten einschlagen soll. Deshalb müssen wir ihn finden und ihn unterstützen.»

«Mir scheint, es ist an ihm, euch zu unterstützen.» Isabel merkte, wie ihr Erstaunen immer mehr in Zorn überging, als sie dieses bleiche, kranke Mädchen und die magere Gestalt der Stiefmutter vor sich sah. Es war wirklich ein reiner Zufall gewesen, daß sie sich entschlossen hatte, England zu verlassen. Die beiden wären womöglich gestorben, bevor jemand von ihrer Zwangslage erfahren hätte.

«Bitte, Tante Isabel», sagte Charlotte mit eindringlicher Stimme. «Wir kommen schon zurecht. Jetzt ist es Papa, der unsere Hilfe braucht.»

«Bist du eine Heilige, Kind?» Isabel fand es ganz natürlich, daß sie jetzt mit erhobener Stimme sprach. Das Ganze war zu lächerlich. Das Mädchen hatte in Port Baines vielleicht einen Gehirnschaden erlitten. «Du willst freudig leiden? Bist du verrückt?»

«Sie ist Anne», sagte eine tiefe, gequälte Stimme vom Herd her. «Er hat auch sie einmal so allein gelassen, vor langer Zeit. Ich habe davon gehört. Er fuhr weg, um ein Vermögen zusammenzutragen – die Leidenschaft seines Lebens, wie immer. Aber sie bedeutete ihm trotzdem alles, auch wenn er sich wie ein Bösewicht benahm. Und ich bin ein Nichts. Nichts ...»

James Onedin hielt das schlechte Wetter zunächst nur für einzelne Sturmböen. Als sich aber die Nacht über den weiten Ozean herabsenkte, begann die *Neptune*, die unter dem Hurrikan gelitten hatte, zu rollen und laut zu protestieren, während immer schwerere Brecher gegen die Bordwand donnerten, über das Deck krachten und Gischt überallhin versprühten. James schrie seine Kommandos gegen den heulenden Wind und ließ Segel einholen. Als nur noch drei Marssegel und die Stagsegel gesetzt waren, brachte er das Schiff gegen den Wind und richtete sich darauf ein, den Sturm auszureiten. Seiner Meinung nach konnte es kein Taifun sein. Sie befanden sich etwa hundert Seemeilen östlich von Westindien; weit und breit lag kein Hafen, den sie hätten anlaufen können.

Als er erfuhr, daß die Offiziersquartiere achtern unter Wasser stünden, stieg er hinunter, um sich selbst ein Bild von der Lage zu machen. Eine Lampe schwang wild an der Decke hin und her und warf ein unwirkliches Licht über die seltsame Sammlung von Dschungelpflanzen, die hier sprossen. Es war schwer zu erkennen, was tatsächlich vor sich ging, aber der besorgte Henry Wickham stand bis zu den Knöcheln im Wasser und versuchte mit Hilfe zweier Seeleute verzweifelt, seine Pflanzen zu retten, als diese in ihren Kisten hin und her rutschten, und sie aufs Trockene der fest verankerten Tische und Stühle zu bringen.

«Wir müssen sie vor dem Salzwasser retten!» rief er, als er James sah. «Salzwasser bringt sie um. Helfen Sie mir!»

Als Kapitän war James nicht gewohnt, in dieser Art angeredet zu werden, auch nicht von jemandem, der sein Schiff gechartert hatte. Aber die Prioritäten schienen in diesem Augenblick durcheinandergeraten zu sein. Bei einem Unwetter auf See kommt es gewöhnlich zunächst darauf an, an die Erhaltung des Lebens zu denken. Henry Wickham ging es aber offenbar mehr um den Schutz seiner Gewächse. Einer der Seeleute, der mit einer Pflanze zum Tisch taumelte, rutschte aus, als das Schiff plötzlich unter ihm nachgab, und fiel krachend gegen die Holzverstrebungen.

«Du Narr!» schrie Henry Wickham, sprang auf ihn zu und riß ihm die Pflanze aus den Händen, bevor auch diese ins Wasser fallen konnte. «Habe ich dir nicht gesagt, sie mit besonderer Sorgfalt zu behandeln? Sie sind von unschätzbarem Wert!»

Der Seemann war benommen und hatte sich vielleicht verletzt, aber Wickham ließ ihn auf dem Rücken in der Nässe liegen, ging dann platschend mit der Pflanze zum Tisch zurück, setzte sie dort ab und machte sie, wie alle anderen, innerhalb eines Rahmens fest. Die Pflanzen wiegten sich wie ein kleiner Wald hin und her, während das Schiff rollte und schlingerte. Es war ein grotesker Anblick.

«Sie hätten mir sagen können, daß so etwas bevorsteht», schrie er den noch immer verblüfften James an. «Ich hätte geeignete Vorkehrungen treffen können.»

«Ein Marssegel hat sich losgerissen!» schrie eine Stimme von oben durch die offene Luke.

James machte sich wieder auf den Weg nach oben. Das Marssegel flatterte in dem Sturm wie der Mantel einer Hexe vom Mast. James ergriff das Megaphon und brüllte: «Alle Mann an Deck! Alle Mann an Deck! Haltet den Klüver! Segel einholen!»

Winzige Gestalten hoch über ihnen machten sich auf den schwankenden Rahen zu schaffen. Falls einer von ihnen abstürzen und auf dem Deck zerschmettert liegenbleiben würde, dachte James, wäre dies für Henry Wickham ein kleineres Unglück als der Verlust auch nur einer seiner verdammten Pflanzen. Der Klüver blähte sich, als er von dem wütenden Sturm erfaßt wurde. Die *Neptune* stampfte und rollte hilflos in dem Orkan hin und her. Sie hatte schlimmere Stürme überstanden, dachte James grimmig, aber seit Port Baines war sie ein müdes Schiff.

Nach etwa zwanzig Minuten ließ der Sturm nach, und nach weiteren fünfzig hatte er sich völlig gelegt. Baines hätte mit seiner feinen Nase für die Windverhältnisse gewußt, um was für ein Naturphänomen es sich gehandelt hatte. Ein Pampero, der an Stärke zunahm, je weiter er nach Westen zog – vielleicht ein Wirbelsturm. Aber wie dem auch sei, James und sein Schiff waren diesmal verschont geblieben.

James stieg wieder hinunter. Die Matrosen beseitigten jetzt die Überschwemmung, aber Wickham war wie eine nervöse Mutter weiterhin ängstlich um seine Pflanzen bemüht.

«Ich habe zwei verloren», verkündete er in traurigem Ton, als er James sah. «Davon bin ich überzeugt. Sie waren zu tief in die Salzlake getaucht und werden es höchstwahrscheinlich nicht überleben. Gutes Frischwasser ist immer erforderlich, da sie sowieso nur schwer am Leben zu erhalten sind.» Er wandte seine Aufmerksamkeit den zerzausten Blättern einer speziellen Pflanze zu. «Besteht die Möglichkeit einer zweiten Überflutung?»

«Das kann man auf See nie sagen.» Wickham war ein gebildeter Mann, und James hatte an den Gesprächen mit ihm inzwischen Gefallen gefunden. Aber seine Besessenheit konnte man nur als Narretei bezeichnen. «Was für Gewächse sind das, Mister Wickham, daß Sie soviel Geld und Sorgfalt aufbringen, um sie nach England zu befördern, und daß es Ihnen mehr um die Erhaltung der Pflanzen als um das Schiff geht, das sie befördert?»

«Einige sind lediglich pflanzliche Kuriositäten», erwiderte Wickham, ohne auf den Sarkasmus einzugehen. «Sie mögen von Interesse für meine Mitarbeiter in den Kew Gardens sein. Zum Beispiel diese *Iriartea ventricosa* hier.» Er wies auf einen kleinen Schößling, an dem bereits winzige Palmblätter saßen, und entschuldigte sich dann mit einem raschen Lächeln für den lateinischen Ausdruck. «Allgemein unter dem Namen Knorrenpalme bekannt. Sie wird bis zu sechzehn Meter hoch und entwickelt am Stamm in regelmäßigen Abständen merkwürdige knorrige Auswüchse. Dann der *desmoncus* ...»

Sein Lächeln wurde breiter. «Aber die Mehrzahl der Gewächse ist von praktischerem Nutzen. Die meisten gehören zu einer besonders nützlichen Spezies, die ich unbedingt in England einführen möchte.» Er machte eine ausladende Handbewegung über den Tisch und höher gelegene Teile der Kabine hin, wo jetzt etwa dreißig oder vierzig verschiedene Gewächse standen oder lagen. «Fünfundzwanzig dieser Pflanzen sind identisch, wenn man es ihnen in diesem Wachstumsstadium auch vielleicht nicht ansieht. Und ich bringe Hunderte von Samen mit, um sie daheim zum Keimen zu bringen.»

«Zu welcher Spezies gehören sie?» fragte James.

Henry Wickham blickte von der Pflanze auf, die er gerade in der Hand hielt. In seine Augen trat wieder jener entrückte Ausdruck. «Manchmal fühle ich mich wie ein botanischer Bahnbrecher», gab er zurück. «Wie Bligh. Sie haben doch sicher von Captain Bligh gehört?»

«Dem sein Schiff von Meuterern abgenommen wurde?» erwiderte James mit einiger Überraschung. «Ich würde nichts Erstrebenswertes darin sehen, mit ihm verglichen zu werden.»

«Die Meuterei war ein unseliger Makel auf dem Ruf eines sonst untadeligen Mannes», bemerkte Wickham maßvoll. «Blighs eigentliche Leistung beruhte darauf, Schößlinge des Brotfruchtbaumes von der Südsee nach Westindien, woher wir gerade kommen, transportiert zu haben. Sie haben die Reise gut überstanden und sind dort prächtig gediehen. Noch jetzt ernähren sie einen großen Teil der einheimischen Bevölkerung.»

«Und was wollen Sie nach England bringen, Mr. Wickham? Etwas, auf dem Porridge für die hungernden Kinder in England wächst?»

James hatte das Gefühl, seine Witze mit dem Botaniker machen zu können, ohne bei diesem Anstoß zu erregen.

«So etwas nicht, fürchte ich», entgegnete Wickham tiefernst. «Haben Sie Familie, Captain Onedin?»

«Familie?» James runzelte die Stirn. Die Frage überraschte ihn. «Aye, aye, ich bin verheiratet und habe ein Kind.» Er sah wieder Lettys Gesicht vor sich, Lettys Gesicht in dem Hurrikan und Charlotte, als sie verletzt worden war. Es war lächerlich, sich durch Gedanken an die beiden ablenken zu lassen, wie es immer häufiger während der Fahrt bei ihm der Fall war. Er hatte sie gut versorgt. Gut. «Warum fragen Sie, Sir?»

«Weil man von einem Familienvater erwarten könnte, daß ihm das Wohlergehen der englischen Nation am Herzen liegt», erklärte Wickham. «So wie mir. Aus eben diesem Grund transportiere ich ... Kautschukbäume in meine Heimat.»

James traute seinen Ohren nicht. Die *Neptune* ächzte und knarrte noch immer, so daß er sich vielleicht verhört haben konnte. Aber Wickham wiederholte ganz deutlich: «Kautschukbäume.»

Jetzt war James überzeugt, daß Henry Wickham den Verstand verloren haben mußte. Es war ein beinahe alarmierendes Zusammentreffen, daß er einen Teil des Kapitals, das er für seine Investitionen im Kautschukhandel in Brasilien brauchte, dadurch aufzubringen gedachte, daß er Kautschukbäume nach England transportierte, die dort nur eingehen konnten. Auch in Treibhäusern würden sie wahrscheinlich nicht gedeihen. England würde nie zu einem Kautschukproduzenten werden. Die Sache war absurd.

James Onedin hatte früher einmal sein Vermögen auf einen eigenen Traum gegründet, einen Traum von Schiffen und der See und der weltweiten Ausdehnung des Handels. Jetzt wollte er sein zweites Vermögen mit dem Traum eines anderen gewinnen: einem Traum, der wie eine Seifenblase zerplatzen mußte.

«Es ist tragisch.» Isabel Fogarty weinte. «Wirklich tragisch!»

Nicht daß sie um Captain Blaney so tief getrauert hätte. Bevor er aufgefordert worden war, die *Lady Isabel* auf ihrer Jungfernreise zu führen, hatte sie von seiner Existenz kaum etwas gewußt. Aber daß ein Mann auf diese Weise, fern der Heimat in einem fremden Land, sterben mußte, war höchst beunruhigend. Und wenn man überlegte, daß dieses Schicksal auch sie selbst getroffen haben könnte, war der Schock um so größer. Als Isabel mit Letty und Charlotte nach Santos zurückkehrte, erhielt sie die Trauernachricht. Blaney war gestorben, und ein großer Teil der Schiffsbesatzung war schwer erkrankt.

«Sie haben noch einmal Glück gehabt, Lady Isabel», sagte der ältliche Arzt und sprach ihr aus dem Herzen. «Auf Ihrem Schiff ist Gelbfieber ausgebrochen.»

«Gelbfieber!» Das bloße Wort erfüllte Isabel mit Schrecken.

«Wenn Sie bisher kein hohes Fieber haben, sich nicht übergeben und schwarze Galle spucken müssen, haben Sie wahrscheinlich nichts zu befürchten», fuhr der Mediziner bemerkenswert sachlich fort. Er war ein weißhaariger Schotte, der vor langen Jahren eine Einwohnerin von Santos geheiratet hatte und seither hier lebte; seine Praxis war hauptsächlich auf die Besatzungen einlaufender Schiffe abgestellt. «Darf ich fragen, ob Sie von Mücken gestochen worden sind?»

«Ein paarmal. Auf dem letzten Teil unserer Reise hatten wir viele Mücken an Bord.»

«Dann haben Sie meines Erachtens außerordentlich großes Glück gehabt.» Der schottische Arzt nickte bedächtig. Er unterhielt eine kleine Ordination im Hafen, wo sie jetzt auch beide saßen und sich unterhielten. «Wir wissen vom Gelbfieber nur wenig. Aber es gab ein Wasserfaß an Bord der *Lady Isabel*, in dem die Mücken brüteten. Ein Besatzungsmitglied sagte mir, das Faß sei in Kingston übernommen worden.»

«Das stimmt», bestätigte Isabel. «Wir hatten zwar noch genug Trinkwasser, als wir den Atlantik überquert hatten, aber wir brauchten mehr Wasser für andere Zwecke. Sind Sie der Meinung, Doktor, daß das Gelbfieber irgendwie von Mücken übertragen wird?»

Der alte Schotte schüttelte langsam den Kopf. Er konnte solche Fragen nicht beantworten. Das konnte eigentlich niemand mit Bestimmtheit. «Ich weiß nur folgendes», erwiderte er nachdenklich.

«Vor vielen Jahren besuchte ein Handelsschiff irgendein primitives Volk an der Küste südlich von Paranagua. Die Leute bestaunten besonders ein großes Trinkgefäß, das der Kapitän an Bord hatte. Er tauschte es bereitwillig gegen andere Dinge ein, aber bei der Übergabe enthielt das Gefäß noch etwas abgestandenes Wasser. Die Eingeborenen stellten es voller Stolz an einem geheiligten Ort zur Schau auf. Weniger als einen Monat später ... waren alle Dorfbewohner an Gelbfieber gestorben.»

Isabel schaute aus dem Fenster auf die Schornsteine der im Hafen liegenden Schiffe hinaus. Obwohl die Bevorratung mit Kohle in Brasilien ein Problem darstellte, schien dieser Punkt die Begeisterung für Dampfschiffe offenbar nicht zu dämpfen. Nur ein einziger hoher, sauberer Mast stieg über den gedrungenen, rußigen Trampschiffen auf. Er wies feierlich wie ein Kirchturm zum Himmel – er wirkte wie ein Vorwurf. «Wie lange wird es dauern, bis meine Besatzung wieder auf den Beinen ist?» fragte sie.

«Einige werden vielleicht nie wieder gesund. Ich halte es für fair, Sie vorzuwarnen, Lady Isabel: Es kann noch weitere Todesfälle geben.»

«Aber wie lange dauert es bei denen, die durchkommen?»

«Viele Wochen. Eventuell Monate. Es gibt für die Seuche kein Heilmittel, und um nach einer so kräftig zehrenden Krankheit wieder voll leistungsfähig zu sein, ist eine längere Zeit erforderlich.»

«So lange kann ich nicht warten», sagte Isabel. Sie konnte ebenso ungeduldig wie James sein, wenn es ihr darauf ankam, und ebenso kühl angesichts menschlichen Leidens. «Ich werde dafür sorgen, daß die Kranken anständig untergebracht und gepflegt werden. Und ich werde eine neue Besatzung anheuern. Ich darf wohl davon ausgehen, daß das Faß mit den Mücken von Bord gebracht worden ist? Außerdem, daß keine weiteren Brutstätten dieser Art vorhanden sind? Falls Sie recht haben, Doktor, dürfen wir nichts riskieren.»

Der schottische Arzt hielt die englische Lady weder für hartherzig noch für herzlos. Während eines langen Lebens, in dem er alle, die sich um Heilung an ihn gewandt hatten, zu einem möglichst friedlichen Tod verdammt hatte, war er selbst zum Realisten geworden. Aber er wünschte sich, daß jemand seinem Verdacht wegen der Mücken und des Gelbfiebers nachgehen würde. Es war natürlich eine eitle Hoffnung, aber wenn er recht behalten sollte, könnte sein Name einmal in den medizinischen Lehrbüchern stehen. Neben Jenner. Harvey ...

«Ich spreche leider nicht Portugiesisch», erklärte Isabel mit lauter Stimme, als ob sie allein durch die Tonstärke dem kleinen und unrasierten Kapitän, der sie mit kleinen Knopfaugen betrachtete, ihre Absicht klarmachen könnte. «Ich sage lediglich, daß ich einen Kapitän und eine Besatzung brauche, die mich und mein Schiff nach Manáos bringen.»

«Manáos.» Der ungepflegte kleine Mann nickte eifrig, und die kleinen Knopfaugen leuchteten. Er strömte einen unangenehmen Geruch aus, aber Isabel hatte festgestellt, daß so etwas bei Leuten in diesem entlegenen Land ganz normal war. Die sanitären Einrichtungen und die Kanalisation befanden sich überall noch im Anfangsstadium. «Manáos. *Sim, sim. Belo.*»

«Wenn du gestattest, Tante Isabel», schaltete sich Charlotte lächelnd ein. Sie erhob sich von dem Stuhl, auf dem sie neben Isabel gesessen hatte, und begann mit dem Seefahrer in zwar stockendem, aber klar verständlichem Portugiesisch zu reden.

Isabel war aufs höchste erstaunt. Charlotte schien eine Reihe von Fähigkeiten zu besitzen, die in ihrer Jugendzeit entweder verboten waren oder für eine junge Frau indiskutabel schienen.

Charlotte schien überhaupt eine bemerkenswerte junge Frau zu sein. Sie hatte Isabel von ihrem Interesse an den Indianern in diesem riesengroßen Land erzählt, und offenbar hatte sie sich auch deren Sprache bis zu einem gewissen Grad zu eigen gemacht. Sie hatte sich während ihrer langen und zum Schluß von Armut überschatteten Genesungszeit dem Studium von Sprachen, Sitten und Gebräuchen der Eingeborenen sowie von deren Lebensgewohnheiten gewidmet. Anscheinend hatte sie von ihrer Verletzung oder der nachfolgenden Mittellosigkeit keine dauernden Spätschäden erlitten. Durch gutes Essen und eine anständige Umgebung schien sie wieder ganz auf der Höhe zu sein. Das einzige, worum sie immer wieder bat, war, daß sie so schnell wie möglich ihrem Vater zu Hilfe kommen sollten.

Isabel fand dies um so bemerkenswerter, je länger sie darüber nachdachte. Gewiß, Charlotte war eine Onedin, und Blut ist dicker als Wasser. Aber sie war intelligent und ließ sich offensichtlich nicht nur von Gefühlen leiten. Im Gegenteil, sie hatte etwas Kühles und Reserviertes an sich. Auch James war so. Ob Charlotte wohl Letty verabscheute? fragte sich Isabel. Letty, die seit kurzem nur den Eindruck erweckte, als täte sie sich selber leid? James hatte sich ihr gegenüber unmöglich benommen – daran bestand gar kein Zweifel –, aber sie hätte sich inzwischen wieder aufraffen können. Was hatte sie mit der Bemerkung bezweckt, daß Anne zu Lebzeiten und jetzt Charlotte für James etwas bedeutet hätten, sie aber nicht?

Charlotte hatte sich nach Beendigung ihres Gesprächs von dem Seefahrer abgewandt. Als Ergebnis des Gesprächs sah der Kapitän jetzt etwas menschlicher aus, was Isabel dankbar empfand. Es war ihr nicht leichtgefallen, für die *Lady Isabel* eine neue Besatzung samt Kapitän zu finden. Dieser Mann hatte zunächst einen wenig vertrauenswürdigen Eindruck gemacht, und sie wußte zuerst nicht, wie sie sich entscheiden sollte. Aber die Seeleute sahen in diesem Teil der Welt alle etwas verwegen aus.

«Er sagt, er sei Kapitän eines Schoners auf dem Amazonas gewesen, Tante Isabel», sagte Charlotte lächelnd. «Er hat seinen Posten verloren. Ich weiß nicht genau warum. Aber er hat seine Mannschaft noch beisammen und sucht einen neuen Job.»

«Aber versteht er etwas von Dampfmaschinen? Die *Lady Isabel* ist etwas anderes als ein Schoner.»

Charlotte richtete ein paar zusätzliche Worte auf portugiesisch an den Seemann, und wieder nickte dieser kräftig mit dem Kopf; er antwortete mit einem langen Wortschwall, der fast etwas geringschätzig klang. «Ja», sagte Charlotte schließlich, «er sagt, er sei einmal Kapitän des planmäßigen Dampfers gewesen, der von Para aus den Unterlauf des Amazonas befährt. Und er habe auch einen Kohlenschlepper geführt, der andere Dampfschiffe versorgt hat. Er scheint Brasilien gut zu kennen, insbesondere das Gebiet, in das wir fahren wollen.»

Isabel fragte sich erneut, warum sie sich eigentlich auf dieses waghalsige Unternehmen eingelassen hatte. Sie schien durch Charlottes seltsame Halsstarrigkeit völlig aus dem Gleichgewicht gebracht worden zu sein. Sie hätte die beiden Frauen einfach mit nach England zurück nehmen und James seinem Egoismus überlassen sollen. Es hätte sie aber ihrer Meinung nach gegenüber Daniel Fogarty in einen gewissen Nachteil versetzt, wenn sie nicht ihr Bestes getan hätte, um James vor dem Ruin zu bewahren.

Isabel betrachtete die gedrungene Gestalt des Schiffskapitäns, der vor ihr stand. Er war vermutlich ebenso ehrlich oder unehrlich wie alle anderen. Und sie mußte jetzt zu einem Entschluß kommen. «Also gut», sagte sie abschließend zu Charlotte, «wir nehmen ihn und seine Mannschaft.»

Charlotte übermittelte die Nachricht dem Kapitän, der sofort strahlte und aus Dankbarkeit Charlotte mehrere Male die Hand küßte. Die Küsse waren feucht und schmierig. Dann entfernte er sich rückwärts gehend mit zahlreichen Verbeugungen.

«Um Gottes willen», murmelte Charlotte und rieb sich die Hand.

«Mach dir nichts daraus, Kind», meinte Isabel kurz. «So sind sie nun einmal.»

«Aber ich habe direkt eine Gänsehaut bekommen.» Charlotte machte sich immer noch die Hand sauber. «Hast du seinen Mund gesehen, Tante Isabel? Ist es dir nicht auch aufgefallen? Diese abgebrochenen und verrotteten Zähne ...»

Auf Erfolgskurs

Als James Onedin nach Manáos zurückkam, machte er einen entschlossenen und unternehmungslustigen Eindruck. Mit seinen pomadigen Haaren aufdringlich wie eh und je, versuchte Senhor Lombardo, ihn wie einen verlorenen Bruder zu begrüßen, aber James hatte keine Lust, sich dadurch aufhalten zu lassen. «Ich habe die *Neptune* in Para gelassen», sagte er zu Baines, der sich ebenfalls in dem Hafenkontor befand. «Bei Flaute auf dem Fluß wird sie zu langsam. Es ist besser, wenn wir diese *cubertas* verwenden, mit denen die Händler den Kautschuk auf dem Amazonas befördern. Oder einen Dampfer.»

«Ich dachte, Sie hätten etwas gegen Dampfschiffe», gab Baines zurück. Er schien irgendwie verärgert zu sein. «Ich dachte, für Sie wären das alles nur schmutzige Blechtöpfe, die für nichts anderes taugen, als Tee in ihnen aufzugießen.»

«Es geht ums Geschäft, nicht um Prinzipien», meinte James. «Ein Segler ist auf hoher See durch nichts zu schlagen, und an dieser Überzeugung halte ich bis an das Ende meiner Tage fest. Aber was wir jetzt brauchen, sind Geschwindigkeit und Rentabilität. Ich habe Bristol angelaufen. Konnte dort nicht lange bleiben, weil ich fürchtete, daß meine Gläubiger auf der Bildfläche erscheinen würden. Aber ich bin mit einem dort ansässigen Geschäftsmann zu einer Vereinbarung gekommen. Wir brauchen ihn nur regelmäßig mit Kautschuk zu beliefern; das Geld kommt dann automatisch.»

«Heute abend wird ‹Lucia di Lammermoor› gegeben», verkündete Lombardo fröhlich. Die beiden starrten ihn an, und er merkte betrübt, daß er wieder einmal bei den arbeitswütigen Angelsachsen nicht ankam; diese würden sich nicht einmal einen Augenblick der Ruhe gönnen, auch wenn eine so berühmte Diva wie die Sembrich nach Manáos kam, um hier zu singen. Nach Fertigstellung des Opernhauses würden solche Auftritte etwas Alltägliches sein. Aber vorläufig schien dieses Ereignis ein Geschenk des Himmels zu sein, das man auch entsprechend zu würdigen hatte.

«Hören Sie auf mit diesem Quatsch», fuhr James ihn an. «Wir müssen erst einmal feststellen, warum Ihre Seite des Unternehmens so schlecht organisiert ist.»

«*Por favor*, Senhor? Was meinen Sie damit?»

«Nach diesen Unterlagen», erklärte James und tippte mit dem Finger auf das dicke Hauptbuch, das vor ihm auf dem Tisch lag, «erhalten Sie von Ihren Lieferanten nur zwei Tonnen Rohkautschuk alle vierzehn Tage. Das ist nicht genug.»

«Aber Senhor.» Lombardo streckte abwehrend die Hände aus. «Bedenken Sie die Kosten. Sie sind sehr niedrig. Ich habe Ihnen mehr Geld erspart, Senhor, als ich voraussehen konnte, als wir unsere Partnerschaft begannen.» Und er gab sich dem traurigen Gedanken hin, daß in seiner Welt ein Mann, der seinem Partner solch unnötige Kosten erspart hatte, durchaus berechtigt sei, die Differenz in die eigene Tasche zu stecken. Sein Blick wanderte abweisend zu Baines hinüber.

«Und dies ist genau der Grund, warum wir zweimal soviel Kautschuk herausholen müssen, als wir jetzt heranschaffen.» James blieb unnachgiebig. «Man wird nicht reich, wenn man von der Überlegung ausgeht: Ich kaufe billig ein und verkaufe teuer; also brauche ich gar nicht so viel Ware umzusetzen. Man wird reich, wenn man sich sagt: Ich erziele einen guten Gewinn, deshalb werde ich den Umsatz verdoppeln, um doppelt soviel zu verdienen. Ich finde, wir sollten darauf abzielen, mindestens fünf Tonnen Rohkautschuk alle vierzehn Tage zu beschaffen.»

«Fünf Tonnen! Oh, Senhor – das hat es noch nie gegeben, in der ganzen Kautschukgeschichte noch nicht. Ich habe Ihnen doch gesagt, es gibt nicht genug Arbeitskräfte.»

«Dann müssen wir eben genügend Arbeitskräfte auftreiben.» Als hinter ihm eine Tür ins Schloß fiel, wußte er, daß Baines plötzlich das Kontor verlassen hatte. Irgend etwas brachte den alten Seemann aus der Fassung, sagte sich James. Er war sicherlich zu lange an Land eingesetzt gewesen. Gut, jetzt würde er wieder zu seinen Wanten und Spanten zurückkehren können. Er hatte ein wachsames Auge auf Lombardo gehabt, während sich James auf See befand, und damit hatte es sein Bewenden. Die Bücher waren in bester Ordnung.

«Es kommt nur darauf an, die Agenten oberstrom unter Druck zu setzen», sagte James. Er saß neben Lombardo und schlug ein anderes Kontobuch auf. «Dieser Mann hier – Henriques, oder wie er sich nennt – beliefert Sie anscheinend regelmäßig mit einer bestimmten Menge Kautschuk von bester Qualität. Und zwar aus der Gegend dicht südlich von Obydos. Die Vorkommen sind dort besonders groß. Wir müssen ihm sagen, er solle seine Produktionsleistung verdoppeln ...»

Eine Dreiviertelstunde saß James neben Lombardo und skizzierte seine Geschäftsstrategie. Schon mit der ersten Frachtladung, die zur Verschiffung bereitlag, ergab sich auf dem Papier ein enormer Gewinn. James konnte förmlich sehen, wie sich sein Kapital noch während des Redens vervielfachte. «Vielleicht sollte ich mir hier eine anständige Wohnung suchen und mich ein wenig in der Gesellschaft bewegen», meinte er nachdenklich. «Die Geschäftsmethoden werden hier im allgemeinen so lässig gehandhabt, daß es wahrscheinlich Händler gibt, die mir ihren ganzen Kautschuk gegen eine bestimmte Profitgarantie abtreten würden. Dann könnte ich gleichzeitig als Agent und als Exporteur auftreten. Alles hat natürlich seinen Preis.»

«Senhor Onedin – vielleicht besuchen Sie heute abend doch die Aufführung von ‹Lucia di Lammermoor›?» Für Lombardo zeichnete sich ein Silberstreif am Horizont ab.

«In der Oper treffen sich viele Leute, nicht wahr?» James schwankte, aber er sah die Logik ein.

«Die angesehensten Leute von Manáos werden kommen. Dort begegnen Sie den Reichen, den Einflußreichen. Ach, es wird *magnifico* werden. *Verranno la sull'aure ...*»

Im Lauf des Tages ging James zum Hafen hinunter und stieß dort auf Baines. «Hören Sie mal», sagte er unvermittelt. «Was ist eigentlich mit Ihnen los?»

«Mit mir los?» gab Baines zurück und ließ die Frage im Raum stehen. Seine wuchtige Gestalt wirkte steif, und seine Stimme klang belegt.

«Ist es Lombardo? Ist er Ihnen mit seinem öligen Gehabe auf die Nerven gegangen? Denken Sie nicht mehr daran. Sie fahren wieder zur See, Sie und die *Neptune* und eine gute Mannschaft, und zwar in weniger als einer Woche, wenn wir Glück haben.»

«Sie wollen die Lieferung sofort weiterbefördern?»

«Nach Bristol. Und ich brauche Sie wieder hier, so schnell es geht, zur Übernahme einer neuen Fracht. Sobald ich es mir leisten kann, werde ich mir ein zweites Schiff kaufen. Und ein drittes, wer weiß . . .»

Kröten quakten in den Sumpfflächen weiter südlich von ihnen. Es fiel einem manchmal schwer, sich vorzustellen, daß die riesige Wassermasse vor ihnen nur ein Fluß war. James' Gedanken wanderten wieder zu Charlotte und Letty, die sich in weiter Ferne jenseits des gegenüberliegenden Ufers befanden. Er vermißte sie. Er mußte ihnen jetzt wirklich einen Brief mit seiner genauen Adresse schreiben. In Para war ihm in den Sinn gekommen, daß er ihnen vielleicht auch etwas Geld schicken sollte, falls sie knapp bei Kasse wären. Aber er brauchte sich kein Gewissen daraus zu machen. Letty war eine ausgezeichnete Wirtschafterin.

Baines blickte stromabwärts zu der Stelle hinüber, wo der Rio Madeira in den Amazonas mündete, und meinte:

«Diese kleinen Nußschalen, oder wie man die hier nennt . . .»

«*Cubertas.*»

«Sehen nicht nach viel aus. Haben bloß zwei Masten und eine vordere Kajüte. Sollen wir ihnen Ihren schwer verdienten Gewinn anvertrauen?» In Baines' Ton lag eine ungewohnte Schärfe.

«Sie erreichen auf dem Strom die schnellste Zeit», erwiderte James und sah über Baines' Benehmen, das er sich nicht erklären konnte, hinweg. «Meiner Schätzung nach werden wir drei benötigen. Sie übernehmen das eine, ich das andere Boot; Will Brandon bekommt das dritte. Ich habe Will Brandon eigens zu diesem Zweck von der *Neptune* mitgebracht.»

«Aye, ich habe gestern abend ein Glas mit ihm getrunken. Sie haben sich also schon alles genau überlegt?»

«Ein gutes Geschäft», meinte James. Er wunderte sich noch immer über Baines' abweisende Haltung ihm und ihrem Vorhaben gegenüber. Es war, als ob ihm sein alter Gefährte irgendwie gram wäre. «Man muß den vor einem liegenden Schwierigkeiten ins Auge sehen, damit man sie rechtzeitig überwinden kann.»

«Oder hinter einem liegende Schwierigkeiten», sagte Baines zweideutig. «Aye. Es gibt Zeiten, wo man auch gegenüber diesen hellwach sein muß . . .»

Daniel Fogarty wies mit einer ausladenden Handbewegung auf das umliegende Land.

«Da sind wir», verkündete er. «Ist es nicht wunderschön?»

«Und das – das gehört alles Ihnen?»

«Jeder einzelne Hektar, so weit Sie sehen können. Bis hinunter zur Küste.»

«Es ist wunderschön», pflichtete ihm Chiara Santa bei. Sie war von dem Panorama tief beeindruckt. «Wirklich wunderschön.»

Sie standen auf einer Klippe, von der das Gelände steil abfiel. Am äußersten Rand war aus Holzbohlen ein fester Zaun errichtet worden, um allzu Neugierige vor dem Sturz in die Tiefe zu bewahren, aber es war immer noch möglich, unter den Bohlen hindurchzuschlüpfen und sich zu Tode zu stürzen. Weiter unten erstreckte sich bewaldetes Land bis zum Meer. Ein heller Sandstrand zog sich meilenweit dahin, so weit das Auge reichte. An der sonnenbeschienenen Küste kam eine schwere Brandung herein.

«Was wollen Sie mit alldem anfangen?» fragte Chiara Santa. Sie kam sich selbst wie ein kleines Mädchen vor, das ehrfürchtig die Angelegenheiten der Erwachsenen bestaunte.

«Da ist zunächst das Bauholz», antwortete Daniel, als ob es sich um eine Bagatelle handelte. «In Sydney wird jetzt viel gebaut. Neue Häuser, Spitäler, Kirchen, alles mögliche. Und abgesehen vom Stadtzentrum will man bei der Holzbauweise bleiben. Man ist jetzt allgemein zu der Ansicht gelangt, daß alle diese Steinterrassen, wie wir sie in England haben, in ein Land wie Australien nicht passen.»

«Wollen Sie damit sagen, daß Sie sich ständig hier niederlassen wollen, Daniel? Wollen Sie nicht dahin zurückkehren, woher Sie gekommen sind?» Chiara Santa verlieh den letzten Worten eine merkwürdige Betonung. Es war, als spräche sie von einer Verpflichtung und dem Versuch, dieser zu entrinnen. Auch sie war heimatlos, aber überwältigt von der Schönheit und Großzügigkeit dieses neuen Landes; manchmal war sie versucht, hier Wurzeln zu schlagen, aber im Herzen wußte sie, daß sie hier nie würde zu Hause sein können. Das Leben in diesen Breiten war so unwirklich. Erfahrungen ließen sich nicht verallgemeinern.

«Ich finde, es ist sehr schade, daß Sie morgen wieder aufs Schiff gehen wollen», sagte Daniel. «Es ist zu früh.»

«Ich muß abreisen – das wissen Sie doch. Es ist mein Beruf.»

«Aber Ihr Engagement ist erst gestern abend abgelaufen.» Daniel hatte sich, seit er so oft mit Chiara Santa zusammen war, mit dem Theaterjargon vertraut gemacht. «Sie sollten sich jetzt Ferien gönnen. Eine Ruhepause.»

«Nein. Ich stehe unter Vertrag, woanders zu singen. Es ist eine lange Reise. Ich fühle eine Berufung in mir.»

«Eine Berufung?»

Chiara seufzte. Manchmal kam sie sich in der Tat wie eine Missionarin vor, die berufen wird, in fremde Länder zu reisen. Überall öffnete sich die neue Welt begierig der Kultur der alten. Chiara war die Nonne, die Braut Christi, die den Heiden das Wort der Erlösung bringen konnte. Und die Menschen ließen sich gern bekehren. Amerika hatte ihr zu Füßen gelegen. Australien hatte sie verehrt. Was würde an diesem nächsten Ort geschehen, den sie besuchen mußte, diesem Außenposten ...

Daniel unterbrach ihre Gedankengänge. «Wann werden wir uns wiedersehen? Ist es nicht wichtig, daß wir es wissen?»

Tief im Busch hinter ihnen ertönte in der Ferne ein merkwürdiges Geräusch, das wie eine Trommel oder das Aufeinanderschlagen metallischer Gegenstände klang. Daniel lächelte. «Ich glaube, das Mittagessen wird serviert», meinte er.

Es war ein Picknick, ein Abschiedsessen, das Daniel für die Theatergruppe und insbesondere für Chiara Santa vorbereitet hatte. Ein eigens für diesen Zweck gecharterter Dampfer hatte sie alle von Sydney nach Helensburgh an der Südküste gebracht. Hoch oben in den Bergen oberhalb des Platzes, wo es angenehm warm war und die Zikaden zirpten, konnte man einen Augenblick die vielschichtige Welt aus sicherer Entfernung und in ihren Grundelementen betrachten.

Daniel dachte nur daran, daß Chiara Santa im Begriff war, ihn zu verlassen. Morgen würde sie nicht mehr da sein. Warum war Isabel so überstürzt nach England gereist? Nur, um sich um die Geschäfte der Firma Frazer zu kümmern? Es erschien ihm um so unwahrscheinlicher, je mehr er darüber nachdachte. Hatte sie vielleicht einen Bruch zwischen ihnen gespürt und Abstand gewinnen wollen, um zu sehen, ob die Kluft überbrückt werden könnte? Vielleicht war sie nicht so sehr seiner als Mensch, sondern der Bindung an ihn überdrüssig. Auch Daniel war nicht frei von solchen Überlegungen. Doch hatte Isabel offenbar erkannt, daß es keinen solchen Graben zwischen ihm und Chiara Santa gab. War dies der Grund, warum sie weggefahren war?

Für Chiara Santa stand fest, daß man sich als Missionarin einem Leben der Gefahr ausliefern müsse. Wenn man nicht vom Fleischkessel der Kannibalen bedroht wurde, dann war es die ständige Bedrohung durch fremdländische Maßstäbe. Chiara wollte nicht in heidnische Sitten abgleiten. Ihr ganzes Leben lang hatte sie der Kunst gedient, und alles, was mit diesem Ziel nicht zu vereinbaren war, hatte sie gewissenhaft beiseite geschoben. Jetzt fiel ihr dieser Entschluß zum erstenmal besonders schwer. Wenn sie früher andere Männer geliebt hatte, dann als Hohepriesterin der Kunst und nicht nach dem Gutdünken der Männer.

Während Daniel und Chiara auf demselben Weg, der sie durch den Busch zu dem Felsvorsprung geführt hatte, zurückgingen, hörten sie plötzlich lautes Lachen, und eine Gruppe junger Leute tauchte vor ihnen auf. Einige Mädchen der Theatertruppe wurden von verschiedenen jungen Männern verfolgt. Unter diesen war auch William.

«Vater!» rief William und blieb lachend vor Daniel stehen. «Alle wollen dich unten auf der Wiese haben. Sie sagen, sie könnten ohne dich mit dem Lunch nicht anfangen.»

«Ja, ja, William», antwortete Daniel lächelnd. «Ich komme gleich. Zuerst möchte ich Chiara noch einen anderen Teil meiner Besitzungen zeigen. Den Blick von Osten her.»

«Nein, Daniel.» Davon war bisher nicht die Rede gewesen, und in Chiara stieg ein merkwürdiges Gefühl der Beunruhigung auf. Sie war froh, den Mädchen der Theatergruppe begegnet zu sein. «Wir können nicht alle so lange vom Essen abhalten.»

«Unsinn.» In Daniels Lächeln lag ein gewisser Besitzerstolz. Das

Essen würde beginnen, wenn er das Zeichen gab. «Sag ihnen, in fünf Minuten, William.»

«Ja, Vater.» Eines der Mädchen riß William ein langes Band aus der Hand, das er festhielt, und rannte voller Schadenfreude davon. William sah sich bestürzt um, und die jugendliche Gruppe brach in lautes Gelächter aus. William rannte sofort hinter dem Mädchen her. Es war Teil eines Spiels, mit dem sie sich unterhielten. Daniel führte Chiara in die entgegengesetzte Richtung.

«Daniel.» Chiara spürte eine ungewohnte Nervosität – sie wußte selbst nicht warum. «Es ist unhöflich von Ihnen, nicht sofort zu der Wiese hinüberzugehen. Ihre Gäste werden essen wollen. Die frische Luft macht hungrig.»

«Ich will nicht, daß Sie morgen abreisen», gab Daniel zurück und zog sie mit sich fort. «Was für ein Engagement Sie in einem anderen Teil der Welt auch haben mögen – sagen Sie es ab. Ich komme für alle finanziellen Einbußen auf.»

«Nein. Das ist nicht möglich. Ich trete in Südamerika auf.»

«In Südamerika?»

«In einer Stadt mitten im Dschungel, wo die Bewohner sehr gern in die Oper gehen. Und anschließend fahre ich weiter nach Rio de Janeiro. Ich muß meine Termine einhalten. Das gehört zu meiner Arbeit.»

«Ich habe neuerdings an meine eigene Arbeit kaum noch gedacht», sagte Daniel. «Wissen Sie das? Jedesmal wenn ich mich auf meine Arbeit konzentrieren will, erhebt sich Ihr Gesicht vor mir. So geht es nicht weiter, Chiara. Tatsache ist, daß Sie und ich ...»

«Hören Sie auf damit!» Chiara entzog ihm ihren Arm. Es war zuviel. Sie hatte schließlich den Schleier genommen. Weltliche Interessenten konnten sich unverzeihliche Freiheiten herausnehmen. «Ich weiß nicht, woran Sie denken. Ihre Vorstellungen sind höchst ungehörig. Wir wollen jetzt zum Lunch gehen, bitte.»

«Werden Sie morgen hierbleiben?»

«Nein.»

«Chiara ... Chiara, meine Liebe. Sie müssen! Sehen Sie denn nicht – Sie haben keine andere Wahl!»

Es war ganz still, wo sie stehengeblieben waren. Ein leichter

Lufthauch regte sich in den umliegenden Büschen, und die Sonne schien durch das Geäst der Bäume und zeichnete Schattenbilder auf ihre Gesichter. Die Zikaden, die Picknickgesellschaft, die ganze Welt schienen in weite Ferne gerückt. Daniel legte den Arm um Chiaras Taille und zog sie enger an sich. Sie merkte, daß ihre Widerstandskraft erlahmt war. Gegen ihren eigenen Willen legte sie ihm die Hände um den Hals.

Daniel drückte ihr die Lippen auf den Mund. Irgendwie kam Chiara der Gedanke, daß etwas über seine Frau gesagt werden sollte. Nach ihren Vorstellungen von Anstand und Sitte mußte wenigstens darüber gesprochen werden. Aber eine Nonne, die sich so überrumpeln ließ, war zweifellos nicht berechtigt, sich solchen Gepflogenheiten hinzugeben. Sie kam sich wie Leonora im zweiten Akt von ‹Il Trovatore› vor. Die vertrauten Klänge der großen Arie wurden in ihr lebendig. Aber aus irgendeinem Grund war das Echo die Musik des ‹Miserere›.

Chiara, die so daran gewöhnt war, im Rampenlicht der Öffentlichkeit zu stehen, hätte in diesem Augenblick nicht gedacht, ein Publikum zu haben. Daniel wäre entsetzt gewesen, wenn er gewußt hätte, daß jemand ihm nachspionierte. Aber William hockte nicht weit von ihnen im Gebüsch und beobachtete sie.

William wußte jetzt, daß er recht gehabt hatte, als er sich entschloß, nicht auf die Picknickwiese zu gehen, sondern heimlich seinem Vater zu folgen. Er hatte etwas Derartiges seit längerer Zeit vermutet. Die Gefühle seines Vaters waren offenbar doch in die falsche Richtung gegangen, obwohl dieser seinem Sohn feierlich erklärt hatte, so etwas sei völlig ausgeschlossen.

Plötzlich packte William die Wut. Alle seine Gedanken gingen zu seiner Mutter, und ihm wurde klar, daß er an ihrer Seite stehen sollte. In einem solchen Augenblick war sein Platz gewißlich nicht in diesem Land, das sie nie geliebt, das sie abgelehnt hatte, sondern dort, wo er seiner vernachlässigten und so offenkundig betrogenen Mutter würde beistehen können.

Ein Windstoß fuhr ohne Vorwarnung in das Großsegel und riß die *cuberta* wie einen Kreisel auf dem Wasser herum. «Großer Gott», entfuhr es Baines; er hielt sich an der vorderen Kajüte fest, um nicht den Halt zu verlieren. «Das Boot ist nichts als eine verdammte Nußschale.»

«Trovoada de cima», schrie hinter ihm einer seiner Matrosen und zeigte mit dem Finger stromaufwärts.

«Was ...?» rief Baines.

«Trovoada de cima.»

Baines' Begabung, die Bedeutung von Seemannsausdrücken zu verstehen, auch wenn sie in einer Fremdsprache ausgesprochen wurden, schien ihn auf dieser Fahrt stromabwärts nach Para im Stich gelassen zu haben. Vielleicht kam es daher, daß er die Besatzung, die hauptsächlich aus Landarbeitern bestand, nicht leiden konnte und für die *cuberta* nichts übrig hatte. Es war unmöglich, ein solches Boot zu lieben, wie man als Seemann ein echtes Schiff ins Herz schließen konnte. Es war kaum mehr als ein Kahn. Für Hochseemänner wie Baines war es ein bitteres Schicksal, am Ende seiner Laufbahn auf so einem Kahn zu enden.

Es war verabredet worden, daß der Kautschuk, den Lombardo bestellt hatte, während sich James auf See befand, zu einer Reihe von Landungsstegen am Flußufer gebracht werden sollte. (Baines konnte sich nicht überwinden, diesen Plätzen den Ehrennamen eines Hafens zu geben.) Die *cubertas* blieben so dicht beieinander wie möglich und sollten nacheinander diese Verladeplätze anlaufen, um sicherzustellen, daß die gesamte Fracht abgeholt wurde, bis sie die *Neptune* erreichten.

In diesem Augenblick kamen sie zu dem Landeplatz südlich von Obydos, wo alle drei Boote anlegen sollten, weil hier die größte Ladung an Bord genommen werden sollte.

Wieder ertönte ein lauter Schrei. Baines sah sich um. Die *cuberta*, auf der James dicht hinter ihm stand, folgte ihm; James stand am Bug, zeigte stromaufwärts und rief irgend etwas. Baines hielt die Hand über die Augen und schaute nach vorn. Er erkannte blitzschnell, daß *Trovoada de cima* der hier gebräuchliche Ausdruck für ein Unwetter sein mußte. Ein dichter Regenvorhang kam, durch einen steifen Wind gepeitscht, rasch auf ihn zu. Während der Sturm das Ufer erfaßte, begannen die hohen Bäume, die noch einen Augenblick zuvor unbewegt wie Wachtposten dagestanden hatten, hin und her zu schwanken.

Während der Platzregen herniederging, wurde die *cuberta* von Böen erfaßt und heftig im Kreis herumgeschleudert.

«Segel einholen!» schrie Baines. «Wir sind jetzt nahe genug an dem verdammten Landungssteg. Beidrehen!»

Baines manövrierte die *cuberta* aus der Fahrrinne ins Flachwasser. Watvögel kreischten im Gewässer auf; sie schienen durch den plötzlich auftretenden Regenguß überrascht zu sein. Bis auf die Haut durchnäßt und verärgert, warf Baines eine Leine ans Ufer und ließ diese durch einen Seemann festmachen; dann ging er zur Kajüte zurück und setzte sich dort, mit der Pfeife im Mund, nieder.

Je eher er dieses alles hinter sich hätte, dachte er bei sich, während der Regen auf ihn niederprasselte, desto glücklicher würde er sein. Flußschiffer waren ihm immer als ein besonderes Völkchen erschienen, und jetzt wußte er auch, warum. Wenn man nicht aufpaßte, konnte man plötzlich mitten im Strom auf eine Sandbank laufen. Wenn man bei Dunkelheit irgendwo liegenblieb, durfte man unter keinen Umständen zu dicht ans Ufer kommen, sonst wurde man von den verdammten Moskitos bei lebendigem Leibe aufgefressen. Dann gab es die Zecken, die sich in die Haut bohrten. Man brauchte mindestens eine Stunde, um sie alle wieder herauszuziehen. Auch andere Dinge machten einem schwer zu schaffen.

Als der Platzregen nachgelassen hatte, kamen James ebenso wie Will Brandon mit ihren Booten längsseits. James machte fest und kam zu Baines an Bord. «Henriques ist noch nicht da», bemerkte er. «Aber er wird noch vor Sonnenuntergang hier sein. Er ist ein guter Mann. Er weiß, daß er uns heute nachmittag erwarten soll.»

«Wer ist Henriques?» fragte Baines.

«Der Agent in dieser Gegend. Er hat nach den Büchern gute Arbeit geleistet.»

«Aha. Ein schlauer Kerl, der den größten Haufen Kautschuk heranschafft, meinen Sie wohl.» Baines lächelte gezwungen. «Aye. Ein geschäftstüchtiger Kumpel, würde ich sagen.»

James runzelte die Stirn. Der mißvergnügte Unterton war wieder unüberhörbar. «Wollen Sie mir vielleicht sagen, was Sie außer den Schnaken und Bremsen sonst noch gestochen hat?» fragte er den Seefahrer in eindringlichem Ton. «Oder bleibt es ein Geheimnis, bis die Weltmeere ausgetrocknet sind?»

Baines blickte mißmutig auf das von Grün überwucherte Ufer, wo er festgemacht hatte. Er dachte an die Fledermäuse, und er dachte an die Schlangen. Das Leben auf See war gewiß nicht leicht, aber es gab Dinge, die man dort nicht zu ertragen brauchte. Auf See war man ein freier Mann. Das war der eigentliche Unterschied, grübelte Baines mißmutig vor sich hin. An Land fühlte man sich eingesperrt, es gab Seuchen und wilde Tiere, dazu noch die Sklaverei. Auf See herrschte Freiheit.

«Ich will Ihnen folgendes sagen», meinte Baines. «Es besteht ein Unterschied zwischen Hammelragout und einem Schaf, das tot im Sumpf liegt.» Jetzt war die Antwort nicht nur rätselhaft, sondern völlig unverständlich. Baines war ein Mann, dem es oft gefiel, seine wahren Gedanken zu verschleiern.

Henriques traf etwa eine Stunde nach ihrer Ankunft am Landungssteg ein. Er brachte fünf mit Rohkautschuk beladene Eselskarren mit. Das Zeug war von einer dunklen, schwammigen Beschaffenheit. Es war die Flüssigkeit, die man von den Kautschukbäumen abgezapft, dann gerinnen und in eine festere Form hatte kommen lassen. Schweigsame Indianer führten die Karren, und Henriques saß auf einem großen Rappen. Er war ein drahtiger, aber muskulöser Mann, dem von seinen Arbeitern offensichtlicher Respekt gezollt wurde.

«Großartig ... großartig!» James war von der Menge des Kautschuks außerordentlich angetan. «Wie oft können Sie mir Kautschuk in dieser Menge liefern?»

Henriques machte eine Handbewegung in Richtung auf den hinter ihm liegenden Dschungel. «Sie brauchen nur zu sagen, Capitão», antwortete er in gebrochenem Englisch. «Überall stehen Kautschukbäume. Sie sagen, wieviel ich beschaffen soll.»

«Aber es kommt darauf an, wieviel Sie jedesmal herschaffen können. Das heißt, Ihre Arbeitskräfte.»

«Habe genug Arbeitskräfte.» Wieder machte Henriques eine ausladende Handbewegung, diesmal in Richtung auf die Indianer. «Viele gute Arbeiter, viele *muras*.»

«Muras ...?»

«Indianer. Viele leben im Dschungel. Sie arbeiten für Henriques.» Er grinste die Indianer bei den Eselskarren an. Sie erwiderten sein fröhliches Lächeln. Aber es war wie bei den Öllämpchen, dachte James: Ein Gesicht nach dem anderen erhellte sich und wurde in rascher Folge, wie automatisch, von einem verständnislosen Erröten überzogen.

«Ich nehme Ihnen jede Unze ab, die Sie liefern können», erklärte James. «Jede Unze.» Er sah plötzlich eine goldene Zukunft vor sich, die ihm größere Reichtümer einbringen würde, als er es sich je erträumt hatte. Allein dieser Teil Brasiliens war viel größer als ganz Europa. Kautschukbäume wuchsen hier seit Tausenden von Jahren. Dem Vermögen, das er hier machen konnte, war praktisch keine Grenze gesetzt.

Der Kautschuk wurde an Bord der *cubertas* verladen, und Henriques entfernte sich mit den Indianern. Der Portugiese ließ eine lange Peitsche knallen, zweifellos, um die Esel anzutreiben. James sah sich nach Baines um, der sich seit der Ankunft des Agenten im Hintergrund gehalten hatte.

«Ich glaube, wir werden die Nacht hierbleiben», sagte er. «Bei Tagesanbruch legen wir ab.»

«Aye, aye, Captain.» Baines sprach offiziell und grüßte zackig.

James war irritiert. «Verdammt noch mal, Mann», entfuhr es ihm, «was ist eigentlich mit Ihnen los?»

«Haben wir noch dieselbe, frei angeheuerte Mannschaft auf der *Neptune*, wenn wir nach Para kommen?» wollte Baines wissen. «Oder irgendein dreckiges Gesindel?»

«Wovon reden Sie eigentlich?»

«Haben Sie denn nicht gehört, was er gesagt hat, Ihr großartiger Senhor Henriques?» fragte Baines und sah James scharf dabei an. «Viele Arbeiter im Dschungel. Viele *muras*.»

«Er holt sich seine Arbeitskräfte, wo er sie kriegen kann. Das muß er. Schließlich arbeiten die Indianer ja für einen Lohn. Lombardo hat sich geirrt.»

«Lohn!» sagte Baines geringschätzig und spuckte über die Reling ins Wasser. «Sie glauben doch nicht etwa, daß dieser schlaue Bursche den armseligen Eingeborenen Arbeitslöhne bezahlt?»

«Was tut er denn sonst?» sagte James mit erhobener Stimme.

«Was sonst! Mein Gott, Captain Onedin, Sir, ich werde aus Ihnen nicht mehr klug.» Baines' Augen funkelten im Dämmerlicht. «Erst führen Sie mich und die Hälfte einer guten Mannschaft in eine Gefahrensituation, um dem Kapitän eines Schoners seine Menschenfracht abzunehmen, und dann erklären Sie sich bereit, den größtmöglichen Profit von einem Sklaventreiber wie diesem Kerl einzuheimsen!»

«Sklaventreiber? Wie kommen Sie auf die Idee, daß er Sklaven hält?» James hörte seine eigenen Worte als Echo aus dem Dschungel zurückkommen. Das pausenlose Kreischen der Vögel und Affen hörte plötzlich auf, und die gewaltigen Baumstämme standen wie Säulen am Rand des Waldes.

«Nicht einen Penny hat dieser Mann in seinen Büchern für Löhne ausgeworfen. Hat Ihnen Senhor Lombardo dies nicht klargemacht?»

«Lombardo hat mir alles erklärt. Henriques möchte am liebsten mit einer runden Summe bezahlt werden. Dann kann er sich frei bewegen und Arbeitskräfte anheuern, wo er sie braucht. Natürlich kann er seine Lohnzahlungen durch den Verkauf des Kautschuks wieder hereinbringen.»

«Was dazu beiträgt, daß er große Mengen Kautschuk billig liefern kann...?»

«Vielleicht. Um die Hintergründe kümmere ich mich nicht. Mir geht es nur um meinen Profit...» Das Echo klang wie ein Hohn. Baines war in der Dunkelheit kaum noch zu erkennen. James spottete: «Manchmal wissen Sie gar nicht, Mister Baines, worüber Sie sich beklagen.» James war plötzlich wieder der Kapitän auf der Brücke, der einen widerspenstigen Steuermann zurechtweist. «Die Sklaverei ist in diesem Lande gesetzlich verboten, und es stehen schwere Strafen darauf. Wenn Senhor Henriques Sklavenarbeit verwendet, dann wird er früher oder später dafür bezahlen müssen. Dessen können Sie sicher sein. Aber solange er damit durchkommt, geht es mich nichts an. Es geht mich nichts an!»

James schwang sich von der *cuberta* an Land und wandte sich zu seinem eigenen Boot um, wo bereits ein Licht blinkte. «Völliger Ruin», rief er in die Dunkelheit zurück. «Wissen Sie denn überhaupt, was Ruin bedeutet? Ein ganzes Vermögen für ein Vorhaben einzusetzen, das Tausenden zugute kommen könnte, nur um dann alles durch einen Schicksalsschlag zu verlieren? Manch einer würde so etwas nicht verkraften. Er würde vor die Hunde gehen. Oder sich umbringen. Aber James Onedin ist aus anderem Holz geschnitzt.» Seine Stimme klang fest und entschieden. «Ich habe für meine Frau und mein Kind, so gut ich konnte, vorgesorgt, aber auch deren Bedürfnisse kommen erst nach dem, was ich jetzt hier zu tun habe. Deshalb kümmere ich mich um meine eigenen Angelegenheiten, Mister Baines, und überlasse es den anderen, für sich selber zu sorgen. Wir brauchen uns nicht erst zu sagen, daß die Welt schlecht ist. Wenn man aber nur darüber jammert, kommt man zu gar nichts. Man verdient kein Geld, wenn man das Böse im Menschen bedauert.»

Meuterei

Baines fühlte sich wieder wie zu Hause, als sich das Deck unter seinen Füßen hob und senkte und der Wind die Segel blähte. Während die *Neptune* gute Fahrt machte, fragte er sich mit einem Blick in die Takelage, ob die Pfarrer nicht doch recht hatten, wenn sie von dem Herrn sprachen, der auf den Schwingen des Windes einherwandelte. Baines war kein fanatischer Kirchgänger, aber ihm war schon früher einmal die Macht Gottes in den Segeln begegnet. Dort oben in den Rahen war alles rein und klar, und nichts Böses konnte von dorther kommen. Schornsteine boten keine endgültige Lösung. Der Dampf war unreligiös und der Kessel ein Atheist.

James Onedin nahm Baines' *cuberta* in Schlepp, und er brachte mit Will Brandon ihre Boote zurück nach Manáos. Sie nutzten auch diese Fahrt aus. Marmorblöcke waren aus Carrara in Italien nach Para verschifft worden. Sie waren für das Opernhaus von Manáos bestimmt, das demnächst am Ufer des Amazonas entstehen sollte. James war gern bereit, die Überführung zu übernehmen. Dadurch würde er bei den wohlhabenden Geschäftsleuten, die in ihm bereits den ‹kommenden› Mann sahen, seine Stellung festigen, aber der Bau des Teatro Amazonas schien die Krönung der Träume und Ambitionen vieler Einwohner von Manáos zu bedeuten.

Bei der Rückkehr nach Manáos fand James einen Brief vor. Es war Lettys Handschrift. James machte ihn sofort auf, denn er hatte schließlich eine Nachricht nach São Paulo geschickt und nahm an, daß Letty mit dieser Antwort ihre Verhältnisse schildern würde. Aber der Inhalt des Briefes erstaunte und schockierte ihn. *Mein lieber James,* lautete der Text, der in fließender, aber irgendwie verkrampfter Handschrift geschrieben war, *ich weiß wirklich nicht, warum Du Dich so benimmst. Auch Isabel kann sich keinen Reim darauf machen. Ja, Deine Schwester Isabel. Sie ist in dieses Land gekommen, hat uns gefunden und ist über unsere Lage entsetzt. Wenn sich Charlotte nicht im großen und ganzen von ihren Verletzungen erholt hätte ...*

Der Brief war mehrere Seiten lang, und die Handschrift wurde gegen Ende immer unregelmäßiger. Letty hatte in ihrer Zeit als Gouvernante ihre Zöglinge dazu angehalten, stets wie gestochen zu schreiben; deshalb mußte irgend etwas geschehen sein, wenn sie sich selbst derartig gehenließ. Was war wirklich los?

Der Brief klang so, als ob sie schon einige vorher geschrieben hätte. James fiel zum erstenmal auf, daß die Adresse auf dem Umschlag lediglich lautete: *Captain James Onedin, Manáos.* Der Text klang, als ob sie ihn anschrie. James erinnerte sich, daß Letty ihn erst einmal angeschrien hatte. Damals in der Sturmnacht von Port Baines, als ihm erstmals die beunruhigende Tatsache bewußt geworden war, daß sie ihm eigentlich gleichgültig war und daß, was vielleicht noch beunruhigender war, sie auf Charlotte eifersüchtig zu sein schien.

Isabel sagt, daß Du, wenn Du uns auf diese Art und Weise ohne ausreichende Mittel allein gelassen hast ... Isabel! Was, zum Teufel, hatte Isabel in Brasilien zu suchen? James hatte sie bei ihrem Ehemann in Australien vermutet. Die ganze Sache war höchst verwirrend. *Ohne ausreichende Mittel* war außerdem stark übertrieben. James hatte sich gerade diesen Punkt genau überlegt, damit keine Schwierigkeiten auftraten, aber war nicht vielleicht Lettys Wirtschaftsführung zu untersuchen, bevor man ihm Vernachlässigung seiner Pflichten vorwarf? Er hatte Letty seiner Meinung nach sehr gut versorgt, und wenn er sich letzten Endes nicht vergewissert hatte, daß alles so war, wie es sein sollte, dann deshalb, weil er sich um die Lösung viel größerer Probleme kümmern mußte.

Der Brief endete mit einem Aplomb. *... und deshalb haben wir beschlossen, Dich in Manáos zu suchen. Dort wirst Du Gelegenheit haben, die Erniedrigung wiedergutzumachen, die wir durch Dich haben erleiden müssen. Merkwürdigerweise ist Charlotte noch immer der Überzeugung, es sei ihre Pflicht, Dir ‹beizustehen›. Ich für meinen Teil ...*

James legte den Brief zutiefst verärgert beiseite. Er gab zu, daß er trotz besten Willens vielleicht ein wenig säumig gewesen war. Er besaß im Grunde über die Haushaltungskosten nur sehr vage Vorstellungen. Jedenfalls schien ihm Charlotte keine Vorwürfe zu machen. Im Gegenteil, sie wollte ihm offensichtlich helfen. Das war echte Zuneigung, wie sie in einer Familie vonnöten war. Aber Isabel? Warum war Isabel in Brasilien? Was konnte dies bedeuten ...?

«Er liebt mich nicht», erklärte Letty ernst. «Er hat mich nie geliebt ...»

Isabel regte sich ihr gegenüber; ihr war nicht ganz wohl zumute. Sie befanden sich in der Kapitänskajüte der *Lady Isabel*, die sie zu einer kleinen Suite für sich und Charlotte umgewandelt hatten. Der Kapitän, den Isabel angeheuert hatte (er hieß Furtado, wie sich herausstellte), hatte eine andere Unterkunft erhalten, und von ihm wie von seiner Mannschaft war im allgemeinen wenig zu sehen. Furtado meldete sich bei Isabel einmal täglich, und ein Neger brachte ihnen die Mahlzeiten. Im übrigen blieben sie allein, während das Schiff langsam die lange Küste Brasiliens entlangfuhr. Sie waren zwar noch auf hoher See, würden aber bald den Kurs ändern, um in die Mündung des Amazonas einzulaufen. Isabel war froh darüber, denn das Stampfen des Schiffes, zusammen mit dem dauernden Vibrieren der Maschinen, behagte ihr gar nicht. Und Lettys Jammern trug natürlich nicht dazu bei, ihren Zustand zu verbessern.

«Du gehst bestimmt zu weit, wenn du so etwas sagst», meinte Isabel seufzend. Sie fühlte sich merkwürdigerweise gezwungen, James zu verteidigen, um Lettys Wortschwall aufzuhalten. «James befindet sich jetzt unter einer schrecklichen Anspannung. Er hat einfach keine Zeit, seiner Zuneigung Ausdruck zu geben.»

«Er ist immer so gewesen», meinte Letty beharrlich. «Es fing damit an, daß er mir, als ich noch Gouvernante war, erklärte, ich müsse ihn heiraten. Es kam völlig unvermittelt. Als ich seine Bedingungen ablehnte, schien er höchst erstaunt. Dann nahm er mich nach langem Nachdenken auf eine romantische Kreuzfahrt durch die schottische Inselwelt mit. Er glaubte anscheinend, mich dadurch in meinem Entschluß wanken zu machen. – So kam es auch», gestand Letty, «so kam es auch.»

Auch Isabel erinnerte sich an eine romantische Kreuzfahrt. An Bord der *Neptune*, die, wie sie gehört hatte, die einzige Brigantine war, die James vor dem Abwracken hatte retten können, mit dem guten alten Baines am Ruder und ihrem frischgebackenen Ehemann an ihrer Seite. Daniel Fogarty. Sie sah noch sein hübsches Gesicht vor sich, als er über die See hinausblickte, während sich das Besansegel über ihnen blähte und der Baum langsam wie ein gewaltiger Ast herumschwang. Aber liebte er sie? Hatte er sie jemals geliebt? Männer, fand Isabel, ließen sich mit den Klippern früherer Zeiten vergleichen: Sie mochten noch so edel wirken und versuchen, Vertrauen zu erwecken – sobald sie aber auf See waren, ging es ihnen nur noch darum, möglichst viele Segel zu setzen, um den nächsten Hafen zu erreichen. Gewiß, das kam dem Handel zugute. Isabel lächelte bekümmert. Das Gesicht der Chiara Santa trat ihr wieder vor die Seele. Wirklich, dachte sie, wenn sich Letty nicht ständig von ihrem Kummer unterkriegen ließe, hätten sie beide vieles, worüber sie sich unterhalten könnten. Aber es war unmöglich, vernünftig mit Letty zu sprechen. Sie mußte sich zurückhalten, um den Frieden zwischen ihr und Charlotte zu bewahren.

Merkwürdig, wie alles angefangen hatte. Isabel war darauf nicht vorbereitet gewesen. Von Santos waren sie nach Rio de Janeiro weitergefahren, wo Charlotte gern an Land gegangen wäre. Furtado wollte aber in Rio nicht anlegen. Es schien etwas mit dem Schoner zu tun zu haben, den er verloren hatte, und seine Besatzung unterstützte ihn bei seiner Weigerung, Rio anzulaufen. Die Hauptstadt schien bei ihnen allen böse Erinnerungen zu wecken. Charlotte hatte Isabel dringend darum gebeten, denn die Entscheidung, ob die *Lady Isabel* in Rio festmachte oder nicht, lag offenkundig bei ihr.

«Bitte, Tante Isabel», bat das Mädchen. «Ich komme vielleicht nie wieder hierher. Sieh dir doch dort den Zuckerhut an. Wäre es nicht wunderbar, ihn aus der Nähe anschauen zu können? Und der Guanabara-Palast ist ein architektonisches Wunderwerk, das ich für meine weitere Ausbildung gern studieren möchte. Und wer weiß – da sie dort wohnt, begegne ich vielleicht sogar der Princesa Izabel.»

«Alles Unsinn, Kind», hatte Letty eingeworfen. Sie standen auf dem Vorderdeck, als das Schiff auf Reede lag, und blickten auf die Stadt hinüber. Die Sonne schien, und es war zweifellos ein Tag, wie man ihn sich für einen Landausflug wünscht. «Du kannst Bücher lesen, um dich weiterzubilden. Du willst doch nur an Land gehen, um dir die besten Kleider anzuziehen und auf den Straßen herumzustolzieren, in der Hoffnung, daß irgendein Passant ein Auge auf dich wirft.»

«Letty!» Charlotte war ebenso wie Isabel von dem kleinen Affront überrascht. Isabel kannte ihre Nichte als eine ganz normale junge Frau, die sich aber nicht durch eitlen Firlefanz in Versuchung führen ließ. «Ich möchte mir Rio de Janeiro wirklich gern ansehen. Es ist eine der großartigsten Städte ganz Südamerikas. Ich schlage einen Kompromiß vor», sagte Charlotte mit einem plötzlichen Lächeln, denn sie liebte kleine Scherze und hatte meistens damit Erfolg. «Ich werde einen Schleier und meine ältesten Kleider tragen, wenn du Zweifel an der Reinheit meiner Motive hast; dann wird mich die Bevölkerung höchstens für eine arme Bettlerin halten. Und ich werde den Schleier nur dann lüften, wenn mir eine freundliche Nonne oder ein anderer barmherziger Mensch versichert, daß ich vor Unserer Lieben Frau von Candelaria stehe.»

Isabel lachte, aber Lettys Gesicht gefror zu einer Maske. «Sei bitte nicht so frivol», gab sie zurück. «Es ist mir wirklich ziemlich einerlei, ob du zu diesem Ausflug an Land gehst oder nicht. Es kommt mir, die ich für dich verantwortlich bin, lediglich darauf an, daß du dir über den wahren Grund dieses Unternehmens nicht selbst etwas vormachst.»

«Letty», protestierte Isabel. «Sie ist noch jung. Das ist alles.»

«Alles?» Lettys Stimme klang merkwürdig schrill. «Alles? Ich glaube, ich kann den Charakter des Kindes besser beurteilen als du, Isabel. Schließlich habe ich sie ja viele Jahre betreuen müssen, während du in dieser Hinsicht ganz unerfahren bist. Du läßt dich beeinflussen, wo ich auf meinem Standpunkt beharre.»

«Unerfahren?» Isabel war über Lettys Worte verblüfft.

«Sie ist noch jung, meinst du. Leicht zu begeistern.» Letty spuckte die Worte förmlich aus – zwar nicht besonders laut, damit die in der Nähe stehenden Mitglieder der Besatzung nicht aufmerksam wurden, aber sie klangen hart und bissig. «Erst überredete sie dich, uns dein Schiff zur Verfügung zu stellen, damit sie ihrem geplagten Vater zur Seite stehen kann. Das war alles ganz rührend, findest du nicht auch?»

«Bitte», rief Charlotte; Tränen traten ihr in die Augen. «Was willst du denn von mir?»

«Aber jetzt sehen wir den wahren Grund für diese rührselige Bitte. Sie wollte sich allein und ausschließlich eine Vergnügungsreise gönnen. Aus rein egoistischen Motiven. Eine sorglose Reise, in deren Verlauf sie interessante Orte aufsuchen und an Bord zum Mittelpunkt allgemeiner Aufmerksamkeit werden kann.»

«Hör auf», rief Isabel energisch. Ihr gefiel das ganze Gespräch überhaupt nicht.

«Hast du gemerkt, wie sie sich der Besatzung gegenüber verhält?» Letty war jetzt offenbar nicht mehr zu bremsen. «Dieses – dieses Gesindel, das für jedes anständige Mädchen Luft sein sollte.»

Charlotte biß sich auf die Lippe und sah aufs Meer hinaus. Sie begann zu weinen.

«Ich will nur dein Bestes, Kind», fuhr Letty fort, jetzt in leiserem und weniger leidenschaftlichem Ton. «Um meiner Verantwortung dir und deinem Vater gegenüber gerecht zu werden. Du mußt allmählich deine eigenen Unzulänglichkeiten begreifen lernen. Du glaubst, weil du dir ein paar Brocken von der Landessprache angeeignet hast, dürftest du jederzeit zu den Leuten rennen und mit ihnen plaudern. Das ist ein schwerer Fehler, liebes Kind. Dir wäre natürlich nichts lieber, als wenn dir die Männer zu Füßen lägen und alle Welt dich anbetete. Das geht allen jungen Frauen mit deiner Veranlagung so. Aber es gibt viele Unglückliche, die dir erzählen könnten, wohin solch ein Ehrgeiz führt.»

Letty strich ihr über das Haar. Charlotte drehte sich um und rannte in ihr gemeinsames Quartier, wo sie hoffen konnte, allein zu bleiben. Isabel war höchst erstaunt.

«Letty», fragte sie, «was soll denn das alles bedeuten?»

«Charlotte weiß es. Zwischen Charlotte und mir gibt es keine Geheimnisse.»

«Aber du hast sie zum Weinen gebracht.»

«Tränen sind immer ihre Verteidigung gewesen, seit sie ein kleines Kind war. Charlotte weiß genau, was ich meine», wiederholte Letty kalt.

Es gab also keinen Landausflug an diesem Tag. Die *Lady Isabel* lichtete Anker und setzte, zur großen Freude von Furtado, ihre Reise fort. Er schien fast zu dankbar zu sein und überschüttete Isabel mit einem solchen Wortschwall auf portugiesisch, daß sie argwöhnisch wurde. Es mußte irgendeinen Grund geben, warum Furtado und seine Besatzung mit der *Lady Isabel* in Rio nicht anlegen wollten. War sein Schoner hier festgehalten worden? War er ihm abgenommen worden? Und von wem? Und warum? Isabel wußte, daß die Polizei in Rio für Ruhe und Ordnung sorgte.

Als Isabel im Verlauf des Tages in ihr Quartier zurückkehrte, stellte sie zu ihrer Überraschung fest, daß die Kajütentür von außen abgeschlossen war. Sie machte sie sofort auf. Charlotte saß drinnen auf einer Koje und machte ein trauriges Gesicht.

«Charlotte», fragte Isabel stirnrunzelnd. «Was soll dies bedeuten?»

«Letty hat mich eingesperrt», antwortete das Mädchen kleinlaut.

Zornerfüllt machte sich Isabel auf die Suche nach ihrer Schwägerin. Die Jahre als Gouvernante hatten bei Letty offenbar gewisse Vorstellungen von Disziplin hinterlassen, die jetzt nicht mehr am Platze waren. Letty saß auf dem Achterdeck in der Sonne und las in einem Buch.

«Sie ist kein Baby mehr, Letty», erklärte Isabel streng. «Ich habe sowieso nie viel von der Praxis gehalten, Kinder in Zimmern oder sogar Schränken einzusperren, nur weil sie ungezogen waren. An Bord ist es sogar gefährlich. Was würde geschehen, wenn plötzlich Alarm gegeben würde?»

«An Bord eines solchen Schiffes?» fragte Letty trocken und betrachtete den noch immer hellen Anstrich und die kaum begangenen Planken der *Lady Isabel*. «Auf der Jungfernfahrt? Ich hätte gedacht, du würdest mehr Vertrauen in deine eigene Werft haben. Was aber Charlotte angeht», sagte Letty und lehnte sich bequem in ihrem Sessel zurück, «wenn sie sich vernünftig und wie eine Erwachsene benimmt, wird sie feststellen, daß ich sehr umgänglich bin. Ich habe keine Lust, sie am Gängelband herumzuführen. Charlotte ist starrköpfig, egoistisch und benimmt sich absichtlich unreif. Ich muß mich damit abfinden, daß James sie mir vorzieht, Isabel. Sie ist seine Tochter. Seine und Annes. Aber ich finde, er sollte schließlich doch die Wahrheit über sie erfahren. Die Wahrheit ...»

Von diesem Zeitpunkt an bemühte sich Isabel, weiteren Zwist zu vermeiden und zum Friedensengel zwischen Letty Onedin und deren Stieftochter zu werden.

Erst als sie Para an der Amazonasmündung erreichten, ließ die Spannung zwischen Letty und Charlotte nach. Letty fühlte sich nicht wohl und wollte nicht an Land gehen; deshalb nahm Isabel ihre Nichte mit in die Stadt, und beide verlebten einen herrlichen

Tag. Das Rassengemisch in der farbenfrohen Hafenstadt entzückte Charlotte und erweckte von neuem ihr Interesse an den Eingeborenen Brasiliens.

«Die Indianer haben in Para völlige Bewegungsfreiheit», plauderte Charlotte munter drauflos und zeigte auf die über hundert Kanus, die, wie Spielzeuge, vor der riesigen Dschungelwand festgemacht hatten. «Der Pater, mit dem ich sprach, hat es mir erzählt. Sie treiben allen möglichen Handel. In dieser Gegend sprechen die Leute einen Dialekt, den man Tupi-Guarani nennt. Aber es gibt natürlich auch noch andere Sprachen. Jeder muß mindestens drei davon beherrschen.»

«Was du nicht alles weißt, Charlotte», sagte Isabel lächelnd; sie freute sich über diese jugendliche Begeisterung. Sie fragte sich unwillkürlich, ob es nur die Jugend und Schönheit des Mädchens waren oder einfach die Tatsache, daß Letty sich gegen sie stellte.

«Ich möchte viel mehr wissen, Tante Isabel. Noch viel mehr. Papas Interessen konzentrieren sich jetzt fast ausschließlich auf dieses Land – ist es nicht so?»

«Glaubst du denn, er will für immer hierbleiben?»

«Hoffentlich kommt er aus seinen Schwierigkeiten heraus», erwiderte Charlotte ernsthaft. «Und ich hoffe, daß er doch noch begreift, wieviel Letty ihm gegeben hat. Das ist ja gerade das Schlimme – daß er sie so vernachlässigt, wenn man es so nennen kann. Letty jedenfalls fühlt, daß er sich von ihr abgewandt hat.»

Furtado übernahm in Para so viel Kohle, wie er konnte, was nach Isabels Meinung ein kluger Entschluß war. Die Versorgungsschiffe, die den Pendelverkehr zwischen diesem Gebiet und der nordamerikanischen Küste aufrechterhielten, würden weiter stromabwärts sicher nur noch über sehr kleine Vorräte verfügen.

Die *Lady Isabel* umschiffte die Marajo-Insel und bog in den eigentlichen Strom ein. Charlotte war durch ihr Studium der Sprachen und Gebräuche völlig in Anspruch genommen, während sich Letty ganz ihren Gedanken hingab. Auf wolkenreiche Tage folgten mondlose Nächte, als sie die Trockenregion von Campos durchfuhren.

Eines Nachts, als sie glaubte, nur etwa eine Stunde geschlafen zu haben, wurde Isabel durch ein Geräusch geweckt, das wie ein entsetzter Schrei klang. Sie glaubte zu träumen, sah dann aber Charlotte, die sich dicht neben ihr voller Angst mit dem Rücken gegen das Schott drückte. Die flackernde Laterne, die ein Matrose in der Hand hielt, gab etwas Licht; Letty war auf den Beinen und schrie Furtado und zwei weitere Besatzungsmitglieder, die ebenfalls da waren, an. Beide Frauen hatten ihre Nachtgewänder an.

«Schert euch hinaus!» kreischte Letty, einem hysterischen Anfall nahe, den Eindringlingen entgegen. «Hinaus, sage ich! Wie könnt ihr euch unterstehen?»

«Was soll das bedeuten? Captain Furtado ...» Erst halb wach, taumelte Isabel aus der Koje, ergriff einen Morgenmantel und warf ihn sich um die Schultern. Sie hatte keine Ahnung, was hier vorging, aber es schien, gelinde ausgedrückt, eine unmögliche Situation zu sein.

Furtado richtete seine schwarzen Augen auf Isabel. Sein Gesichtsausdruck war bösartig und unheildrohend. Da Isabel an eine Art hündischer Unterwürfigkeit bei ihm gewöhnt war, kam ihr sein Verhalten um so alarmierender vor. Sie merkte sofort, daß er getrunken hatte. «Es ist Ihnen nicht gestattet, diese Kajüte zu betreten», erklärte sie so hochfahrend, wie sie nur konnte. «Verlassen Sie diese Kajüte sofort. Ihr Benehmen ist empörend, und wir werden uns morgen früh darüber unterhalten.»

«Sie wollen uns umbringen», schrie Letty. «Uns umbringen!» Und brach vor Angst in Tränen aus.

«Letty, sei nicht so lächerlich.» Isabel war gar nicht so zuversichtlich zumute, wie sie sich den Anschein gab, aber sie schöpfte neue Kraft aus der Überlegung, daß sie es hier schließlich nur mit Betrunkenen zu tun hatte, was sie aus Liverpool gewohnt war. Denn alle anwesenden Matrosen waren offensichtlich angeheitert. Einer von ihnen schwankte so von einer Seite auf die andere, daß man glaubte, er müsse jeden Augenblick hinfallen. «Sie können jetzt gehen, Captain Furtado.»

«Nicht gehen», antwortete der kleine Portugiese undeutlich. «Nicht gehen. Du gehst.»

Isabel war erstaunt, denn sie hatte bis zu diesem Augenblick nicht gewußt, daß der Portugiese auch nur ein einziges englisches Wort aussprechen konnte. Außerdem war er plötzlich frech geworden, was nicht zu seinem bisherigen Verhalten paßte.

«Wir sind verloren, Tante Isabel.» Charlottes Stimme klang zittrig, aber das Mädchen hatte sich in der Gewalt. «Ich habe zu ihm etwas auf portugiesisch gesagt. Er beabsichtigt –»

Furtado spuckte auf den Boden und trat auf Charlotte zu. Er hob die Hand. Isabel zögerte keinen Augenblick, sondern warf sich blitzschnell zwischen ihn und das verängstigte Mädchen. «Nein!» fuhr sie ihn an. «Nein, rühren Sie dieses Kind nicht an! Scheren Sie sich hinaus! Ich bringe Sie dafür ins Gefängnis. Ins Gefängnis, hören Sie mich? Lassen Sie uns in Frieden, sonst wird es für Sie nur um so schlimmer. Dies ist mein Schiff.»

«Schiff», murmelte Furtado. Er funkelte Isabel an und schüttelte dann den Kopf. «Ihr Schiff. Nicht Ihr Schiff. Furtado, er einmal hatten Schiff. Schönes Schiff. Regierungsmann, er nehmen Schiff, während Furtado in Rio. Furtado jetzt nicht können Schiff wiederbekommen. Deshalb er haben Ihr Schiff. Ihr Schiff.»

«Das ist es, was ich dir sagen wollte, Tante Isabel», rief Charlotte. Es kostete sie große Mühe, die Tränen zurückzuhalten. «Sie wollen uns das Schiff wegnehmen!»

«Meuterei!» Isabel war erschüttert. Sie hatte von solchen Dingen bisher nur gehört. Sie fuhr Furtado wieder an: «Sie sind ein ausgemachter Dummkopf. Sie können dafür gehängt werden. Mit dem Tode bestraft werden! Verstehen Sie? Sind Sie noch bei Sinnen? Warum hat die brasilianische Regierung Ihr Schiff in Rio beschlagnahmt? Sind Sie ein Verbrecher?»

Furtado antwortete nicht sogleich, dann grinste er langsam. Sein Atem schlug Isabel aus den verrotteten Zähnen wie eine Gestankwolke entgegen. In seiner Trunkenheit sah er wieder Charlotte an. Er zögerte einige Zeit und hob dann wieder die Hand. Diese bewegte sich unsicher auf die Schulter des Mädchens zu und blieb dann über dem Ärmel ihres Nachtgewandes stehen. Isabel kam plötzlich wie ein Schock zum Bewußtsein, daß der kleine Portugiese vielleicht gar nicht beabsichtigt hatte, sie zu schlagen, als er die Hand das erste Mal hob. Er hatte offenbar eine andere Art der Demütigung vor.

«Hinaus!» schrie sie. Kalte Wut hatte sie ergriffen. Ihr Magen hob sich, und ihr wurde übel. Sie trat ihrem Peiniger mutig entgegen. Sie wußte, daß sie, falls ihr Magen rebellierte, dem Mann direkt ins Gesicht spucken würde.

Furtado hielt inne. Er schien durch ihre Empörung und Verachtung offenbar beeindruckt zu sein, denn er wirkte einen Augenblick niedergeschlagen, wie ein Hund, der sich etwas hatte zuschulden kommen lassen. Dann verhärtete sich sein Gesicht. «Engländer», sagte er und spuckte aus. «Furtado hassen Engländer. Englischer Kapitän Furtado einmal bestehlen. Stehlen Fracht ...» Er drehte sich wieder zu Charlotte um und schrie ihr etwas auf portugiesisch zu. Dann spuckte er wieder auf den Boden und gab den Matrosen einen Befehl. Er schlurfte aus der Kajüte, die anderen folgten ihm auf den Fersen. Der Lukendeckel wurde zugezogen und von außen verschlossen.

Völlige Stille trat ein. Auch Lettys Schluchzen hatte aufgehört. «Wir müssen uns anziehen», sagte Charlotte mit tonloser Stimme. «Er nimmt uns das Schiff weg, Tante Isabel. Er will ... er will ... uns an Land aussetzen.»

Die Nacht war dunkler denn je, als das Beiboot, das zu Wasser gelassen worden war, während sie sich anzogen, Isabel, Letty und Charlotte ans Flußufer brachte. Außer dem Knarren der Ruderdollen war kein Geräusch zu hören. Die Ereignisse hatten eine barbarische Wendung genommen. Außerstande zu glauben, daß alles Wirklichkeit und nicht ein böser Traum war, hatte sich Isabel den Kopf zerbrochen, was sie mitnehmen sollte. Sie wußte nicht, in was für einem Gelände sie ausgesetzt werden würden und für wie lange. Sie konnte nicht einmal sagen, ob sie ans Überleben als ernst zu nehmende Möglichkeit überhaupt denken konnte. Würde Furtado ihnen Lebensmittel dalassen? Erstaunlich ruhig hatte Charlotte Isabel bei der Auswahl verschiedener Gerätschaften und Kleidungsstücke geholfen. «Wir müssen einen Kamm mitnehmen», hatte sie mit ihrem Sinn für das Praktische erklärt, wie sich Isabel erinnerte. «Einen guten, stabilen Kamm.»

Leises Schluchzen sagte ihr, daß Letty erneut zusammengebrochen war. Drei kräftige Kerle ruderten sie vom Schiff an das ziemlich weit entfernte Ufer. «Hör auf damit, Letty», sagte Isabel kurz und bündig; sie hoffte, ebenso gefaßt zu wirken, wie es Charlotte offenbar war. Woher das Mädchen die Kraft dazu nahm? «Gib ihnen nicht die Genugtuung. Wir kommen schon durch.»

Es war wahrscheinlich die dümmste Versicherung, die sie je einem anderen gegeben hatte. Sie hatte nicht die geringste Ahnung, was aus ihnen werden würde. Sie fragte sich immer wieder, warum Furtado, falls er sie schon aus dem Wege räumen wollte, sie nicht einfach umgebracht hatte. Vielleicht fürchtete er, daß er, solange er das Amazonasgebiet noch nicht verlassen hatte, durch die Leichen der Eignerin und ihrer beiden Verwandten in eine peinliche Lage geraten könnte. Er wollte offensichtlich das offene Meer erreichen. Er hatte in Para so viel Kohle übernommen, daß er eine lange Reise antreten konnte.

Ein seltsames Quaken war zu hören. Es dauerte einen Augenblick, bis sie erkannten, daß es sich um Frösche handelte und sie sich schließlich dem Flußufer näherten. Einer der Seeleute erhellte mit einer Laterne den Weg ins flache Wasser. Die anderen ruderten weiter, und kurz darauf glitt das Boot leise in den Schlick und kam zum Stehen.

Isabel, Letty und Charlotte wurden wie Vieh ausgeladen und stolperten durch den Morast ans Ufer. Die Seeleute machten wortlos das Boot wieder flott und verschwanden in der Dunkelheit.

«Sie haben uns umgebracht», schluchzte Letty. «Sie hätten uns genausogut ein Messer in den Leib rennen können. Sie haben uns umgebracht.»

«Hört doch, der Dschungel», sagte Charlotte leise. «Hört doch ...»

Neben dem Quaken der Frösche war das Gesumm von Insekten zu hören – leise, aber ohne Pause, wie eine Baßgeige. Wenn man die Ohren spitzte, konnte man Vögel hören: Eulen, Ziegenmelker – die Geräusche verloren sich wie ein nicht endender Chor in der Ferne. Und im Laub raschelte es unaufhörlich. Es war klar, daß es in dem vom Fluß genährten Dschungel von Lebewesen wimmelte. Isabel wurde sich zum erstenmal deutlich bewußt, was ihnen bevorstand; sie erschauerte und wünschte, sie könnte Charlottes Gesicht sehen.

Ausgesetzt

«Aber wohin ist er gegangen?» fragte Chiara Santa erstaunt. «Verzeih mir, Daniel caro, aber ich verstehe das nicht.»

Sie war zu einem vertrauteren Umgangston übergegangen, was er für ein gutes Zeichen hielt. Aber Tatsache war – die betrübliche Tatsache, wie er zugeben mußte –, daß nichts geschehen war, um solche Koseworte zu rechtfertigen. Chiara hatte Sydney schließlich doch nicht mit der Theatertruppe verlassen. Die anderen waren in ihre italienische Heimat zurückgekehrt, aber Chiara hatte, einer Eingebung folgend, ein Kabel an den Mann in den Vereinigten Staaten, der sie beruflich betreute, abgesandt und erklärte, daß sie «durch Krankheit und allgemeine Erschöpfung» daran gehindert sei, ihr Engagement in Brasilien wie vorgesehen wahrzunehmen. Dann war sie mit Daniel zu einer Rundfahrt über dessen Ländereien in New South Wales aufgebrochen. Auf dieser Reise wurden alle Regeln des Anstands gewahrt; Chiara bestand darauf, bei jedem Halt ihre Unterkunft mit ihrer Zofe zu teilen. Lady Isabel, hatte sie mehr als einmal bemerkt, würde nichts anderes von ihr erwarten.

Daniel starrte auf den Brief, den er in der Hand hielt. Chiara Santas Verhalten war für ihn ein Rätsel. Er hatte ihre Zurückhaltung während der Rundreise, milde ausgedrückt, ziemlich prüde gefunden. Sie war ja schließlich eine Frau von Welt und mußte wissen, wie er ihren Entschluß, bei ihm zu bleiben statt nach Südamerika zu fahren, auslegen würde. Alles endete bei Isabel. Das sah er jetzt ganz deutlich. Er hatte von ihr keinerlei Nachricht, außer der üblichen Verständigung, daß sie in England angekommen sei. Sie freute sich offenbar darüber, von seiner Gegenwart erlöst zu sein.

«William schreibt in diesem Brief, er sei zu seiner Mutter gefahren», sagte Daniel, jetzt selbst erstaunt. «Du weißt ja, er hat eigenes Geld. Er kann tun, was ihm beliebt. Er ist also nach England abgereist.»

«Wann, Daniel?»

«Der Brief trägt das Datum von vor einem Monat. Er muß inzwischen das Ziel seiner Reise fast erreicht haben. Wir waren lange unterwegs, Chiara.» Und er erinnerte sich, wie er die Rundfahrt immer weiter ausgedehnt hatte, weil er hoffte, es werde etwas geschehen, was Chiaras Reserve beenden würde. Er wußte allmählich nicht mehr, wo er stand. Es hatte in einer sternklaren Nacht hoch oben in den Blauen Bergen einen Augenblick gegeben, da sie sich umarmt hatten. Aber Chiara hatte ihm indirekt zu verstehen gegeben, daß sie so etwas eigentlich nicht hätte zulassen dürfen. Was war geschehen? Hatte Chiara bereut, sich zu ihm hingezogen zu fühlen? Fühlte sie sich womöglich von ihm abgestoßen?

«Warum sollte William den Wunsch haben, zu seiner Mutter zu fahren?» erkundigte sich Chiara und dachte dabei an ihr Gelübde, das sie der Göttin der Kunst gegeben und das sie in einem schwachen Augenblick gebrochen hatte. «Vermißt er sie so sehr?»

«Ich weiß es nicht.» Es war kaum eine Frage der Moral – gewiß nicht. Eine Frau wie Chiara Santa würde sich davon nicht zurückhalten lassen. Alles endete bei Isabel. Sie mußte es gewußt haben. «Offen gestanden mache ich mir nur darüber Sorgen, daß er meine Sorgen um ihn mißverstanden haben könnte.»

«Warum sollte er? Du bist ihm gegenüber sehr großzügig – ein guter Vater.» Gewiß, sie fühlte sich zu Daniel Fogarty hingezogen. Er war ein interessanter Mann. Aber seine Liebe würde Ansprüche an sie stellen, die mit ihrer Kunst nicht vereinbar waren.

«Außerdem gefällt ihm vielleicht mein – Lebensstil nicht.» Daniel war nicht so dumm, anzunehmen, daß Williams Abreise nicht irgend etwas mit seinem Interesse an Chiara Santa zu tun hatte. Der Junge hatte ihm einmal geradezu vorgeworfen, daß er sich zu weit mit der Opernsängerin eingelassen habe. «Ich hatte die Absicht, ihm mehrere Möglichkeiten zur Wahl zu stellen. Alle Möglichkeiten, die dieses Neuland bietet. Vielleicht hat er es für Gleichgültigkeit gehalten. Ohne meine Schuld hat er gar nicht gemerkt, wie viele Gedanken ich mir über ihn mache.»

«Armer Daniel.» Er tat Chiara wirklich leid. Aber wenn sie sich zu einem Liebesverhältnis mit Daniel herbeiließ, würde sie schließlich von ihm abhängig werden. Das war meistens das Ende solcher Affären. Liebe und Kunst waren nicht miteinander vereinbar. Hatte nicht die wankelmütige Philina in ‹Mignon› diese schmerzliche Erfahrung machen müssen? «Ich habe unsere gemeinsame Zeit genossen. Ich danke dir, daß du mich überredet hast, noch etwas zu bleiben und Ferien zu machen. Aber jetzt muß ich wirklich nach Südamerika fahren.»

«Chiara», sagte Daniel. Sie befanden sich in dem weitläufigen Wohnzimmer seines Hauses in Balmain. Es mußte nicht unbedingt das Ende sein. «Bitte. Sag mir warum –»

«Nein, Daniel *caro.*» Ihre Stimme hallte laut und befehlend in dem großen Raum wider. Es war die Stimme, die große Theater ausgefüllt und berühmte Orchester zu bloßen Begleitinstrumenten gemacht hatte. Es war die Stimme, die ihr die Göttin verliehen hatte. «Ich bin dir wirklich sehr dankbar. Ich werde nie vergessen, was du für mich getan hast. Aber jetzt muß ich zu meinem Beruf zurückkehren. Er ist mein Leben. Ohne ihn ... bin ich kein Mensch.»

«Wo ist eigentlich der Kautschuk?» fragte James verärgert. «Warum ist er noch nicht da?»

Der kleine Lombardo zuckte mit den Achseln. Dies war jetzt seine übliche Reaktion auf die gereizten Fragen dieses humorlosen Angelsachsen, mit dem er sich geschäftlich leider eingelassen hatte. Er fragte sich ernstlich, ob die Engländer bei ihrer Erschaffung überhaupt mit Seelen ausgestattet worden waren. Bei dem *musicale* gestern abend (solche Veranstaltungen fanden in den Salons jetzt regelmäßig statt, um zur Finanzierung des Opernhauses beizutragen) hatte es Captain Onedin bei den Arien aus dem ‹Barbier von Sevilla› kaum erwarten können, daß die nächste Pause kam, denn dann konnte er seine Geschäftskontakte pflegen und dem Gelderwerb nachgehen. Und dabei war die Sembrich persönlich dagewesen und hatte die Rosina gesungen!

«Senhor Onedin», sagte Lombardo und zwang sich, ruhig zu bleiben, «das können wir nicht sagen. Aber Senhor Henriques war nicht mit der vereinbarten Kautschuklieferung an der Pier, als Captain Baines erschien, um sie abzuholen.»

«Wieso – Baines?»

James wandte den Blick irritiert nach dem Seemann um. Sie standen auf dem Achterdeck der *Neptune*, die eigentlich gar nicht in

Manáos hätte sein dürfen, die aber von Baines stromaufwärts gebracht worden war. «Was, zum Teufel, fällt Ihnen ein?» hatte James den Kapitän der *Neptune* angefahren, als das Schiff anlegte und die Gangway ausgefahren wurde. «Sie sollten die *Neptune* auf dem Amazonas nicht weiter als bis Para bringen. Ich habe im Augenblick fünf *cubertas* auf dem Fluß, die der *Neptune* den Kautschuk zuliefern sollen.»

«Dann werden sie eben beidrehen müssen. Unterstrom herrscht schlechtes Wetter. Deshalb bin ich heraufgekommen, um Ihre Instruktionen einzuholen.»

«Verdammt noch mal, Mann, Sie haben Ihre Instruktionen. Vollkommen klare Instruktionen.» James fragte sich, was in Baines gefahren war. «Wollen Sie eigentlich keine Befehle ausführen? Wieviel Zeit Sie vergeudet haben, um bis nach Manáos zu fahren! Das kostet mich viel Geld!»

«Ich möchte Sie darauf hinweisen, daß ich der Kapitän der *Neptune* bin, Captain Onedin, Sir.» Baines hatte sich zur vollen Körpergröße aufgerichtet. «Ich treffe alle Entscheidungen, die das Schiff angehen. Und ich werde eine gute Brigg nicht gegen einen dreckigen Flußkahn eintauschen, nur um Ihnen einen Gefallen zu erweisen. Sie verdienen schon genug Geld mit diesem Unternehmen. Es sind arme Kerle, das muß ich schon sagen, aber Sie haben natürlich recht. Falls man Geld, das mit solchen Mitteln verdient wird, recht nennen kann.»

Baines hatte noch nie so offen gesprochen. James dagegen hatte die ganze Frage, auf welche Weise und mit welchen Arbeitskräften der Kautschuk beschafft wurde, vor sich hergeschoben. Er persönlich war natürlich gegen Sklavenarbeit. Das widersprach seinen Prinzipien. Was aber andere in diesem riesigen Land mit seinen widersprüchlichen Sitten und Moralbegriffen taten, ging ihn nichts an. Und hatte irgendjemand handfeste Beweise dafür geliefert, daß Henriques tatsächlich Sklaven zur Arbeit einsetzte?

James hatte es dabei belassen und Baines mit der *Neptune* losgeschickt, um den Kautschuk an den verabredeten Landeplätzen von den *cubertas* zu übernehmen. Jetzt war Baines wieder da und erklärte, an dem Landeplatz südlich von Obydos sei kein Kautschuk angeliefert worden. James sah ihn wütend an. Das Ganze roch wieder nach absichtlicher Zeitverschwendung. «Warum war Henriques mit seinem Kautschuk nicht an dem Landeplatz, habe ich gefragt?»

Baines hielt sich hoch aufgerichtet und machte ein ernstes Gesicht. Über ihnen spielte eine leichte Brise in den gerefften Segeln und sang ein Klagelied. «Captain Onedin», antwortete der Seemann, «das ist ja gerade das Geheimnis. Ich blieb die Nacht dort liegen und wartete, aber er erschien auch am nächsten Morgen nicht. Deshalb ging ich mit vier Leuten meiner Besatzung an Land. Ein paar Meilen landeinwärts steht ein Haus. Nichts Besonderes – bloß Lehm und Holz, ringsum ist Wald. Es war mit Binsenmatten umgeben, und Pfähle waren in den Boden gerammt. Pfähle, an denen Ketten hingen.»

«Das ist das Haus von Senhor Henriques», sagte kopfnickend Lombardo. «Ich bin einmal dort gewesen.»

«Dann könnten Sie mir vielleicht sagen, was er dort an die Pfähle anzuketten pflegt, Sir», fuhr Baines fort und warf einen bösen Blick auf den Italiener. «Ich dachte mir, es müßten Ziegen gewesen sein, die er am Weglaufen hindern wollte, aber dann kam mir zu Bewußtsein, daß in dieser Gegend nur selten Ziegen gehalten werden. Das ist ja gerade das Merkwürdige – was auch immer er dort angekettet haben mag, ist jetzt weg. Hat sich in Luft aufgelöst, ebenso wie Henriques selbst. Und das erregte das Interesse der brasilianischen Gentlemen, Sir.»

«Der brasilianischen Gentlemen?» James wurde allmählich ungeduldig, während Lombardo heftig schluckte und den Blick auf die Stadt plötzlich interessant zu finden schien. «Was für brasilianische Gentlemen? Wovon reden Sie überhaupt?»

«Wieso? Ich meine die Gentlemen von dem Polizeiboot, das gerade ankam, als wir den Landeplatz erreichten.» Baines spielte den Harmlosen, aber in seinen Augen funkelte es. «Sie waren uniformiert. Sie gingen herum wie Tänzer in einer komischen Oper. Und auch sie wollten mit Senhor Henriques sprechen.»

«Ich muß Ihnen etwas sagen, Senhor Onedin», warf Lombardo lächelnd ein, «unser nächstes *musicale* zugunsten des Opernhauses wird durch die Anwesenheit der berühmten Chiara Santa einen neuen Glanz erhalten.»

«Was Sie nicht sagen, Lombardo», erwiderte James, der diesmal bereit war, auf die Besessenheit des kleinen Mannes einzugehen. «Und wer ist diese Chiara Santa?»

Aber Baines hatte noch nicht alles gesagt. Das Lied des Windes in der Takelage klang jetzt lauter, als ob es ihm darauf ankäme, die *Neptune* aus der Flußlandschaft wieder dahin zu führen, wohin sie gehörte – nämlich aufs offene Meer. «Anscheinend hat der Kaiser wieder einen Erlaß über die Sklaverei bekanntgegeben. Brasilien ist jetzt eine Republik. Wenn aber der Kaiser, wenigstens bis an das Ende seiner Tage, ruhig bleibt, wird er den Rest seiner Autorität bestimmt dazu verwenden, den Sklavenhändlern das Handwerk zu legen. Das hat er auch getan, Sir. Sklavenhändler sollen die ganze Härte des Gesetzes zu spüren bekommen ... die Sklavenhändler und alle, die von der Sklavenarbeit profitieren ...»

«Aber warum ist sie nach Südamerika gefahren, Onkel Robert? Warum?» William betrachtete stirnrunzelnd die wohlgenährte Gestalt ihm gegenüber. Er erinnerte sich an den Bruder seiner Mutter, an Onkel Robert; dieser schien jedoch inzwischen noch fülliger geworden zu sein. Sein Büro in dem großen, gutgehenden Warenhaus mit der Stuckfassade und dem griechischen Ziergiebel, der von einer aus Stein gehauenen Nixe gestützt wurde, war kostbar eingerichtet; er selbst wirkte wie ein königlicher Kaufmann.

«Deine Mutter hat sich mir in dieser Sache nicht anvertraut.» Robert schwenkte eine aromatische Zigarre vor dem Gesicht hin und her. Man mußte immer Zeit für die Familie aufbringen, und es freute ihn, den jungen Sohn Isabels wiederzusehen. Aber der junge Mann durfte nicht vergessen, daß er ein vielbeschäftigter Unternehmer war. Er hatte erst in dieser Woche ein neues Geschäft in Birmingham eröffnet. Und kurz davor, wie jedermann wußte, ein anderes in Manchester. «Ich erinnere mich, daß sie sich große Sorgen um deinen Onkel James machte. Er ist ruiniert, wie du weißt. Ruiniert.» Robert schüttelte bedächtig den Kopf. Es lag eine gewisse Zurückhaltung in seiner Redeweise, denn das Wort paßte nicht so recht in dieses Büro, in diese Atmosphäre geschäftlicher Erfolge. «Soll das heißen, daß sie weggefahren ist, um meinem Onkel James zu helfen, Onkel Robert? Aber wie denn?»

«Das weiß der Himmel. Was führt dich eigentlich nach England zurück? Wir dachten, daß ihr euch alle auf den Antipoden niedergelassen habt. Gewissermaßen als australischer Zweig der Familie.» Robert lächelte den jungen Mann an, der ihm gegenüber saß. Er mußte sich von diesen düsteren Gedanken befreien. James, dem armen Teufel, war nicht zu helfen. So etwas kam davon, wenn man sich zuviel zugemutet hatte. Robert würde nie sein ganzes Vermögen aufs Spiel setzen, wie es sein Bruder getan hatte. Seine Warenhäuser würden eines Tages zu einem Imperium werden. Er hatte seine Anteile an der Onedin Line Ltd. verkauft, solange er noch einen guten Preis erzielen konnte. Das war klug gewesen. Jetzt, wo trotz aller Bemühungen von seiten Tupmans die Nachrichten durchsickerten, daß die Unternehmungen in Südamerika mit einem völligen Fiasko geendet hatten, waren die Kurse für die Aktien stark gesunken.

«Ich muß zu meiner Mutter fahren», sagte William schlicht. «Zu diesem Zweck bin ich hergekommen. Sie ist in Brasilien, nicht wahr?»

«Sie hat Port Baines, wie der Platz genannt wurde, verlassen. Sie ist an irgendeinen merkwürdigen Ort weitergereist. Warte einen Augenblick. Ich habe einen Brief bekommen, in dem etwas darüber stand.» Robert öffnete eine Schublade seines Schreibtischs. Wenn er William die bestmögliche Auskunft gab, würde dieser wahrscheinlich weiterreisen und ihn in seinen Geschäftsinteressen unbehelligt lassen. Eine ganze Kette von Warenhäusern! Bald auch in London! Und das alles gehörte einem Mann, der sein Leben als einfacher Schiffsausrüster begonnen hatte!

Draußen vor den Bürofenstern schien die Sonne. William blickte hinaus und dachte wieder an seinen Vater und Chiara Santa. Auf seltsame Weise spielte Daniel Fogarty in seinem Leben eigentlich gar keine Rolle. Er hatte erst erfahren, daß Daniel sein Vater war, als er schon fast erwachsen war, und dann hatte er sich einfach von der Großzügigkeit eines reichen Mannes verwöhnen lassen. Er sah dies jetzt ganz deutlich. Sein Vater hatte sich große Mühe gegeben, seinem Sohn zu beweisen, daß er sich für ihn einsetzte. Er hatte ihm sogar gezeigt, daß ihm sein Sohn näher als dessen Mutter stand. William sah Isabels Gesicht vor sich: geschmäht, vernachlässigt, betrogen.

«Manáos», erklärte Robert nach einem Blick auf den Brief. «Der Ort heißt Manáos.» Manchmal, wenn er sich bewegte und plötzlich bückte, so wie jetzt bei der Schublade in seinem Schreibtisch, wurde er ein wenig kurzatmig. Er machte Überarbeitung dafür verantwortlich. «Sie schreibt hier, es sei eine moderne Stadt, sie liege aber etwa tausend Meilen stromaufwärts. Das ist natürlich eine gewaltige Übertreibung.» Robert erkannte weibliche Übertreibungen sofort. So etwas gab es gar nicht – eine Stadt, die tausend Meilen flußaufwärts lag. War etwa der Mersey so lang? Und dieser stellte, wie jedermann wußte, einen der größten Wasserwege der Welt dar.

«Manáos.» William runzelte die Stirn. «Ist Onkel James nicht auch dorthin gefahren?»

«Es hat den Anschein. Der Himmel weiß, warum.» Robert zuckte mit den Schultern. Die Zeit zum Mittagessen rückte näher, und er verspürte keine sonderliche Lust, William zum Essen einzuladen. In seinem Club, dem Cadogan, machten sie eine köstliche Pastete aus Steak, Pilzen und Austern, und er hatte es sich zur Gewohnheit gemacht, diese Mahlzeit gemeinsam mit seinem Oberbuchhalter einzunehmen; dieser erzählte ihm dann jedesmal in leisem Ton die neuesten Ziffern der zu erwartenden Geschäftsgewinne. «Aber du kannst nicht auch dorthin fahren. Heidnische Gegend. Ganz bestimmt. Deiner Mutter wäre es sicher nicht recht.»

«Meine Mutter befindet sich in dieser heidnischen Gegend, wie du es nennst», erwiderte William schlicht, «und ich will bei meiner Mutter sein. Manáos ...»

Als die Dämmerung am nächsten Morgen heraufzog, fanden sich Isabel, Letty und Charlotte in einem kahlen, flachen Landstrich wieder, der nur teilweise bewaldet oder mit vereinzelten Bäumen bedeckt war. Sie befanden sich in der Nähe eines ausgedehnten Dikkichts, von dem die nächtlichen Geräusche ausgegangen sein mußten. Aber im großen und ganzen schien alles nur grobkörniger Sand zu sein, der sich nach Westen hin meilenweit hinzog. Im Osten war der Fluß, breit und grau, das gegenüberliegende Ufer befand sich außer Sichtweite. Von der *Lady Isabel*, die hier irgendwo gelegen haben mußte, während sie an Land gebracht wurden, war nichts zu sehen, und auf der riesigen Wasserfläche war auch sonst kein Schiff zu erkennen.

«Hier können wir nicht bleiben», sagte Charlotte. «Die Wolken verziehen sich. Es wird bald schrecklich heiß werden. Es gibt keinen Schutz vor der Sonne.»

«Aber um Gottes willen – wohin sollen wir denn gehen?» Lettys Stimme klang scharf, und in ihren Augen lag ein flackernder Blick. «Sie haben uns umgebracht. Genausogut hätten sie uns ersäufen können.»

«Bitte, Letty, willst du nicht endlich damit aufhören?» Charlotte fuhr sich mit der Hand durch die Haare. Trotz ihrer gespielten Gelassenheit an Bord des Schiffes war ihr an diesem ersten Vormittag als Schiffbrüchige höchst unbehaglich zumute.

«Du brauchst mir nicht zu sagen, wie ich mich auszudrücken habe!» antwortete Letty in schrillem Ton. «Wenn ich mich recht erinnere, hat dein Vater von mir verlangt, daß ich dir ordentliche Manieren beibringe. Ich bemühe mich seit einer ganzen Reihe von Jahren, diesem Auftrag gerecht zu werden. Ich fürchte jedoch ...»

«Letty. Charlotte.» Isabel schaltete sich in den Wortwechsel ein. «So etwas hat jetzt keinen Sinn. Wir müssen uns unsere Kräfte erhalten, um mit dieser Situation fertig zu werden. Sie ist nicht völlig hoffnungslos, glaube ich.» Sie neigte herausfordernd den Kopf, während sie die Umgebung im klaren Tageslicht betrachtete. Landeinwärts stiegen, in großer Entfernung, Berge auf. Sie schienen zum größten Teil kahl und unfruchtbar zu sein. Sie waren anscheinend von den Winden, die aus der Ebene herüberwehten, leer gefegt, oder es waren merkwürdige, spitz zulaufende Erhebungen, die sich scharf von der eintönigen Erdoberfläche abhoben. Es hatte also keinen Sinn, in diese Richtung zu marschieren. «Wenn wir Brennholz sammeln, könnten wir Feuer machen.» Ihr war plötzlich diese Idee gekommen, und sie schien durchaus vernünftig zu sein. «Ein Feuer würde jedem vorbeifahrenden Schiff auffallen.»

«Wie können wir denn ein Feuer anmachen?» Lettys Stimme hatte immer noch den schrillen Unterton. «Wir haben nichts, womit wir dies bewerkstelligen könnten. Ist es nicht besser, daran zu denken, was wir essen könnten? Diese Mörder haben uns an Land gesetzt, damit wir verhungern. Vielleicht werden wir auch verhungern. In dieser gottverlassenen Gegend gibt es wahrscheinlich nichts, was man essen könnte.»

«Es gibt eßbare Nüsse», entgegnete Charlotte ruhig. «Überall am Amazonas gibt es eßbare Nüsse. Wir können gleich unter den Bäumen auf die Suche gehen. Aber vorher, Tante Isabel, wenn du Feuer machen willst ... ich habe eine Zunderbüchse mitgebracht.»

«Charlotte! Gott segne dich – wie bist du bloß auf diesen Gedanken gekommen?» Diesmal lag in Lettys Stimme ein Unterton, den Isabel für Sarkasmus hielt. Sollte diese Zwangslage, wie sie auch enden mochte, nur dazu beitragen, Lettys unverhohlene Abneigung gegenüber ihrer Stieftochter zu verstärken? Würde gemeinsames Leiden nur dazu führen, die beiden noch mehr zu entfremden?

Aber Charlotte schien sich solcher Zwischentöne nicht bewußt zu sein. Ihre Angst beruhte weniger auf der völlig verfahrenen Situation als auf den Zweifeln an sich selbst. «Ich glaube, mein Vater hätte in einer so prekären Lage wie der unsrigen auch an eine Zunderbüchse gedacht», sagte Charlotte ruhig und gelassen. «Ich versuchte, mich an seine Stelle zu versetzen, als ich wußte, daß wir auf die Probe gestellt werden würden.»

Auf die Probe gestellt. Isabel dachte über diesen merkwürdigen Ausdruck nach, als sie sich zu dritt auf den Weg machten, um Holz für ein Leuchtfeuer zu sammeln. Auch James betrachtete vielleicht das Leben als einen Test, die eigenen Fähigkeiten und Möglichkeiten auf die Probe zu stellen. Aber ihm mangelten Charlottes weiterreichende Sympathien. Er war im Grunde selbstsüchtig und beschränkt, während sie generös und extrovertiert war; dadurch erklärte sich auch, wieso er so wenig Rücksicht auf die Situation von Frau und Tochter in São Paulo genommen hatte, während Charlotte nur an seine Schwierigkeiten dachte.

«Seht her», rief Charlotte, die mit Reisig aus dem Dickicht zurückkehrte. Sie hielt eine kleine Holzschüssel in der Hand.

«Was ist denn das?» Isabels Kleid war bereits an mehreren Stellen zerrissen. Sie hielt die Kleidung, die den Frauen von der Gesellschaft aufgezwungen wurde, für absurd. Die weiten Röcke und engen Leibchen machten sie auch für die elementarsten Arbeiten völlig ungeeignet. Zum erstenmal seit langer Zeit spürte sie ein Verlangen nach bequemeren Dessous.

«Ich glaube, es ist eine Schüssel, wie sie von den Waldindianern verwendet wird.»

«Waldindianer in dieser Gegend? Aber hier gibt es doch gar nichts.»

Eine halbe Stunde später sahen sie ein Segel, weit draußen auf dem Wasser. Es war nur ein kleines Boot, eine *cuberta*, aber in der augenblicklichen Erregung zündeten sie das Leuchtfeuer an und begannen laut zu rufen. Doch ihre Stimmen waren in der riesigen Leere kaum mehr als ein Flüstern, und es war unmöglich zu sagen, ob der Schiffer den Rauch von ihrem Feuer bemerkt hatte oder nicht. Das Holz war feucht und brannte nicht gut.

«Er muß es gesehen haben!» schrie Letty, die aus vollem Hals gerufen hatte, als ob sie tatsächlich hoffte, gehört zu werden. «Er muß es gesehen haben!»

«Vielleicht hat er es gesehen», entgegnete Charlotte. «Aber er hat vielleicht geglaubt, wir seien Indianer.»

«Indianer! Ach, du und deine Indianer!» Letty drehte sich nach ihr um; sie schien verzweifelt, weil die Rettung draußen auf dem Wasser vorbeizuziehen schien. «Ich kann dein Interesse an diesen Wilden wirklich nicht verstehen. Auch dein Vater nicht. Deine idiotische Sympathie für diese Leute hat dir in der Vergangenheit nur eine schwere Verletzung eingetragen. Dadurch sind wir alle in höchste Not geraten. Sogar dein Vater und ich ...»

Sie brach ab und drehte sich um. Isabel, die ebenfalls das Segel in der Ferne verschwinden sah, wußte, daß Letty beinahe gesagt hätte ‹haben dadurch Klarheit gewonnen, wie es wirklich um uns steht›.

Sie sammelten weiter Holz und schürten das Feuer, aber an diesem Tag fuhren keine Schiffe mehr vorbei. Diese Gegend passierten Schiffe hauptsächlich bei Nacht, um der glühenden Sonnenhitze zu entgehen. Sie zogen sich in den Schutz der Bäume zurück und fanden auch einige Nüsse, wie Charlotte vorausgesagt hatte. Sie waren aber klein und schmeckten bitter; deshalb war Isabel, die nach der körperlichen Anstrengung heißhungrig geworden war, inzwischen klargeworden, daß sie am nächsten Tag kräftigere Nahrung würden finden müssen, wenn sie nicht ernstlich von Kräften kommen wollten.

Die Nacht brach rasch herein, ein Samtvorhang zog sich über

ihre fremdartige Umgebung. Wieder setzten die Dschungelgeräusche ein. Die drei Frauen stellten sich unausgesprochen dieselbe Frage: War hier in den Schatten noch jemand so hungrig wie sie?

Sie wachten früh auf. Es war erstaunlich, fand Isabel, daß man überall schlafen konnte, wenn man müde war. Auf dem Boden lag ein dichter Teppich aus herabgefallenem Laub – inzwischen schon Jahre alt. Aber das Lager war hart im Vergleich zu den Kojen, aus denen sie vertrieben worden waren. Charlotte war schon früher aufgestanden. Sie hatte offenbar eine Quelle tiefer im Gebüsch gefunden, wo sie wenigstens trinken und sich waschen konnten. Außerdem hatte sie weitere Holzschüsseln gefunden.

«Seht euch das an», verkündete sie und zeigte stolz ihre Fundstücke. «Indianer müssen hier gewesen sein.»

«Meine liebe Charlotte, was hat das zu bedeuten?» Isabel freute sich im stillen darüber, daß ihre Nichte an den Kamm gedacht hatte, als sie so rücksichtslos von ihrem Schiff getrennt worden waren. Irgendwie fühlte sie sich weniger hungrig, weil sie sich die Haare zurechtmachen konnte.

«Ich kann es noch nicht genau sagen. Vielleicht gibt es in diesem Flußabschnitt Fische, die man woanders nicht fangen kann. Ich habe Fischgräten gesehen. Und ich habe dies hier gefunden.» Charlotte hielt einen langen Bambusstab in die Höhe, der an dem einen Ende in eine schlanke Spitze auslief.

«Ein Speer?» Wenn Letty sich nach dieser Nacht schlechten Schlafs und nagender Angst besser gefühlt hätte, wäre es ihr vielleicht gelungen, ihrem Tonfall einen Anflug von Verachtung zu geben. «Kind, deine Indianer müssen merkwürdige Wilde sein, wenn sie noch mit Speeren fischen.»

«Genau das tun die *mura*-Indianer», antwortete Charlotte, als ob sie den anderen einen Vortrag über eine wichtige akademische Frage hielte. «Ich habe darüber gelesen. Sie lassen den Köder auf dem Wasser schwimmen und warten mit ihren Speeren in der Nähe des Ufers, und wenn die Fische nach oben kommen, stechen sie zu.» Charlotte dachte einen Augenblick nach. «Wenn es wirklich die *muras* sind, die in diese Gegend kommen, dann sollten wir tatsächlich versuchen, sie ausfindig zu machen. Es sind Nomaden, deshalb müßten sie wissen, wie sie uns in die Zivilisation zurückführen könnten. Sie stellen aus gewissen Körnern eine Art von Schnupftabak her, der sie berauscht. Das klingt sehr merkwürdig.»

Letty stöhnte leise. Nach der Nacht auf dem harten Boden taten ihr alle Glieder weh, und sie fragte sich offensichtlich, wie lange dieser anthropologische Vortrag noch dauern würde. Auch Isabel hielt ihn für unangebracht. Charlotte wandte sich zum Gehen. «Ich bin in fünf Minuten wieder da, um euch den Weg zu der Quelle zu zeigen. Ich suche kräftige, unbeschädigte Lianen – diese verholzten Ranken, wie ihr sicher wißt.»

«Charlotte, was hast du vor?» Isabel warf den Kopf zurück. Mit den Haaren, die ihr jetzt frei den Rücken hinunterfielen, konnte sie etwas Autorität für sich geltend machen.

«Oh, mit den Lianen können wir die Holzstücke zusammenbinden, die ich gefunden habe», sagte Charlotte. «Das Holz hier schwimmt besser, als es brennt. Deshalb will ich ein Floß herstellen. Wir können dann mit der Strömung den Fluß hinunterfahren. Diese *muras* können nicht weit weg sein», meinte sie, als die Frauen sie verständnislos ansahen. «Wir haben wirklich nur eine sehr geringe Chance, ein Schiff auf uns aufmerksam zu machen. Deshalb müssen wir lernen, wie man in dieser Lage überleben kann. Überleben!»

Sie machte sich auf den Weg, und Letty schüttelte nur verzweifelt den Kopf. Aber Isabel, die realistischer dachte, fand, daß die junge Charlotte in diesem unwirtlichen Gelände in der Tat überleben würde und daß sie und Letty, wenn sie denselben Vorsatz hatten, sich am besten Charlottes Initiative anschließen müßten.

Also halfen sie bei der Herstellung des Floßes. Von Anfang an war klar, daß Charlotte genau wußte, was sie tat, obwohl es ein Geheimnis blieb, wo sie sich diese Fähigkeiten angeeignet hatte. Das Floß schwamm ausgezeichnet, solange man es in Ufernähe hielt und nicht in die kräftige Strömung hinaussteuerte; dort würde es rasch in einen Strudel geraten und wie ein Korken hin und her geworfen werden, wobei die Passagiere mit Sicherheit ertrinken mußten. Die drei Schiffbrüchigen machten durch die Trockenregion bemerkenswert gute Fahrt. Überall sah die Landschaft gleich aus, und wenn Indianer tatsächlich hierherkamen, würden sie bestimmt nicht lange bleiben.

Sie hatten Glück, weil sie am ersten Tag ihrer Fahrt flußabwärts einen kleinen Dschungelgürtel fanden, in dem ein Kuhbaum wuchs. Charlotte erkannte ihn sofort, wußte aber auch, daß er in der Eingeborenensprache einen wesentlich längeren Namen hatte. Es war ein riesiger Baum mit grober, roter Rinde, und wenn man diese Rinde abschälte und zusammenpreßte, trat ein Milchsaft aus. Isabel und Letty waren erstaunt. Die Flüssigkeit sah genau wie Milch aus und schmeckte auch ähnlich, nur etwas süßer und kräftiger. Letty war nicht ganz wohl, weil sie mehr als die anderen davon zu sich genommen hatte, und als sie einen Teil der Flüssigkeit in einer Schüssel beiseite stellten, verdickte sie sich sofort zu einer Art von Sirup. Aber sie war nahrhaft. Außerdem fanden sie einige Paranüsse, die noch in ihren Schalen steckten. Die drei Frauen fühlten sich wesentlich besser und fuhren weiter. Noch drei Tage ernährten sie sich auf diese Weise.

Am vierten Tag gelangten sie in ein Küstengebiet, das von echtem Urwald bedeckt war. Die weit ausgebreitete Trockenregion lag hinter ihnen, und Riesenbäume wuchsen aus dem fruchtbaren, schwarzen Boden heraus und bildeten bis zu den weit entfernten Bergen ein dichtes, grünes Dickicht. Als die Frauen ihr Floß für die Nacht ans Ufer zogen, stellten sie fest, daß schon nach wenigen Metern der undurchdringliche Dschungel begann.

«Wir täten gut daran, uns nicht zu weit vom Flußufer zu entfernen», meinte Charlotte nachdenklich und sah sich um. «Ich habe gelesen, daß man sich schon nach wenigen Metern in dieser Art von Waldgebiet völlig verirrt. Man verliert die Orientierung.»

«Liebe Charlotte», erwiderte Letty, die sich jetzt etwas besser fühlte. «Was sollten wir bloß ohne dich tun?» Isabel hörte diesmal keine Zweideutigkeit in Lettys Tonfall. Es ist seltsam, daß in dem Augenblick, wo das Leben nur noch von den einfachsten und spartanischsten Bedingungen abhängt, oft die besten Seiten bei denjenigen zum Vorschein kommen, die sich am meisten gegen die ungewohnten Anforderungen gewehrt haben.

Dann stieß Letty plötzlich einen Schrei aus. Sie legte entsetzt die Hand an den Mund. Isabel und Charlotte folgten ihrem Blick.

Eine Gruppe von Menschen war an einem riesigen Baumstamm erschienen, der einen Durchmesser von acht Metern haben mochte. Sie schienen aus dem Dschungel aufgetaucht zu sein. Sie waren von kleinem Wuchs und wirkten auf den ersten Blick wenig sympathisch. Die Männer waren mit schwarzer Erde beschmiert. Die Frauen trugen ein Lendentuch, waren aber sonst nackt, ebenso wie die Kinder. Es waren vielleicht insgesamt ein Dutzend Menschen, und alle verhielten sich völlig still, ohne einen Laut von sich zu geben.

Unter Indianern

Charlotte brach als erste das Schweigen. Sie machte, etwas unsicher, einen oder zwei Schritte auf die Indianer zu und redete diese stockend in einer Sprache an, von der die beiden anderen Frauen kein Wort verstanden. Die Indianer ließen sich nicht anmerken, ob sie die Worte begriffen hatten, obwohl es Isabel so schien, als habe sie auf dem Gesicht des Mannes, der offenbar der Anführer der Gruppe war, ein plötzliches überraschtes Aufleuchten gesehen. Aber das Ganze war so flüchtig, daß sie sich auch getäuscht haben konnte. Die Indianer hatten ihren Gesichtsausdruck offenbar völlig in der Gewalt. Ihre Augen schienen kaum mehr als Lichtpunkte in ausdruckslosen Masken zu sein. Sie blieben still wie Statuen stehen.

Als Charlotte ausgeredet hatte, rührte sich niemand. Das Mädchen wartete einen Augenblick und trat dann wieder zurück. Isabel sah, daß ihrer Nichte Tränen in die Augen traten. Sie trat rasch vor und legte Charlotte den Arm um die Schultern. Sie hatte wenigstens versucht, was sie konnte. «Ach, Tante Isabel», meinte Charlotte bekümmert. «Sie verstehen mich nicht.»

«Sei nicht traurig, mein Kind. Vielleicht wollen sie uns gar nichts antun.»

«Wahrscheinlich sind sie nicht gewalttätig», erklärte Charlotte stirnrunzelnd. «Jedenfalls nicht, wenn es *mura*-Indianer sind. Nomaden, weißt du. Eine Familie. Und der Schlamm, den sich die Männer auf die Haut schmieren ...» Plötzlich schien dieses ungewöhnliche Mädchen wieder Selbstvertrauen gewonnen zu haben. Sie wischte sich rasch die Tränen ab. «Damit halten sie sich die Moskitos vom Leibe, wenn sie in der Nähe des Wassers auf Jagd gehen. Ja, natürlich ... es sind *muras* ...»

Der Mann, der anscheinend ihr Anführer war, trat vor. Letty, die noch immer die Hand an den Mund preßte, unterdrückte einen leisen Angstschrei. Aber der Mann blieb stehen, blickte Charlotte mit ernstem Gesicht an und sprach dann zu ihr in einem Wortschwall derselben, völlig unverständlichen Sprache. Isabel wußte nicht, ob ihre Nichte verstand, was der Mann sagte. Aber nach einer Weile erhellte sich ihr Gesicht, und sie lächelte. Es war ein Lächeln, in dem Erleichterung, Erstaunen und Freude in gleichen Teilen zum Ausdruck kamen.

«Ach, Tante Isabel! Letty!» rief Charlotte voll Freude aus. «Er fragt uns, ob wir hier leben. Er will wissen, ob wir Hunger haben!»

Was jetzt folgte, war verwirrend, aber zutiefst beruhigend. Als Charlotte dem Mann mitteilte, daß sie und ihre Begleiterinnen hier zwar nicht lebten, aber schrecklichen Hunger hätten, erteilte der Mann den Frauen mit den Kindern irgendeinen Befehl, worauf diese sofort anfingen, Feuer zu machen. Die Kinder holten vom Ufer etwa gleichgroße, flache Steine, die sie rund um das Feuer aufstellten, so daß ein primitiver Herd entstand.

Die Männer gingen hinunter zum Ufer und begannen, in verschiedene Richtungen zu zeigen, wobei sie ununterbrochen miteinander redeten. Der Fluß bildete hier eine Reihe von kleinen Teichen; einige waren tief, andere kaum größer als Pfützen. Die Leute suchten sich offenbar einen der größeren aus. Schließlich entschied man sich für ein bestimmtes Wasserloch, und einer der Männer tauchte hinein. Er blieb ziemlich lange unter Wasser. Plötzlich kam er wieder an die Oberfläche, entblößte seine weißen Zähne zu einem lauten Lachen und rief seinen Gefährten etwas zu. Die beiden anderen Männer sprangen ebenfalls ins Wasser, und der erste Schwimmer verschwand, nachdem er tief Luft geholt hatte, wieder unter der Wasseroberfläche.

Als sie alle drei wieder auftauchten, klammerten sie sich an ein großes, wild um sich schlagendes Tier. Es war eine Schildkröte, die sie einfach dadurch gefangen hatten, daß sie hinuntertauchten und das Tier an den Hinterbeinen packten. Das unglückliche Wesen wollte sich befreien, hatte aber gegen die erfahrenen Fischer keine Chance. Die Indianer schleppten ihre Beute ans Ufer und töteten sie. Charlotte wandte schnell den Blick beiseite.

Als aber das Schildkrötenfleisch auf dem primitiven Herd zubereitet worden war, erwies es sich als die größte Delikatesse, die die Engländerinnen jemals gegessen hatten. Isabel kam es höchst merkwürdig vor, daß ihr Leben an dieser unzivilisierten Stelle durch eine Mahlzeit gerettet wurde, die man zu Hause wahrscheinlich als großen Luxus für Feinschmecker halten und mit großem Zeremoniell servieren würde. Wo sie saßen und aßen, war es angenehm warm; die heiße Sonne wurde durch das dichte Laub der Bäume abgehalten, und nach der Mahlzeit fühlte Isabel sich schläfrig. Sie wäre beinahe eingeschlafen, wenn nicht Letty etwas gesagt hätte.

«Können wir ihnen denn trauen?» fragte sie. Durch das Essen schien sie wieder munterer geworden zu sein, und sie betrachtete die Indianer an dem offenen Feuer mit einem gewissen Argwohn. «Ich verstehe die Leute nicht. Sie scheinen gar nicht überrascht zu sein, uns hier zu begegnen.»

«Sie sind an Europäer gewöhnt, Letty», erwiderte Charlotte; auch sie war schläfrig geworden. «Überall am Amazonas wissen die Eingeborenen etwas vom weißen Mann. Die Frage ist nur, ob sie *uns* trauen können.»

«Wenn ich mir einen Widerspruch anhören will, werde ich es dir sagen, Kind», gab Letty zurück. Sie war wieder ganz die Gouvernante. Das Essen hatte ihre Lebensgeister offenbar neu geweckt. «Kannst du mir einen Grund nennen, da du doch angeblich so gut über sie Bescheid weißt, warum sie uns so freundlich behandeln, wenn sie nicht die Absicht haben, es uns später entgelten zu lassen?»

«Es könnte einfach darauf beruhen, daß wir keine Gefahr für sie darstellen», sagte Charlotte einfach. Sie hatte Lettys sarkastische und zänkische Art satt. «Wir sind nicht bewaffnet, wie es die Händler sind. Wir sind wehrlos. Und wir sind Frauen.»

Charlotte stand von ihrem Platz auf und fuhr sich mit den Händen durch die Haare. Sie wollte gerade jetzt nicht schlafen. Sie strich sich ihr Kleid glatt – ein sinnloses Vorhaben, da es ebenso wie das Isabels zerrissen und schmutzig war – und trat auf den Anführer der Indianer zu. Es gab Dinge, die sie ihm klarmachen mußte, und sie mußte irgendwelche Vereinbarungen treffen.

«Frauen», wiederholte Letty bekümmert, während Charlotte den Anführer stockend in dessen eigener Sprache wieder anredete. «Ja, damit spricht sie wohl die Wahrheit. Niemand hat Angst vor Frauen. Frauen gelten in der Welt, ob es Wilde oder zivilisierte Menschen sind, nicht viel.» Sie nickte den Indianerinnen mit ihren Kindern kurz zu. Diese saßen von den Männern getrennt. Sie schwiegen und machten einen unterwürfigen Eindruck. Sie hatten erst dann gegessen, als die Männer die besten Fleischstücke der Schildkröte verzehrt hatten.

«Letty», sagte Isabel. Sie fühlte sich immer noch ziemlich schläfrig und hatte Mühe, wach zu bleiben. «Warum haßt du Charlotte so?»

«Ich hasse Charlotte nicht. Mach dich doch nicht lächerlich, Isabel.»

«Du nimmst an, daß James sie dir vorzieht», fuhr Isabel fort. «Und das macht dich ihr gegenüber besonders kritisch. Aber ist es denn so?» Die schläfrige Isabel wußte selbst nicht, warum sie gerade jetzt und an dieser Stelle darauf zu sprechen kam. Sie konnte nur annehmen, daß die Tatsache, nicht mehr eines langsamen Hungertodes sterben zu müssen, sie wieder auf andere Gedanken gebracht hatte.

«Natürlich ist es so!» Letty ging nur allzu gern auf dieses Thema ein. Sie wollte sich die ganze Sache einmal von der Seele reden. «James hat es selbst gesagt. Bei dem Orkan, in jener schrecklichen Nacht bei Port Baines, als er mich anschrie, weil ich nicht verhindert hatte, daß Charlotte zu ihren geliebten Indianern ging. Er hat mir die Schuld daran gegeben. Als ob ich irgend etwas hätte tun können!» Letty war zwar empört, aber irgendwie lag ein trauriger Unterton in ihrer Stimme. «Solch ein eigensinniges, halsstarriges Kind ... James hat immer für sie Partei ergriffen, gegen mich, das mußt du wissen. Er war aber nicht konsequent. Es war ihm nicht recht, daß sich seine Tochter mit den Indianern abgab. Es war ihm gar nicht recht. Aber er hat es ihr nicht gesagt. Er wartete einfach, bis er mir die Schuld daran geben konnte. Ich war entbehrlich, denn ich war keine Anne ...»

Da, wo sie saßen, waren sie ungestört und konnten von den anderen nicht belauscht werden. Sanftes Licht filterte durch die Baumkronen herab. Isabel hatte den Eindruck, daß Lettys eckiges Gesicht etwas weicher als sonst wirkte. Hinter der strengen Fassade lebte ein empfindsames menschliches Wesen, das den Schmerz und die Kränkung ebenso wie alle anderen empfinden konnte. Isabel fand sogar, daß dieses Antlitz eine gewisse Schönheit ausstrahlte.

«Anne», murmelte Letty leise. Ein schiefes Lächeln umspielte ihre Mundwinkel. «Wenn ich überhaupt jemanden hasse, so ist es

Anne. Die arme, tote Anne. Denn sie lebt in James' Herzen weiter. Wenn ich hart zu Charlotte bin, ist es Annes Schuld. Sonst niemandes. Charlotte ist für ihn das Vermächtnis seiner Anne. Anne, die zwischen mir und meinem Ehemann steht ...»

Der Schlaf nahm Isabel unwiderstehlich gefangen. Ihre Augenlider fielen herunter.

«Warum hat er mich überhaupt geheiratet – was meinst du?» Die Stimme schien aus weiter Ferne zu kommen. «Was hatte es für einen Sinn? Wenn er nur jemanden haben wollte, der sich um Charlotte kümmerte, hätte er mich ebensogut als Gouvernante behalten können. Ich hatte keine anderen Pläne. Aber als er mir den Heiratsantrag machte ... da glaubte ich, er habe es um meiner selbst willen getan ...»

Der letzte Gedanke, den Isabel noch hatte, war der, daß sie genau dieselbe Vorstellung gehabt hatte, als sie Daniel Fogarty heiratete. Daniel Fogarty, von dem sie William hatte ...

«Du willst zu deiner Mutter?» fragte James, der sich nicht mehr auskannte. «Du bist von Australien zu diesem Zweck nach England gefahren? Und dann, als du festgestellt hast, daß sie nicht mehr in Liverpool war, bist du die ganze lange Strecke bis nach Südamerika weitergefahren? Nach Manáos ...?»

«Dort habe ich sie an sich vermutet», antwortete William vernünftig. «So hieß es in ihrem Brief an Onkel Robert: Manáos.»

«Aye.» Sie gingen gemeinsam über eine der neuen Straßen der Stadt. Man hatte die Laufbretter noch nicht entfernt, da die Straße hier nur teilweise gepflastert war und die Regenzeit begonnen hatte. Am Vorabend war ein Wolkenbruch über Manáos niedergegangen. Die *igarapes* waren gewaltig angeschwollen, und elegant gekleidete Herren und Damen bahnten sich vorsichtig wie Watvögel den Weg über ein Meer von Schlamm. «Aber sie ist bis jetzt nicht angekommen, William. Weiß der Himmel, warum nicht. Vielleicht hat sie es sich anders überlegt.»

James hatte nicht die geringste Ahnung, warum sein junger Neffe plötzlich mitten im Dschungelgebiet des Amazonas aufgetaucht war. Es war schon schlimm genug, daß Isabel nicht mehr dort war, wo sie rechtens hingehörte, nämlich im fernen Australien. Was war auf der anderen Seite der Welt geschehen? Wenn jemand in die Kolonien ging, hörte man im allgemeinen nichts mehr von ihm, bis die traurige Nachricht von seinem Hinscheiden eintraf.

«Ich verstehe nicht, warum Mutter ausgerechnet hierherkommen wollte», bekannte William und sah sich mit zweifelnden Blicken um. Die Wohnhäuser und öffentlichen Gebäude, die bereits fertiggestellt waren, wirkten extravagant und schienen nicht in diese Gegend zu passen. Mehr noch als im modischen Sydney herrschten hier Geschmacklosigkeit und Angebertum. Manáos war eine Stadt der Neureichen. «Onkel Robert sagte, es habe etwas mit dir zu tun.»

«Unsinn, mit mir hat es überhaupt nichts zu tun.» James sprach mit Entschiedenheit, denn er war sich über sein weiteres Vorgehen völlig klar. «Ich schaffe es allein. Ich brauche keine Hilfe. Ich erwarte nicht einmal Aufmerksamkeit. Denk daran, Junge. Hier ist das Hotel, von dem ich dir erzählt habe.»

James blieb stehen und zeigte nach vorn. Ein überladen verzierter Torbogen, um den sich Laubwerk aus Stuck rankte, führte zu einem wuchtigen weißen Bau, der aus einem europäischen Badeort wie Biarritz oder Nizza hätte stammen können. «Hier kannst du wohnen. Das Hotel ist mindestens ebenso gut wie vergleichbare Häuser in Liverpool. Sogar besser, wird behauptet.»

Mißgelaunt kehrte James in sein Hafenkontor zurück. Er wußte nicht, was er eigentlich mit dem jungen William anfangen sollte. Er hatte den jungen Mann ins Hotel gebracht, weil dieser über Geldmittel zu verfügen schien; außerdem wurde er dadurch der Verpflichtung enthoben, ihn versorgen zu müssen. Anders als seine Kollegen, lebte James in Manáos sehr einfach. Wenn er aus Geschäftsrücksichten Gäste empfangen mußte, mietete er sich Räume in demselben Hotel, in das er William gebracht hatte, und sparte an nichts. Im übrigen widmete er sich der ermüdenden Routine des Geldverdienens. Jetzt, da die ersten, wirklich erstaunlich hohen Verkaufserlöse aus dem Kautschukgeschäft eingingen, begann er, einen Silberstreifen am Horizont zu sehen. Wenn er Glück hatte, konnte er seiner Meinung nach in absehbarer Zeit sogar sein ganzes früheres Vermögen zurückgewinnen.

«Guten Tag, Sir», sagte Baines, als James das Kontor betrat. Lombardo war geschäftlich unterwegs, und Baines saß in einer Ecke, wo er sich anscheinend mit Frachtbriefen beschäftigte. Er hatte noch immer eine gewisse Verdrossenheit an sich. Die Sache mit Henriques und dessen Methoden lag wie eine Kluft zwischen den beiden Männern. James vermied es, auf dieses Thema zu sprechen zu kommen, da er glaubte, das Problem würde sich früher oder später von selbst lösen. Baines teilte diese Zuversicht nicht.

«Ich halte es für das beste, Master William mitzunehmen, wenn wir flußabwärts fahren», erklärte James und setzte sich an seinen Schreibtisch.

«Warum, Sir?» Baines blickte erstaunt von seinen Papieren auf. Er war noch immer in Manáos, denn die *Neptune* hatte repariert werden müssen, nachdem er sie gegen seine Weisungen heraufgebracht hatte. James hatte für alle Fälle dafür gesorgt, daß in Para ein anderes Schiff bereitstand; er bereitete einen regelmäßigen Pendelverkehr vor, um die großen Mengen Kautschuk zu verschiffen, die er jetzt nach England ausführte. Aber die *Neptune* war jetzt wieder seetüchtig und lag zum Auslaufen bereit.

«Weil ich die Pflicht habe, ein Auge auf William zu halten. Blut ist dicker als Wasser. Und es dürfte ihn interessieren, zu sehen, wie der Kautschukhandel abläuft.»

«Es gibt Dinge in diesem Handel, die auch einen Scheintoten zu neuem Leben erwecken würden», gab Baines mürrisch zurück. «Aber wir werden Master William nicht zu dem Landeplatz mitnehmen, der von Senhor Henriques beliefert wird, Sir. Ich werde diesen Landeplatz unter gar keinen Umständen anlaufen.»

James warf dem Seemann von seinem Schreibtisch aus einen Blick zu. Das Hafenkontor war klein und eng; bei dem ständigen Lärm der Maschine der Drahtseilbahn kam es oft vor, daß man nicht verstand, was andere Leute sagten. James nahm an, er habe sich verhört.

Baines blickte seinem Arbeitgeber hart in die Augen, er schien zu allem entschlossen zu sein. «Ich bin der rechtmäßige Kapitän der *Neptune*», erklärte er mit denselben Worten wie schon einmal zuvor. «Und ich sage Ihnen jetzt, Captain Onedin, wenn mein Schiff Sklavenhaltern und deren Gewerbe zur Verfügung gestellt wird ...»

«Mein Gott, Baines ...»

«Es ist mir gleich, ob Henriques mit dem gesamten Kautschuk von Brasilien aus seinem Schlupfloch wiederauftaucht», fuhr Baines mit lauter Stimme fort. «Ihnen mag es nichts ausmachen, vor den Behörden hier Spießruten zu laufen, aber Sie haben kein Recht, von mir dasselbe zu erwarten. Aber es ist nicht nur eine Frage der Justiz. Ich muß schon sagen, daß ich mich über Sie wundere, Sir.» Baines schlug einen härteren Ton an. «Ich wundere mich, und ich schäme mich. Sie, der sich früher einmal so entschieden für die Überprüfung von Schiffen eingesetzt hat, damit anständige Seeleute auf Seelenverkäufern nicht weiter dem sicheren Tod ausgeliefert wurden. Sie, der den Besatzungen Ihrer Schiffe eine anständige Heuer auszahlte, ganz gleich, ob es Ihnen hart ankam, sich von dem Geld zu trennen. Und jetzt nehmen Sie nicht nur, was Ihnen ein dreckiger Sklavenhalter liefert, sondern Sie beschweren sich auch noch, wenn er nicht mit einer größeren Lieferung zur Stelle ist – die er nur mit Hilfe armer, ausgebeuteter Wilder beschafft hat.»

James wollte ihm schon wütend antworten, aber er besann sich eines Besseren. Er mußte vorsichtig zu Werke gehen. James hatte keine Ahnung, ob Henriques für immer verschwunden war oder ob er lediglich wartete, bis die Luft nach dem überraschenden Auftreten der Polizei wieder rein war. Wenn aber Henriques wieder auf der Bildfläche erschien, so wußte James, daß er den ganzen Kautschuk, den dieser herbeischaffen konnte, übernehmen würde. Er konnte von Baines schwerlich Sympathie für diesen Standpunkt erwarten. Baines war schließlich kein Geschäftsmann. Baines war kein Glücksritter.

«Löhne», sagte James leise. «Ihnen wäre es am liebsten, wenn ich den Indianern ihre Löhne direkt auszahlte. Als ob sie Seeleute wären. Aber so ist es nicht. Die Hälfte von ihnen glaubt, die Arbeit sei abgeschafft worden – erinnern Sie sich, daß Lombardo uns das gesagt hat? Deshalb muß ich es Leuten wie Henriques überlassen, sich mit ihrer eigenen Welt zu arrangieren. Sonst würde Geld ausgegeben und keine Arbeitsleistung erbracht. Und wo bliebe dann mein Profit?»

«Ihr Profit! Großer Gott, Sir, können Sie an nichts anderes als an Ihren Profit denken?» Baines hatte sich in wilde Wut geredet.

Wenn der Riese wütend wurde, war James nicht ganz wohl zumute. Aber er konnte jetzt mit seinen wahren Gefühlen nicht mehr hinter dem Berge halten. «Früher waren Ihnen solche Skrupel fremd», gab er zurück.

«Jetzt nicht mehr. Nein, Sir, keinen Augenblick länger.» Baines ließ ein Stück Papier, das er in der Hand hielt, zu Boden fallen, ging zum Schreibtisch und schlug mit der Faust auf die Tischplatte. «Ich nehme Ihnen das nicht ab, daß unwissende Wilde glauben, die Arbeit sei abgeschafft, und daß die Sklavenhaltung deshalb nur den etwas angehe, der Sklaven für sich arbeiten läßt. Genausogut könnte man sagen, Mord gehe niemanden etwas an, außer den, der den Mord begeht. Ich werde keine auf solche Weise beschafften Kautschuklieferungen mehr für Sie laden, Captain Onedin. Meinetwegen füllen Sie Ihre Laderäume mit den reinsten Diamanten, wenn Sie wollen, wenn diese aber anrüchig sind, transportiere ich sie nirgendwo hin.»

«Sie sind verrückt.» James war verblüfft. «Sie sind Kapitän der *Neptune*. Sie fahren, wohin ich es sage, und Sie befördern genau die Ware, die ich Ihnen auftrage.»

«Ich scheide aus, Sir. Haben Sie nicht verstanden, was ich meine? Ich gebe Ihnen Ihr verdammtes Kommando zurück.»

James war fassungslos. Baines mußte völlig den Verstand verloren haben. Die *Neptune* war sein Leben. Er liebte sie, wie andere Männer Frauen und wieder andere (zum Beispiel James Onedin) den Reichtum liebten.

«Ich werde noch diese Rückreise nach England machen und dann mit der ganzen Mannschaft abheuern.» Baines drehte sich nach der Tür um. James war sprachlos; er brachte kein Wort heraus. Der Riese sah den Zettel, den er auf den Boden hatte fallen lassen, und hob ihn auf. «Dies muß ich Ihnen noch geben, Sir», erklärte er und zwang sich zur Ruhe. «Hier steht, daß ein Dampfschiff namens *Lady Isabel* – mit der Eignerin, einer gewissen Lady Isabel Fogarty, an Bord – in Para vor etwa drei Wochen angelegt hat.»

«Vor drei Wochen?» sagte James ungläubig. Er nahm das Papier entgegen und sah es an. «Warum ist Isabel denn dann noch nicht in Manáos?»

«Das ist die Frage, Sir. Die *Lady Isabel* ist an dem hier angegebenen Tag wieder ausgelaufen, und zwar unter einem Kapitän namens Furtado.»

Dies leuchtete James noch weniger ein. Dann kam ihm ein anderer Gedanke. «Ihr Zielhafen kann also nicht Manáos gewesen sein.» Trotz seines Ärgers über Baines empfand James eine seltsame Erleichterung. Er hatte nicht mit Isabels Ankunft gerechnet. Oder war es Lettys Eintreffen, das er fürchtete? Er gab sich selbst keine Antwort auf diese Frage. «Sie muß einfach kehrtgemacht haben. Aye. Sie hat es sich anders überlegt.»

«Die Behörden scheinen an diesem Furtado, oder wer sich hinter diesem Namen verbirgt, ein Interesse zu haben, Sir.»

«Warum?»

«Davon steht nichts in dieser Nachricht.»

«Isabel ist eine kluge Frau», überlegte sich James. «Sie ist durchaus in der Lage, mit den meisten Situationen fertig zu werden. Sehen Sie. Wenn sie mit ihrem Dampfschiff in dem Strom eingelaufen ist, muß sie irgendwo hinter Para angelegt haben. In diesem Fall hätten wir auch darüber eine Nachricht bekommen. Aber es gibt keine derartige Meldung. Deshalb muß sie sich wieder auf hoher See befinden ...»

Die Tür des Hafenkontors fiel ins Schloß. James runzelte die Stirn. Baines war gegangen – er hielt seine Aufgabe offenbar für beendet. James konnte immer noch nicht glauben, was ihm der getreueste Seemann, den er je gekannt hatte, gerade eben gesagt hatte. Baines gab sein Kommando auf und sagte der Seefahrt Lebewohl, nur weil ein paar Indianer von einem geldgierigen Weißen zur Arbeit gezwungen wurden? Ein völlig abwegiger Gedanke!

Dann sah er plötzlich wieder den großen Burschen vor sich, der auf einem mit Kautschuk beladenen Eselskarren die Peitsche über den Köpfen verängstigter Indianer knallen ließ. Seine Tochter Charlotte war da und weinte; Lettys Gesicht sah wie eine Maske aus. Letty stellte ihm zu diesem Vorgang keine Fragen. Sie war offenbar mit einem wichtigeren Problem beschäftigt.

Isabel, Charlotte und Letty marschierten über eine Woche mit den *muras*, die sich mit ihnen angefreundet hatten, durch den Dschungel. Es blieb ihnen kaum eine andere Wahl, denn obgleich sie zuerst darauf bestanden hatten, sich möglichst nahe am Fluß zu halten, war es ihnen nicht gelungen, vorbeifahrende Schiffe auf sich aufmerksam zu machen, auch wenn sie noch so laut riefen und Feuer anzündeten. Und allein hätten sie sich nicht ausreichend ernähren können.

Charlotte hatte dem Anführer in ihrer aller Namen den Wunsch übermittelt, zu ihren eigenen Leuten zurückkehren zu können. Aber obwohl dieser Wunsch verstanden wurde, schienen weder der Anführer noch andere Mitglieder des Trupps bestrebt zu sein, sich europäischen Siedlungen zu nähern. Sie lebten offenbar in Furcht vor dem weißen Mann.

Das Gebiet, durch das sie jetzt zogen, war reiner Urwald. Die Indianer errichteten für die Nacht aus heruntergefallenen Ästen und Zweigen behelfsmäßige Hütten, aber Isabel hatte entdeckt, daß man auch in den ‹Kammern› am Fuß der größten Bäume die Nacht gesichert und einigermaßen warm zubringen konnte. Diese Hohlräume hatten sich aus dem Wurzelwerk gebildet, das sich, während die Bäume immer höher wurden, aus dem Erdreich erhoben hatte, wodurch geräumige Unterstände entstanden waren. In ihnen fanden fünf bis sechs Personen Platz, und Isabel fühlte sich dort sicherer vor den Nachttieren, deren Laute sie während der langen Stunden der Finsternis hören konnten.

Das tierische Leben bildete auch bei Tag ein Risiko. Die scharenweise in den Baumkronen sitzenden Tukane gingen einem durch ihre plötzlichen, gellenden Schreie auf die Nerven. Stechmücken drangen in ganzen Wolken auf sie ein, und man trat auf Eidechsen, wenn man sich nicht in acht nahm. Da waren dicke, braune Spinnen, die scheinbar schlaftrunken in ihren Netzen zwischen den Bäumen hingen und bereit waren, bei der kleinsten Berührung zum Angriff überzugehen. Aber das schlimmste waren die Ameisen.

Als sie ihnen das erste Mal begegneten, hatte Letty einen kleinen Vorsprung vor den anderen beiden Frauen. Plötzlich kam der Anführer, der außer Sichtweite gewesen war, zurückgerannt und schrie etwas in seiner Muttersprache. Die anderen Indianer in der kleinen Kolonne stimmten ein lautes Angstgeschrei an und verschwanden spurlos im Dschungel. Letty konnte nicht verstehen, was hier geschah. «Charlotte!» rief sie zu ihrer Stieftochter zurück. «Was ist denn los?»

«Ich weiß es nicht, Letty ...»

Der Boden unmittelbar vor ihnen begann plötzlich zu wogen, als befänden sie sich auf See. Aus unerfindlichen Gründen hob sich das Unterholz vor ihnen wie eine große Welle und rollte auf sie zu. Junge Bäume wurden umgestürzt und fielen zur Seite. Nur die gewaltigen Dschungelgiganten schienen dem Ansturm gewachsen zu sein.

Und dann sahen sie es deutlich. Eine riesige Prozession winziger Lebewesen kam auf sie zu – Millionen von Tierchen, die sich in einer Breite von etwa fünfzig Metern zu einer Phalanx geordnet hatten. Sie drängten mit rücksichtsloser Macht weiter vorwärts und rissen jedes Hindernis mit sich fort. Es dauerte einige Augenblicke, bis die Frauen sie als Ameisen erkannten, denn diese waren viel größer als die europäischen Arten, einige waren vielleicht über sieben Zentimeter lang. Der Anführer tauchte wieder weit rechts unter den Bäumen auf und gab den Frauen das Zeichen, sich zu beeilen.

«Rasch», rief Charlotte. «Rasch!»

Letty, Isabel und Charlotte stürzten auf den Anführer zu. Letty blieb mit dem Fuß in einem Schlinggewächs hängen und fiel zu Boden. Sie schrie entsetzt auf. Isabel zog sie wieder auf die Füße und schleppte sie mit. Ihre ohnehin schon zerrissenen Kleider wurden jetzt noch mehr zerfetzt. Letty schluchzte hysterisch, und alle drei waren vor Entsetzen fast ohnmächtig. Schließlich gelang es ihnen aber, der Ameisenkolonne aus dem Weg zu gehen. Diese rollte wie eine Walze weiter geradeaus, ohne auch nur einen Zentimeter zur Seite zu weichen. Wären sie an der Stelle geblieben, wo sie sich gerade befanden, wären von ihnen nur noch abgenagte Skelette übriggeblieben.

Während Letty noch schluchzte, betrachtete Isabel ihre Kleiderfetzen; ihr schauderte. Wirklich, so etwas war nicht mehr auszuhalten. Von ihren Kleidern war kaum genug übrig, um ihre Blößen damit zu bedecken.

Das ganze Problem von Anstand und Sitte stellte sich ein paar Tage später noch deutlicher. Die Indianerinnen trugen nur ihre Lendentücher, und auch diese nicht immer. Allein unter ihresgleichen gingen sie völlig nackt. Isabel, die von Anbeginn an die törichten

Kleidungsstücke verflucht hatte, die ihr von der Gesellschaft aufgezwungen wurden, beneidete die Indianerinnen. Wenn diese auf ihren Wanderzügen zu einem Teich im Dschungel gelangten, legten sie auch noch die letzten Fetzen ab, sprangen ins Wasser und tollten lachend mit ihren Kindern herum.

An dem Nachmittag, als sie zu einem Wasserfall kamen, gelangte Isabel zu der Überzeugung, daß sie die britischen Anstandsregeln jetzt lange genug beachtet hatten. Es war eine stille und wunderschöne Quelle, die von den Indianern anscheinend schon früher einmal aufgesucht worden war. Das Wasser stürzte von einem Fluß mindestens zehn Meter senkrecht herab und bildete unten einen tiefen, glasklaren Teich. Isabel wartete, bis die Indianerinnen ihre Waschungen beendet und sich wieder ihren Männern angeschlossen hatten; diese waren damit beschäftigt, jenen eigenartigen Schnupftabak herzustellen, der von dem Stamm von Zeit zu Zeit erzeugt wurde. Es schien irgendein Festtag zu sein. Der Schnupftabak wurde aus den Samenkörnern einer bestimmten Pflanze gewonnen, die so lange gemahlen wurden, bis ein feines Pulver entstand.

Da die Indianer mit sich beschäftigt waren, entledigte sich Isabel des Restes ihrer Kleider und ging ins Wasser. Charlotte hatte sich einverstanden erklärt, mitzumachen, aber Letty wollte nichts davon wissen. «Nein», erklärte sie entschieden. «Früher oder später kommen wir zu einer europäischen Siedlung. Dann können wir uns waschen. In passender Umgebung.»

Im Wasser reinigten Isabel und Charlotte zunächst ihre verschmierten und zerfetzten Kleidungsstücke. Dann breiteten sie diese zum Trocknen am Ufer aus und kehrten in das kühle Element zurück. Es war ein herrlich abgeschiedener Platz.

Sie waren kaum mehr als fünf Minuten im Wasser, als Letty plötzlich einen lauten Schrei ausstieß. Zwei Indianer waren unerwartet am gegenüberliegenden Ufer des Teichs erschienen. Sie starrten die Engländerinnen im Wasser an und gestikulierten. Isabel wurde plötzlich klar, daß ihre Körperformen in dem durchsichtigen Wasser für die Eindringlinge deutlich zu erkennen sein mußten. Die Männer schienen sich auch höchst merkwürdig zu benehmen. Sie lachten und schwankten hin und her, als wären sie angetrunken. Es mußte also wahr sein, daß ihr Schnupftabak berauschend war.

«Geht weg!» schrie Letty, als wollte sie aufdringliche Hunde aus einer Küche verscheuchen. «Weg von hier, sage ich!»

Aber die Männer lachten weiter. Sie riefen jetzt irgend etwas über die Schulter nach hinten. Isabel glaubte, daß sich die Indianer einfach nur amüsierten. Der Anblick blasser, rosafarbener Leiber im Wasser schien ihnen offenbar Anlaß zum Gelächter zu geben. Vielleicht glaubten sie auch, daß europäische Frauen unter ihren bauschigen Kleidungsstücken auch braun waren und sich die entblößten Körperteile lediglich hell anmalten. Durch den Radau angelockt, erschienen weitere Indianer am Teich und fingen ebenfalls sofort zu lachen an. Isabel begann sich zu ärgern. Es war etwas anderes, ob man zur Sklavin gemacht wurde oder Zielscheibe der Lächerlichkeit war.

Mit einem letzten, lauten Gelächter stürzten sich die beiden zuerst gekommenen Indianer ins Wasser. Letty schrie auf, während Isabel und Charlotte auf das Ufer und ihre Kleider zustrebten. Dies ging nun wirklich zu weit. Sie brachten sich vor diesen vom Schnupftabak angeheiterten Zuschauern zwar in Sicherheit, als sie aber in den schützenden Dschungel verschwanden und ihre Kleider aufhoben, brach ringsum ein besonders lautes Lachen aus. Es kam Isabel so vor, als ob der Anblick ihrer rosigen Kehrseite zu diesem Ausbruch geführt hatte, während sie Zuflucht im dichten Grün des Unterholzes suchte.

Schließlich gelangten die Indianer mit den Frauen eines Tages gegen Abend zu einer Lichtung in der Nähe des Stroms. Isabel war müde und Letty völlig erschöpft. Es war ein besonders anstrengender Fußmarsch gewesen, weil sie zahlreiche Steigungen zu überwinden hatten. Aber Charlotte meinte, sie sollten unverzüglich ein Leuchtfeuer anzünden. Sie hatten an diesem Tag bereits zwei Schiffe draußen auf dem Wasser gesehen, und der Anführer hatte sie wissen lassen, daß er nicht näher an eine europäische Siedlung herangehen werde. Sie mußten also Aufmerksamkeit erregen.

Als die Frauen unter Aufbietung aller Kräfte Feuerholz sammelten, entstand unter den Indianern ein großes Geschrei. Einer von ihnen, der im Dschungel auf Nahrungsuche gegangen war, kam auf die Lichtung gerannt und schrie etwas Unverständliches. Auch andere tauchten aus dem Unterholz auf, und plötzlich hörte man Gewehrschüsse.

Ein kleiner, rundlicher Europäer mit Strohhut stürzte auf die Lichtung. Er hatte ein Gewehr in der Hand. Dann erschien von der gegenüberliegenden Seite ein Neger, der europäisch gekleidet war. Auch er war bewaffnet. Er schoß einmal in die Luft, um die Indianer an der Flucht zu hindern. Kreischend drängten sich die Indianerinnen mit ihren Kindern zusammen. Die Männer sahen sich verzweifelt nach einem Fluchtweg um. Es gab keinen.

Dann teilte sich das Gebüsch, und ein drahtiger Mann auf einem großen Rappen galoppierte auf die Lichtung. Das Pferd wieherte und stieg, als es gezügelt wurde, und der Reiter betrachtete die Indianer mit freudigen, aber harten Blicken. Dann erkannte er Isabel und die beiden anderen weißen Frauen, und er wurde von ungläubigem Staunen gepackt. Er saß sofort ab und eilte zu ihnen. Er brachte einen Wortschwall auf portugiesisch heraus. Charlotte verstand, was er sagte: «Was soll denn das bedeuten – was soll denn das bedeuten?»

Isabel wurde sich sofort ihres zerrissenen Kleides bewußt. Die durchdringenden Augen des Mannes lagen auf ihr. «Gott sei Dank», stieß sie aus. «Gott sei Dank. Wir sind Schiffbrüchige. Wir haben eine schreckliche Zeit hinter uns. Wir haben uns völlig auf die Indianer verlassen müssen.»

«Das hat jetzt ein Ende, Senhora.» Der Mann sprach jetzt Englisch. Er riß sich den Hut vom Kopf und machte eine tiefe Verbeugung. «Gestatten Sie, daß ich Ihnen meine Dienste anbiete. Mein Name ist Henriques.»

Die Geiseln

Als James und Baines mit dem jungen William die Stadt Manáos an Bord der *Neptune* verließen, war es noch immer offen, ob Baines nach Abschluß der Reise sein Kommando zurückgeben und bei Obydos anlegen werde. Baines blieb hart. James könne ja an Land gehen, wenn er wolle, aber Baines würde mit dem Schiff nicht anlegen. Er werde einfach beidrehen und James den Rücken zukehren, falls sich dieser auf die Suche nach dem fehlenden Kautschuk begeben und die Ware mit einer *cuberta* an Bord der *Neptune* bringen wolle. Ein solches Mindestmaß an Kooperation konnte er James als Schiffseigner nicht versagen. Aber er persönlich wollte mit der ganzen Sache «nichts zu tun haben».

William seinerseits war nur zögernd mit auf die Reise stromabwärts gegangen. Sein alter Haß auf die See kehrte wieder, als er der hohen Masten und Rahen der *Neptune* ansichtig wurde. Es waren insbesondere die Segelschiffe, die bei ihm ein starkes Gefühl der Antipathie auslösten. Beim Knarren von Planken und Leinen sah er sich wieder als kleinen Jungen in der Uniform eines Seekadetten an Bord eines englischen Schulschiffs vor Rock Ferry. Damals hatte er dies alles gehaßt und von seinem Vater geträumt – von einem Vater, den er gefunden und jetzt wieder verlassen hatte.

William hatte sich entschlossen, James und Baines zu begleiten, weil er sich um seine Mutter große Sorgen machte. James hatte ihm erzählt, daß ihr Schiff vor geraumer Zeit in Para angelegt habe; William brauche aber nicht um ihr Wohlergehen zu fürchten, hatte er hinzugefügt; der Schiffsverkehr auf dem Amazonas unterscheide sich wesentlich von dem auf offener See. «Wenn ihr auf dem Fluß irgend etwas zugestoßen wäre, Junge», hatte James in mürrischem Ton erklärt, «hätten wir davon gehört. Auch auf einem so gewaltigen Strom wie dem Amazonas sind nicht so viele große Schiffe unterwegs, und das eine hält ständig Ausschau nach dem anderen. Nein, sie hat in Para kehrtgemacht, glaub mir. Ist wieder nach Hause gefahren. Aye. Sie hat Letty und Charlotte nach Liverpool gebracht – so sieht das Ganze aus –, und ich erwarte tagtäglich eine Nachricht darüber. War das beste für sie alle, jetzt, da Charlotte wieder gesund ist. Es wäre Wahnsinn gewesen, sie nach Manáos zu bringen. Wahnsinn!»

William war sich nicht so sicher, daß sein Onkel hinsichtlich seiner Mutter recht hatte. Sie war von seinem Vater verletzt worden – das erkannte er jetzt ganz deutlich. Chiara Santa hatte ein Problem dargestellt, das sie tief gekränkt haben mußte, und sie wollte Australien den Rücken kehren, um zu sich selbst zurückzufinden. Sie war insofern nicht so wie andere Frauen, erkannte ihr Sohn, als sie lange ohne Ehemann gelebt hatte und sich jetzt nicht in eine untergeordnete Position versetzen lassen wollte. In einer derartigen Gemütsverfassung konnte sie durchaus Torheiten begangen oder sich auf unnötige Risiken eingelassen haben.

Etwa zwei Tage später begegnete die *Neptune* dem planmäßigen Dampfer, der zwischen Para und Manáos verkehrte. Es wehte ein böiger Wind, und die beiden Schiffe waren ziemlich weit auseinander, so daß keine Einzelheiten zu erkennen waren. William konnte deshalb nicht ahnen, daß sich an Bord des Dampfers Chiara Santa befand, die auf dem Weg nach Manáos war, um dort ihr Engagement als Sängerin wahrzunehmen. Ebensowenig hätte er ahnen können, daß sie nicht allein war, sondern einen Reisebegleiter hatte: seinen Vater, Sir Daniel Fogarty.

«Daniel, *caro*», sagte Chiara Santa in bittendem Ton, während ihr der Wind die langen schwarzen Haare zerzauste. «Laß uns hinuntergehen. Ich kann dieses Wetter nicht ausstehen.»

«Ich versuche gerade, die Brigg dort drüben auszumachen», antwortete Daniel und zeigte auf den Rahsegler am Horizont. «Die Linien kommen mir irgendwie bekannt vor ...»

«Ebbene», erwiderte Chiara. «Aber meine Haut wird bei diesem Wind hart wie Leder und rot und gar nicht schön. Morgen werden wir in Manáos sein. Ich muß allmählich anfangen, mich wieder zu beruhigen.»

Daniel lächelte ihr zu. In ihrem Herzen fand sie es unmöglich, auf sein Lächeln nicht zu reagieren. Es schien sie zu entwaffnen und wehrlos zu machen. Ohne Vorwarnung spürte sie, wie ihre Knie weich wurden. Wirklich, es war höchste Zeit, sich endlich wieder zurechtzumachen.

Seit Para hatte sich Chiara in einem Zustand höchster Aufregung befunden. Schließlich hatte sie nicht erwarten können, Daniel Fogarty bei ihrer Ankunft in Para auf dem Quai stehen zu sehen. Es war ein erheblicher Schock für sie gewesen. Die Seereise über den Pazifik auf einem Dampfschiff war nur langsam vonstatten gegangen. Dann hatte sie Kolumbien auf dem Landweg überqueren müssen, was sehr mühsam gewesen war, und hatte schließlich einen zweiten Dampfer bis zur Mündung des Amazonas benutzt. Als sie aber, völlig erschöpft, in Para ausgestiegen war, hatte Daniel Fogarty auf dem Quai gestanden – er, der ihr bei der Abfahrt aus Sydney eine gute Reise gewünscht hatte.

Es war jedoch kein so großes Wunder, wie es den Anschein haben mochte, obwohl Chiaras ländliche Verwandtschaft in Italien angesichts dieses Ereignisses zweifellos eine Kerze für die Madonna in der Dorfkirche gestiftet hätte. Daniel, der sich seines Einflusses auf Chiara bewußt war – tatsächlich hatte sie während der endlosen Seereise kaum an jemand anders als an ihn gedacht – und der von ihr nicht so lange getrennt sein wollte, hatte einen schnellen Schoner gechartert und dieselbe Route wie ihr Schiff genommen. Bei günstigen Winden hatte der Schoner die Überlegenheit der Segler über die Dampfschiffe bewiesen. Es war erstaunlich. Was wollte die Welt denn noch? Eine schwerfällige Seereise über das offene Meer – oder das unvorhergesehene Lächeln eines Liebhabers?

Eines Liebhabers. *E vero*, dachte Chiara. Es war immer noch die Frage, ob sie auf seine Liebe eingehen oder klaren Kopf behalten sollte. Seine Handlungsweise, die eines Don Giovanni würdig gewesen wäre, legte ihr natürlich Verpflichtungen auf. Sie fragte sich, was die Göttin jetzt von ihr erwarten würde. Aber die Göttin schwieg. Hatte sie dadurch volle Handlungsfreiheit?

«Ich könnte schwören, daß es ein britisches Schiff war», murmelte Daniel und sah dem in der Ferne verschwindenden Rahsegler nach. «Britisch und mir bekannt ...»

«Daniel, *caro.*» Chiara blickte auf das graue Wasser hinunter, das an ihnen vorbeiströmte. «Warum hast du so etwas getan?»

«Was getan?»

«Nach Südamerika zu kommen. Mir zu folgen.»

Daniels Antwort klang merkwürdig zurückhaltend. «Ich glaubte nicht, daß wir schon zu einer Einigung gelangt seien», sagte er.

Er spricht so, als handle es sich um eine geschäftliche Verhandlung, dachte sie. Vielleicht tat er es aber auch nur, um Zweifel zu verdecken, die ihm zu schaffen machten, so wie sie ihr zu schaffen machten. «Hast du dich eigentlich nie gewundert, warum ich mich nie nach deiner Frau erkundigt habe?» fragte sie.

«Chiara.» Er hatte sich gegen die Reling gelehnt, richtete sich jetzt aber auf und wies mit einer ausladenden Handbewegung auf die vor ihnen liegende Wasserwüste. Er machte eine imposante Figur vor dem Hintergrund des großen Stromes. «Schau hinaus. Weißt du, was das ist? Was es darstellt?»

«Nein.»

«Das Leben dazwischen», sagte Daniel. Sie begriff offenbar nicht, was er meinte, deshalb fuhr er fort: «Man kann alle Reisen als das Leben dazwischen ansehen. Da gibt es, was war, was wichtig war, wenn man anfing. Da ist, was sein wird, was wichtig sein wird, letzten Endes. Aber dazwischen ...» Er zuckte die Schultern. Eine besonders starke Bö fuhr ihr wieder in die Haare und wehte Strähnen in ihre Augen. Seine kurzgeschnittenen Locken rührten sich kaum. «Wir können uns keiner Sache sicher sein, Chiara. Du fragst nach meiner Frau. Hier aber existiert sie vielleicht nicht einmal.» Isabels Gesicht trat ihm unwillkürlich vor die Seele. Er erinnerte sich, wie er sie einstmals geliebt und sich nach ihr gesehnt hatte, als sie mit Elmar Frazer verheiratet war. Damals war er irgendwie fast von Sinnen. «Hier – hier ist sie nicht von Bedeutung. Ebensowenig wie dein Gesang. Dein Gesang, meine Ehe – das ist gestern. Das ist morgen.»

Sie wußte, was er damit sagen wollte, hoffte aber trotzdem, die Göttin würde ihr eine Antwort erteilen. Chiara hatte eine der besten Kabinen an Bord des Flußdampfers erhalten, aber diese war trotzdem nur ein sehr bescheidener, enger Raum. Ihr kam plötzlich in den Sinn, daß, wenn sie die Tür über Nacht unverschlossen, vielleicht sogar einen Spalt geöffnet ließe, dies der Göttin helfen könnte, sie zu einem vernünftigen Urteil zu veranlassen. Man durfte nicht nur an sich denken. Es war zu gefährlich. Daniel Fogarty war ein schöner Mann, gewiß – aber wenn man mit der Kunst und nur mit der Kunst verheiratet ist, muß man sich vielleicht mit einer bescheideneren Lösung abfinden ... Jedenfalls mit einer Lösung, die weniger ablenkte. Warum, warum bloß sagte die Göttin nichts ...?

Der Empfang in Manáos war hinreißend. Die ganze Stadt schien für Chiara Santa auf den Straßen zu sein. Sie war höchst erstaunt, aber für Daniel bedeutete der Rummel eine Ernüchterung. Er bedeutete die Rückkehr zum Status quo – zu dem, was einmal war. Die Europäer trugen ihre besten Kleider, und die *caboclos* oder Stadtindianer hatten sich wie zu einem Fest herausgeputzt. Dies hieß, daß die Frauen ihre Kleider eher aus- als angezogen hatten und mit nacktem Oberkörper herumliefen. Die Männer trugen einen Federschmuck auf dem Kopf. Viele junge Leute aller Rassen sangen Lieder und begleiteten sich selbst auf dem *cavaquinho*, einer Art von Laute, die überall gespielt wurde.

Während sie die unzähligen Kanus auf dem Fluß und das Gewühl von Menschen betrachtete, die unter der heißen Sonne in ihren bunten Gewändern herumzogen, konnte Chiara Santa kaum glauben, daß sie so gut bekannt war. In dieser Beziehung wartete aber auch eine kleine Enttäuschung auf sie. Die Einwohner von Manáos waren so versessen auf ihr großes Opernhaus, weil sie überzeugt schienen, daß es ihr Leben über alle Maßen schöner und lebenswerter machen würde, und so blieb ihnen gar nichts anderes übrig, als eine Repräsentantin dieser Traumwelt zu verehren. Die überwiegende Mehrheit hatte wahrscheinlich nie etwas von Chiara Santa gehört, ebensowenig wie von Lilly Lehmann oder sogar Giuseppe Verdi. Aber es war unumgänglich, solche Persönlichkeiten mit den gebührenden Ehren zu empfangen.

Nachdem Chiara in ihr Hotel und zu einem großen Festmahl gebracht worden war, an dem die wohlhabenden Herren der Stadt in Abendanzügen teilnahmen, wußte Daniel nicht recht, was er mit sich anfangen sollte. Er wollte sich nicht in diesen ganzen Rummel hineinziehen lassen; diesen Aspekt von Chiaras Theaterleben hatte er nie ganz verkraften können. Er begab sich in ein einigermaßen ordentlich aussehendes Lokal und bestellte einen doppelten Brandy.

«Es ist ein einheimischer Brandy, Senhor», meinte ein niedergeschlagen aussehender kleiner Mann in einiger Entfernung von ihm; dieser hatte sich für die Festlichkeiten entsprechend angezogen, fand aber seinen Aufzug offenbar überflüssig. «Sie müssen vorsichtig sein.»

Daniel dankte ihm und erkundigte sich, warum er einen so mürrischen Eindruck mache. «Senhor», erwiderte der kleine Mann achselzuckend, «mir war ein Platz auf dem Festbankett zur Begrüßung der schönen und talentierten Chiara Santa zugesagt worden. Ich hatte dafür bereits gewisse geschäftliche Konzessionen gemacht. Aber im letzten Augenblick, Senhor, erfahre ich, daß für mich leider kein Platz mehr frei ist. Ich verdopple die Konzessionen, ich verdreifache sie sogar. Aber vergebens. Manáos wird von den Reichen regiert. Von Menschen, die noch viel reicher als Lombardo sind.»

Daniel verfiel in eine lockere Konversation mit dem Fremden, aber erst nach einiger Zeit entdeckte er dessen Verbindung zu James Onedin. Er konnte es einfach nicht glauben.

«James Onedin?» wiederholte er. «Sie stehen in Geschäftsbeziehungen mit James Onedin – ausgerechnet hier? Mit meinem Schwager? Aber wieso eigentlich? Ich verstehe nicht. Was macht er denn hier, um alles in der Welt?»

«Er handelt in Kautschuk.»

«Kautschuk? Was ist der Handel in Kautschuk für einen Seefahrer?»

«Es ist der einträglichste Handel auf der Welt. Und Captain Onedin braucht viel Geld.»

Wieder benötigte Daniel einige Zeit, um zu erfahren, daß Port Baines ein trauriges Fiasko gewesen, James fast bankrott gegangen war und jetzt wieder auf die Beine kommen wollte, bevor seine Gläubiger über ihn herfielen.

«Tja», meinte Daniel nachdenklich und lehnte sich auf seinem Stuhl zurück. Der kleine Lombardo hatte recht gehabt – der einheimische Brandy war abscheulich. «Wir haben in Australien von Port Baines nur wenig gehört. Nur, daß es – Rückschläge gegeben habe. Ja, man hat irgendwie davon gesprochen. Aber nach dem, was Sie sagen ...» Daniel hatte anfangs viel Geld in Port Baines investiert, und zwar hauptsächlich in der Absicht, die Kontrolle über das ganze Unternehmen an sich zu reißen. Er hatte sich an James Onedin rächen wollen. Aber dabei hatte ihm James das Nachsehen gegeben. Jetzt schien es Daniel, als könnte er James endgültig ruinieren – etwas, wonach er sich so lange gesehnt hatte. Aber spielte das noch eine Rolle? Isabel in Liverpool würde über die Situation ihres Bruders sicherlich im Bild sein. Wahrscheinlich hatte sie ihm bereits die finanziellen Mittel, soweit es ihr möglich war, vorgestreckt.

«*Perdão*, Senhor.» Lombardo setzte das Gespräch fort. «Sie sagen, Ihr Name sei – äh – Fogarty?»

«Ja. Warum?»

«Sehr merkwürdig.» Lombardo schüttelte den Kopf und schaute seelenvoll in sein Weinglas. Ob die göttliche Chiara Santa bei dem Bankett singen würde? *‹Dis-moi que je suis belle ...›* Er bezweifelte es. «Haben Sie Beziehungen zur Schiffahrt?»

«Ja, früher einmal. Worum geht es denn?»

«Wir haben kürzlich viel von einem Dampfschiff mit Namen *Lady Isabel* gehört», fuhr Lombardo fort. «Es wurde auf dem Amazonas gekapert, und zwar von einem Verbrecher namens Furtado, einem Sklavenhalter und Mörder. Er ist inzwischen festgenommen und in Pernambuco gehängt worden. Aber von der Eignerin dieses Schiffes, die sich zur Zeit der Piraterie an Bord befand, fehlt jede Spur. Ihr Name wird als Lady Isabel Fogarty angegeben. Ist sie vielleicht mit Ihnen verwandt, Senhor?»

Als die *Neptune* in den Küstengewässern südlich von Obydos vor Anker ging, stieß der junge William einen Seufzer der Erleichterung aus. Er konnte sich aus den wenigen Jahren, in denen er das Meer hassen gelernt hatte, nicht an eine so abscheuliche Fahrt erinnern. Dicht ostwärts des Hafens von Serpa war ein Wind aufgekommen, der sich zu einem heftigen Sturm entwickelte, je mehr sie versuchten, vor ihm herzulaufen. Um nicht auf einer der vielen zum Teil unsichtbaren Untiefen und Sandbänke, die es hier häufig gab, zu stranden, hatte Baines immer wieder neue Wendemanöver ausgeführt; er stand auf dem Achterdeck und schrie seine Kommandos in die Takelage hinauf, wo die Matrosen hoch oben auf den Rahen alle Hände voll zu tun hatten. Sogar Onkel James, der regennaß und mit zerzausten Haaren an der Luke erschienen war, machte angesichts des widrigen Wetters einen wenig begeisterten Eindruck.

William fühlte sich hundeelend und erholte sich, auch als der Sturm nachgelassen hatte, nur langsam. Als die *Neptune* vor Anker lag und James zu ihm kam, um ihm zu sagen, er gehe jetzt an Land, um nach seinem Agenten zu suchen, der sich Henriques nenne, war William noch grün im Gesicht.

«Am besten legst du dich mit einem Grog in die Koje, Junge», brummte James, der so etwas an Bord nicht gewohnt war und glaubte, William tue nur so.

«Nein», protestierte William laut. Sie hatten vereinbart, daß er mit James an Land gehen sollte, und er war darauf erpicht, von der *Neptune* herunterzukommen, wenn auch nur für kurze Zeit. Er war überzeugt, daß es das Schiff als Inbegriff des Bösen war, das ihn krank gemacht hatte. «Ich interessiere mich dafür, wie der Kautschukhandel funktioniert, und ich möchte es mir selbst einmal ansehen.»

«Vielleicht bekommst du diesmal gar nichts zu sehen. Aber wie du willst.» James wußte, daß die unglückliche Landratte festen Boden unter den Füßen haben wollte. Er verachtete solche Schwächen, besonders bei einem Verwandten. Aber es gab eben solche und solche Menschen. Es wurde sogar behauptet, daß Horatio Nelson selbst zuerst ein schwächlicher, ständig seekranker Kadett gewesen sei.

Die *cuberta*, die sie im Schlepp von Manáos mitgebracht hatten, kam längsseits, und James, William und zwei Seeleute stiegen ein. Das Ganze schien ziemlich absurd, dachte James, aber die *cuberta* war notwendig, falls es tatsächlich Kautschuk am Ufer gab; Baines wollte zwar nichts davon wissen, aber James bestand auf der Übernahme der Ware durch die *Neptune*. Baines blickte jetzt zweifellos unverwandt zum Lago Grande, dem großen Binnensee, hinüber, der sich in die andere Richtung erstreckte. James war gespannt, ob Baines tatsächlich auf seinem Entschluß beharren und der Seefahrt Lebewohl sagen würde, sobald er nach England zurückgekehrt war. Auf dem Vorderdeck der kleinen *cuberta* sitzend, versuchte William immer noch, die Übelkeit loszuwerden, während sie auf den entfernten Landeplatz zusteuerten.

Kein Lebenszeichen war zu sehen, als sie festmachten und an Land gingen. Der Dschungel begann fast unmittelbar hinter dem Landungssteg, und einige ausgetretene Pfade führten von hier landeinwärts. Solange man diese ‹Straßen› nicht verließ, befand man sich einigermaßen in Sicherheit. Baines war hier entlanggegangen, als er Henriques fand, ebenso Lombardo bei einer anderen Gelegenheit. Aber für James war dies alles neu.

Es waren einige Kilometer bis zu dem Haus mit der verdächtigen Umgebung, den Binsenmatten und den in den Boden gerammten Pfählen. Es war ein langgestrecktes, niedriges und minderwertiges Haus, das auch dann kaum einen guten Eindruck gemacht hätte, wenn das Ziegeldach instand gesetzt worden wäre und die Veranda keine Schäden aufgewiesen hätte. Schwere, durch die Feuchtigkeit verrostete Ketten hingen von den Pfählen herab. Der Ort sah aus, als wäre er schon seit einiger Zeit verlassen.

James sah sich um und seufzte. Die Schatten begannen länger zu werden. Bald würde die Dunkelheit hereinbrechen. Sie mußten sich also beeilen, wenn sie hier nicht von der Nacht überrascht werden wollten. «Niemand hier», meinte James zu William.

«Was hat dieser Senhor Henriques, oder wie er heißt, hier gemacht, Onkel James?» fragte William und betrachtete die Pfähle mit den Ketten. «War er ... ich habe gehört, daß in diesem Land noch immer Sklaverei herrscht, aber hat denn Henriques ...»

«Das geht uns nichts an, Junge», unterbrach ihn James und drehte der fragwürdigen Szene rasch den Rücken zu. Es war Sache derjenigen, die auch dafür bezahlt wurden, sich darum zu kümmern, daß die Gesetze befolgt wurden – ihn ging es nichts an. «Wo der Kautschuk ist, will ich wissen. Hier muß eine ganze Menge davon liegen. Er kann nicht alles im Nu weggeschafft haben, seine Ware und die Karren und ... und was er hier sonst noch gehabt haben mag.»

James' Blick fiel plötzlich auf einen primitiven Schuppen, der etwas tiefer unter den Bäumen stand. In dem dichten Dschungel war er kaum zu erkennen. Falls James nicht genau an seiner jetzigen Stelle gestanden hätte, würde er ihn wahrscheinlich gar nicht gesehen haben.

«Warte hier», sagte James zu William.

«Wohin gehst du?»

«Geht dich nichts an. Aber warte hier.» Er wußte selbst nicht, warum er es für besser hielt, sich dem Schuppen leise und vorsichtig zu nähern. Er war bestimmt nicht bewohnt. Höchstwahrscheinlich war er leer. Aber James achtete darauf, möglichst wenig Geräusche zu machen, während er auf die Tür des Schuppens zuging. Er war außer Sichtweite von William und den beiden Seeleuten, als er schließlich vor dem Schuppen stand. Die Schatten waren noch länger geworden.

James zog die wackelige Tür des Schuppens vorsichtig auf. Drinnen lag ein riesiger Berg Rohkautschuk – mindestens dreimal soviel, wie er gewöhnlich von seinen Agenten abzuholen pflegte. Henriques war offensichtlich vor dem Erscheinen der Polizei gewarnt worden und hatte noch Zeit gehabt, seine Ausbeute zu verstecken.

James wollte William und den Matrosen gerade hocherfreut etwas zurufen, aber bevor er auch nur ein Wort herausbrachte, flüsterte ihm jemand ins linke Ohr: «Ah, Senhor Capitão. Sie wollen diesen Kautschuk? Aber zuerst kommt noch etwas anderes. Etwas ganz anderes.»

James wandte den Kopf und schaute in das Dunkel des Schuppens. In der Finsternis rührte sich etwas, jemand sprang ihn an. Dann war ihm, als explodierte sein Kopf. Er spürte ein Lichtermeer über sich hereinbrechen und verlor das Bewußtsein.

Als James Onedin wieder zu sich kam, lag er auf dem Boden und blickte hinauf in das schwarze Laubwerk der Riesenbäume. Um ihn herum herrschte tiefe Nacht, aber ein blasser Lichtschein ging von einer flackernden Laterne aus, die über ihm an einem Ast hing. James ächzte – er wußte nur, daß ihm jemand einen Schlag auf den Kopf versetzt hatte und daß sein Schädel fürchterlich schmerzte. Dann sah er einen Neger, der, ein Gewehr in der Hand, gegen den Baumstamm gelehnt war.

Als der Neger merkte, daß sich James rührte, drehte er sich um und rief etwas auf portugiesisch in die Nacht hinein. Kurz darauf trat ein großer Mann, der eine Zigarre rauchte, in den Lichtkreis. Er blieb stehen und blickte unschlüssig auf James hinunter. Es war Henriques.

James sah ihn an. Er versuchte sich aufzurichten, aber der Kopf tat ihm zu weh. «Henriques ...» ächzte er. «Was – was zum Teufel ... Sind Sie es gewesen ... warum ...» Die Erinnerung kam wieder. «Mein Neffe», rief er aus. «Der junge William. Was ist mit ihm geschehen? Und mit den Matrosen von der *Neptune*?»

«Keine Angst.» Henriques sprach kurz und bündig. Das gebrochene Englisch, das seine Redeweise bislang zu einer Art von Singsang gemacht hatte, klang jetzt hart und metallisch. «Andere Menschen, Henriques sie nicht bringen hierher. Nur Sie. Andere Menschen, sie gehen zurück zum Schiff. Einer meiner Leute, er Sie niederschlagen. Vielleicht zu hart. Mir leid tun. Aber Sie jetzt haben Kautschuk. Ich gebe.» James war zutiefst erstaunt. Das Ganze schien zu ungewöhnlich. Man hatte ihn offenbar an einen anderen Ort gebracht, denn der Dschungel um ihn herum, soweit er ihn erkennen konnte, war nicht der Dschungel in der Nähe des Flußufers. Und das Haus auf der Lichtung war nirgends zu sehen. «Sie – Sie wollen mir diesen Kautschuk *geben*?» fragte er unsicher. «Warum?»

«Sie nehmen. Sie haben dies alles. Jetzt geben Sie Henriques viel. Sie sehen.»

Er gab dem Neger, der an dem Baum lehnte, ein Zeichen; dieser trat vor und stellte James ohne Umschweife wieder auf die Beine. James taumelte. Er fühlte sich noch so schwach, daß er glaubte, jeden Augenblick hinfallen zu müssen. Aber sein stämmiger Wärter drehte ihm den Arm auf den Rücken und schob ihn mit der einen Hand vor sich her, während er mit der anderen das Gewehr umklammerte.

Sie stolperten durch dichtes Unterholz; Henriques folgte ihnen. Plötzlich drangen leise Klagelaute aus dem Buschwerk an ihr Ohr. Der Neger blieb stehen und brüllte wütend etwas in die Finsternis. Die Klagelaute verstummten. Der noch immer halb benommene James glaubte, undeutliche Geräusche, wie von einer Gruppe verängstigter Menschen, zu hören. Deutlich klang das Klirren von Metall durch den Dschungel.

Wieder tauchte vor ihnen ein Lichtschein auf; kurz darauf gelangten sie zu einem schwach beleuchteten, freien Platz. Hier stand ein stämmiger kleiner Mann, der wie ein Mestize aussah und ein Gewehr in der Hand hatte. Auch hier hing eine Sturmlaterne an einem der amazonischen Baumriesen. Der Baum war so gewaltig, daß außer ihm kaum etwas zu sehen war. Er stand auf Wurzeln, die allein schon so dick wie europäische Bäume waren; sie waren aus dem Erdreich herausgewachsen und bildeten unter sich eine große, dunkle Kammer.

Henriques zündete noch eine Sturmlaterne an und betrat die Kammer unter dem Baum. Der Neger schob den jetzt völlig verwirrten James hinterher und umklammerte dessen Arm fester.

Aber kein böses Omen hätte James auf den Anblick vorbereiten können, der sich ihm jetzt im weißen Lichtschein der Lampe bot. Er hatte vielleicht gefürchtet, daß ihm selbst Gefahr drohen könnte. Was er sah, waren drei zerlumpte und verschmutzte Gestalten, drei Frauen, die mit dicken Schnüren an die Baumwurzeln angebunden waren. Das helle Licht schien sie zu blenden, so daß sie zuerst nichts erkennen konnten. Die Frau in der Mitte, offensichtlich jünger als die anderen, hatte geweint. Es war Charlotte, und die beiden anderen waren Letty und Isabel.

James stieß einen Schrei des Entsetzens aus. Dann blieb er wie versteinert stehen und starrte die Frauen an. Henriques wandte seine schwarzen Augen nach ihm um.

«Also, Capitão», zischte er. «Englische Ladies. Henriques, er retten englische Ladies von Indianern, die ihnen sehr übel wollen. Englische Ladies noch am Leben, weil Henriques freundlicher Mann ist. Aber jetzt, Capitão, Henriques muß haben Geld für sie.»

«Papa!» Charlotte schluchzte, nachdem sie erkannt hatte, wer er war, aber auch sie konnte nicht glauben, was sie sah. «Hör nicht auf ihn. Die Indianer haben uns geholfen. Aber er ist ein Sklavenhalter. Er hat die Indianer gefangengenommen.»

«Was soll dies alles bedeuten?» James hatte plötzlich die Stimme wiedergefunden. «Lassen Sie sie los! Lassen Sie sie sofort frei!»

«Das zu gefährlich, Senhor Capitão.» Henriques sah James hämisch lächelnd an. «Indianer, sie werden sie umbringen. Und Henriques muß haben Belohnung für retten Ladies.»

«Lassen Sie sie frei, sage ich! Binden Sie ihnen die Arme los!» James versuchte sich loszureißen, konnte aber gegen den mächtigen Neger nichts ausrichten. Er drehte sich herum und versuchte, dem Schwarzen die Faust ins Gesicht zu schlagen, aber dieser versetzte

James sofort mit dem Gewehrkolben einen schweren Hieb auf den Arm. James stieß einen Schmerzensschrei aus. Sein ganzer Arm brannte wie Feuer.

«Wir können gegen sie nicht ankämpfen, James! Tu, was sie sagen!» Es war Isabel, die ihm diese Worte zurief. Isabel war am Ende ihrer Kräfte. Sie war sichtlich abgemagert – eine Frau, die er kaum wiedererkannte.

Sein Arm war durch den Schlag gefühllos geworden. James richtete den Blick wieder auf die Frauen der Familie Onedin. Isabel schien in der Tat nur halb bei Bewußtsein zu sein. Charlotte weinte verängstigt still vor sich hin. Letty begegnete dem Blick ihres Mannes; sie war hohlwangig und bleich und konnte kein Wort herausbringen.

Jemand legte James eine Binde über die Augen und löschte damit seinen Blick auf die unglückseligen Frauen und die ganze Szene aus. Dann flüsterte ihm jemand ins Ohr:

«So, Capitão. Sie reicher Mann jetzt. Sie viel Geld haben. Meine Männer Sie mitnehmen. In einer Woche Sie kommen Landungsplatz. Sie bringen niemanden mit. Sie haben für Henriques fünfzig Millionen *Reis*. Oder Ihre englischen Ladies ... Ich fürchte sehr, Indianer sie umbringen.»

Der Entschluß

«Fünfzig Millionen *Reis*», rief James in einem Anfall von Verzweiflung aus. «Großer Gott im Himmel, das sind fast fünfzigtausend Pfund.»

«Und Sie wollen das Geld dem Teufel in den Rachen werfen? Einfach so?» Baines schien von dieser Größenordnung ebenfalls überwältigt zu sein. Sowohl Entführungen als auch riesige Geldsummen waren für einen Mann wie ihn Dinge, die ins Reich der Phantasie gehörten.

«Er wird am Landungssteg sein ...» James warf einen raschen Blick auf den Kalender an der Wand des Hafenkontors. «Heute ist Donnerstag. Ich soll mit fünfzig Millionen *Reis* am nächsten Donnerstag wieder dort sein. Er hat mir nur eine Woche zugestanden.»

«Sie werden sich an die Behörden wenden müssen», brummte Baines. «Die taugen hier zwar nicht viel, nicht wie die Polizei in England, aber Sie werden jede nur mögliche Hilfe in Anspruch nehmen müssen.»

«Haben wir irgendeine Garantie», fragte William, der in einer Ecke saß und aus dem Fenster schaute, «daß, falls das Geld bezahlt wird, meine Mutter und die beiden anderen Frauen tatsächlich freigelassen werden?»

James hätte zu diesem Zeitpunkt ebensogut auch ohne William auskommen können. Sein Neffe erklärte, er fühle sich noch krank, und er sah auch wirklich schlecht aus. Aber die Sorge um seine Mutter erlaube ihm nicht, eine Ruhepause einzulegen oder sich in ärztliche Behandlung zu begeben. James empfand seine ständige Gegenwart als deprimierend.

Er mußte aber auch zugeben, daß sich William ebenfalls über seinen Onkel große Sorgen gemacht hatte – dort am Landungssteg. Nachdem ihm die gefangenen Frauen in der Kammer unter dem Baum gezeigt worden waren, war James von Henriques' Männern mit verbundenen Augen durch den Dschungel geführt worden; wie groß die Entfernung war, die sie zurücklegten, wußte er nicht genau, aber es schien ihm eine lange Strecke zu sein. Dann hatte man ihn plötzlich nach vorn gestoßen, und zwar so heftig, daß er hinfiel. Die Männer waren daraufhin in dem grünen Dickicht untergetaucht, das ihnen offenbar ebenso vertraut war wie anderen Menschen das Leben in der Stadt.

James wußte instinktiv, daß er sich wieder bei dem Haus auf der Lichtung befand. Er rief laut und wiederholt um Hilfe, und nach einigen Minuten war es William, der zu seiner Rettung erschien. William war die ganze Nacht an Land geblieben, ohne Rücksicht auf die Gefahren, die ihm drohen konnten, denn er wußte nicht, was seinem Onkel zugestoßen war, und wollte zur Stelle sein, wenn dieser zurückkehrte. Als er James losband und die Binde über den Augen abnahm, war William von einem kleinen Krampf befallen worden, der vielleicht auf einen Fieberanfall zurückging.

Baines hatte natürlich nicht auf der Fortsetzung der Reise nach England bestanden, nachdem er von dem Schicksal der Frauen erfahren hatte. «Die junge Miss Charlotte?» hatte er voll Zorn ausgerufen. «Mrs. Onedin und Lady Fogarty? Großer Gott, Sir, lassen Sie uns an Land gehen und diese dreckigen Hunde zusammenschlagen.»

Aber man war schließlich zu dem Schluß gekommen, daß dies kein guter Plan sei. Der Dschungel würde ihnen schwer zu schaffen machen, auch wenn es Henriques und seinen Helfershelfern mit ihren Gewehren nicht gelingen sollte, sie von ihrem Vorhaben abzuhalten. Sie waren völlig unbewaffnet. Darum schienen sie keine andere Wahl zu haben, als nach Manáos zurückzukehren und eine umfassende Lagebeurteilung anzustellen. Und nach einer solchen nüchternen Lagebeurteilung waren sie schließlich zu einer Schlußfolgerung gelangt, die sie frösteln machte.

«Meines Erachtens können wir sicher sein, daß die Gefangenen freigelassen werden, wenn das Geld bezahlt ist», sagte James als Antwort auf Williams Frage. Der junge Mann stand am Fenster des Hafenkontors. «Aber es kommt bestimmt zu Schwierigkeiten, wenn wir versuchen sollten, die Behörden einzuschalten. Ich glaube, daß Henriques auch vor Mord nicht zurückschreckt. Aber fünfzig Millionen *Reis* ...! Du lieber Himmel, wie soll ich denn eine solche Summe beschaffen?»

«Sie haben doch sicher etwa fünfzigtausend Pfund auf Ihrem Konto, Sir.» Baines sprach absichtlich in kühlem Ton. Er hatte keine Lust, sich unter den bestehenden Umständen James' übliche Klagelieder über das Geld noch länger anzuhören.

«Ich brauche noch mehr als das», erwiderte James in hartem Tonfall. Er wollte dieses Thema nicht weiter diskutieren. «Die Summen, die ich mit Port Baines verloren habe, würden genügen, einen kleinen Staat zu finanzieren. Wo ist bloß Lombardo, um alles in der Welt? Muß er ausgerechnet jetzt nicht da sein, da ich ihn brauche?»

«Er ist stromaufwärts gefahren, um neuen Kautschuk zu beschaffen.»

«Fünfzigtausend Pfund werden in meine Kautschukgewinne ein großes Loch reißen», erklärte James. Sein Ton klang schroff. «Gibt es denn absolut keine andere Möglichkeit, Letty und die anderen zu befreien?»

«Großer Gott, Sir, können Sie denn an nichts anderes als ans Geld denken, wenn Ihre Frau, Ihr Kind und Ihre Schwester von einem Sklaventreiber festgehalten werden?» Baines war hell empört.

«Wenn man sein Kapital – ganz gleich, aus welchem Grund – angreift, gefährdet man seine eigene Zukunft», belehrte ihn James. «Und es besteht kein Grund, von Sklaventreibern zu reden. Henriques hat möglicherweise erfahren, wie gut meine Geschäfte gehen, und glaubt jetzt, durch Kidnapping und Erpressung ein Vermögen zu machen. Das hat mit Sklaverei nichts zu tun.»

«Mit Kautschuk Geld zu verdienen hat durchaus etwas mit Sklaverei zu tun», gab Baines zurück. «Und jetzt beschweren Sie sich, Profite, die Sie mit dem Kautschuk erzielt haben, an einen der Menschen zurückgeben zu müssen, die Eingeborene zu unbezahlter Zwangsarbeit heranziehen. Ich glaube, hier erübrigt sich jedes weitere Wort.»

«Onkel James», sagte William mit merkwürdig unsicherer Stimme. «Du darfst nichts tun, was das Leben meiner Mutter gefährden könnte.»

«Warum bist du ihr überhaupt nachgereist?» fuhr James ihn an. «Werde ich nie die volle Wahrheit darüber erfahren?» Es schien ein guter Zeitpunkt zu sein, diese Frage zu besprechen. Aber der junge Mann, der vor dem Fenster stand, schwankte sichtlich hin und her.

«Was ist eigentlich mit dir los? Bist du krank, oder bist du es nicht? Und willst du nicht irgendeinen Quacksalber aufsuchen und abwarten, was er dir zu sagen hat?»

James' Stimme klang in dem Kontor wie ein Peitschenhieb. Er fand, daß ihm der junge William allmählich auf die Nerven ging.

William lächelte schwach. Es war ein freudloses Lächeln, denn nichts war gesagt worden, was ihn hätte freuen können. Plötzlich gaben seine Knie nach, und er sank auf den Boden.

Baines war sofort an seiner Seite. «Er glüht, Sir!» rief er aus und befühlte die Stirn des jungen Mannes. «Er ist glühend heiß!»

«Dann werden wir ihn ins Bett bringen.» Insgeheim kam James diese Entwicklung gar nicht so ungelegen. Dadurch war er William erst einmal los. Fieberanfälle kamen und gingen. Manchmal waren sie sogar nützlich. James erinnerte sich, wie er vor Jahren einmal in seiner Kapitänskajüte mit heftigem Schüttelfrost gelegen hatte und ihm der Schweiß nur so heruntergeronnen war, als sein Schiff am Kap der Guten Hoffnung vorbeigefahren war. Zwölf Stunden danach war er, zwar noch etwas angeschlagen, wieder auf dem Achterdeck erschienen und hatte in dem heulenden Sturm den Matrosen in der Takelage seine Kommandos zugebrüllt. «Es gibt eine neue Station in dem Spital, das erst im letzten Jahr errichtet worden ist. Dort wird man ihn sicher aufnehmen und ihn pflegen, bis er wieder gesund ist ...»

Charlotte lugte durch die Zwischenräume der riesigen Baumwurzeln hinaus. Schlinggewächse hatten sich hier so weit ausgebreitet, daß es Charlotte schien, als schaue sie durch ein unregelmäßiges Spalier. Sie kam sich zwar verklebt und schmutzig vor, aber sie war wieder frisch und alert. Draußen marschierte eine traurige Kolonne vorbei: Indianer, etwa vierzig Mann, die zur Arbeit an den Kautschukbäumen geführt wurden. Henriques hatte das Gebiet durchstreift und eine weitere Arbeitsgruppe zusammengebracht. Er saß auf seinem Rappen und ließ die Peitsche über den Köpfen der Sklaven knallen. Diese waren aneinandergekettet, so daß Henriques nur zwei Aufseher brauchte, um die Sklaven in Schach zu halten. Einer der Aufseher war der hünenhafte Neger. Charlotte wandte den Blick zurück in die Höhlung unter dem Baum, die als ihr Kerker diente. Isabel lag neben dem Wurzelstrang, an den sie gefesselt war; sie wirkte teilnahmslos und geschlagen. Charlotte fragte sich, ob sie vielleicht ernsthaft krank sei. Letty war zwar wach, aber wenig mitteilsam. Daneben stand der Mestize, der sie bewachte, und mischte den *pirarucu*, den er den Frauen zum Essen geben sollte. Dies war eine fast ungenießbare Mischung aus Bohnen und Speck. Er war mit seiner Tätigkeit so beschäftigt, daß er auf nichts anderes achtete. Charlotte erkannte, daß dieser Mann, während Henriques und die Aufseher mit ihren Zwangsarbeitern auf dem Weg zur Arbeit waren, der einzige war, der auf sie aufpassen mußte.

«Charlotte», fragte Letty unvermittelt, «glaubst du, daß ich dich hasse ...»

Das Mädchen war verblüfft. Die Morgensonne drang durch die Baumwurzeln herein und erzeugte unregelmäßige Lichtflecke, so daß es in der Kammer nicht mehr so düster war. Letty schien in Gedanken gar nicht bei ihrer gegenwärtigen Lage zu sein. Sie zeigte einen nachdenklichen und etwas traurigen Gesichtsausdruck.

Charlotte fiel keine passende Antwort ein, und Letty fügte rasch hinzu: «Oh, ich will damit nicht sagen, daß du so etwas nicht denken solltest», fuhr sie mit dem Anflug eines Lächelns fort. «Es würde mich sogar sehr wundern, wenn du zu einer anderen Schlußfolgerung gekommen wärest. In gewissem Sinne ... ist es wahr.»

Jetzt war Charlotte bestürzt. Sie konnte sich nicht vorstellen, warum ihre Stiefmutter gerade jetzt so mit ihr sprach. «Letty», begann sie nervös, «vielleicht ...»

«Groll.» Letty lehnte sich in ihren Fesseln zurück. Damit linderte sie die Schmerzen und gab sich einen Augenblick als die ältere Verwandte, die ihren Lieblingssessel in Anspruch nahm. Wie alt war Letty eigentlich? Charlotte konnte nicht sagen, warum sie Letty unwillkürlich für älter als ihren Vater hielt. «Groll», fuhr ihre Stiefmutter fort. «Es ging immer nur um dein Leben, weißt du, Charlotte, es ging immer nur um dich. Bevor ich deinen Vater heiratete und danach. Ich glaube sogar, daß er mich nur deshalb geheiratet hat, weil er sicher sein wollte, daß sich jemand um dich kümmerte. War ich eine Närrin? War es dumm von mir zu glauben, daß dies nur vorübergehend sein würde? Daß ich früher oder später ... daß ich James Onedin je dazu bringen könnte, mich wirklich zu lieben?

Als ich aber älter wurde, wurdest du allmählich reifer. Je müder ich wurde, um so lebenslustiger wurdest du. Als sich die Falten auf meinem Gesicht vertieften ... bist du zu einem hübschen Mädchen herangewachsen.»

Letty senkte den Blick und verstummte. Sie wußte jetzt, daß sie auf Charlotte eifersüchtig war. Es schien ihr, daß auch James diese Empfindung gehabt hatte. Natürlich hatte James sie vernachlässigt. Natürlich hatte er sie immer für eine Selbstverständlichkeit hingenommen. Aber dies tat der Tatsache keinen Abbruch, daß sie alle ihre Kraft in eine falsche Richtung gelenkt hatte. War das, was die Frauen jetzt zu erleiden hatten, eine Art göttlicher Rache für ihre Kleinlichkeit? Sie hatte einer törichten Leidenschaft nachgegeben und sich wie ein Schulmädchen benommen. Sie schämte sich.

«Ich muß dir sagen ... es tut mir leid, Charlotte», fuhr Letty in gedämpftem Ton fort. «Dein Vater wird alles in seiner Macht Stehende tun, um dich zu retten – sei unbesorgt. Aber ich würde ihm keinen Vorwurf daraus machen, wenn er nichts unternähme, mich zu retten. Was habe ich für einen Wert für ihn? Ich habe ihn enttäuscht. Um ihn auf meine Ebene herunterzuziehen, habe ich ihn betrogen. Ich habe ihn gebeten, nur die Hälfte dessen zu sein, was er tatsächlich ist.»

Der Mestize erschien mit dem Essen. Als er sich hinkniete, um jeder von ihnen aus der Holzschüssel etwas von dem *pirarucu* auszuteilen, sah ihm Charlotte direkt ins Gesicht. Sie war sich nicht ganz im klaren, was Letty ihr hatte sagen wollen, aber sie war überzeugt, daß dieser Mann ganz klar verstehen mußte, was *sie* empfand. «Warum tun Sie das?» fragte sie unvermittelt in einer Sprache, die, wie sie wußte, der Mestize verstehen mußte. «Sie, der das Blut des indianischen Volkes in den Adern hat. Sie arbeiten für diesen Schurken. Für einen Unterdrücker. Für einen Verbrecher, der Ihre Brüder und Schwestern gefangenhält ...»

Der Mestize ignorierte ihre Worte. Nicht weit von ihnen entfernt ertönte plötzlich ein Klirren, ein unerklärliches Geräusch, das so klang, als ob jemand mit Eisen auf einen hohlen Gegenstand schlug. Der Mestize hob rasch den Kopf. Das helle Licht des Morgens schien sich merkwürdigerweise eingetrübt zu haben. Die Sonne war von Wolken verhüllt. Im Dschungel war es wieder düster geworden.

«Warum lassen Sie uns nicht gehen?» fragte Charlotte. «Schneiden Sie uns die Fesseln mit diesem Messer durch. Setzen Sie uns in Freiheit.»

Wieder drang aus der Dunkelheit jener seltsame, widerhallende Laut. «Was ist das für ein Geräusch?» fragte Letty müde. «Ich habe es auch gestern nacht gehört. Ich versuchte einzuschlafen, wachte aber davon immer wieder auf.»

«Es ist ein Dschungelgeräusch», antwortete ihr Charlotte auf englisch. «Ich habe davon gelesen. Es ist ein Ton, den anscheinend viele Menschen am Amazonas hören, den sich aber bisher niemand hat erklären können. Die Indianer sagen ...» Sie brach ab und sah wieder den Mestizen an. Er hatte die Stirn in tiefe Falten gezogen, während er das Essen austeilte. Jede Gefangene hatte eine Hand frei, um das übelriechende Gemisch zu sich nehmen zu können; der Mestize stellte vor jede von ihnen nacheinander eine Schüssel auf den Boden.

«Sie sind ganz allein hier, nicht wahr?» sagte Charlotte leise in der Sprache der Eingeborenen. «Wir sind Ihnen gleichgültig. Warum sollte es auch anders sein? Aber Sie sollten sich um sich selber kümmern. Sie, mit dem Blut der Indianer in den Adern. Die *mauhes*, vielleicht. Oder sogar die *mundurucu* ... diese gewaltigen Krieger ...»

Charlotte ließ den Blick aus der Baumhöhle in die dunkle Außenwelt schweifen. Wie auf Kommando erklang wieder der laut widerhallende Ton. Diesmal schien er aus größerer Nähe zu kommen, und der Mestize richtete sich steil auf. «Wissen Sie, was ich davon halte?» fragte ihn die junge Engländerin. «Ich glaube, es ist genau das, was mir meine Mutter einmal sagte, als ich noch ein Baby war. Ich glaube, es ist ... der *curupira* ...»

Der Unterkiefer des Mestizen fiel herunter. Er blickte angsterfüllt auf die gewaltigen Baumriesen draußen. «Die Bäume bieten keinen Schutz», fuhr Charlotte in ernstem Ton fort. «Der *curupira* herrscht in den Bäumen. Das einzige, was auch den tapfersten Mann vor dem *curupira* retten kann, ist das Wasser. Der *curupira* überquert keinen Wasserlauf. Deshalb wird ein kluger Mann nicht allein bleiben ... er wird, so schnell wie er kann, zu einem Fluß laufen ... und ihn überqueren ...»

Der Widerhall des dumpfen Tons schien von allen Seiten auf sie einzudringen. Der Mestize stieß einen Schrei aus, sprang auf und stürzte aus der Baumhöhle ins Freie. Noch immer schreiend, verschwand er im Dschungel. Er rannte Hals über Kopf vor dem unheimlichen Klang davon. Charlotte streckte sofort den Arm nach dem Messer aus, das er benutzt hatte, konnte es aber nicht ganz erreichen. «Tante Isabel», sagte sie eindringlich. «Tante Isabel! Greif du nach dem Messer!»

Isabel riß sich aus der merkwürdigen Lethargie, in die sie verfallen zu sein schien. Es stand außer Frage, daß sie krank war. «Was ... Charlotte ...»

«Das Messer! Das Messer, Tante Isabel!»

Isabel hob das Messer ziemlich ungelenk auf und gab es Charlotte. Das Mädchen begann sofort, an ihren Fesseln herumzuschneiden.

Letty war fassungslos. «Was ist denn passiert, Charlotte?» fragte sie. «Was bedeutet dieser Ton wirklich?»

«Ach, bei den Indianern gibt es einen alten Mythos über den Waldgeist», antwortete Lettys Stieftochter und riß an dem Strick. «Er ist ein wilder Mann mit Pferdefuß und einem leuchtendroten Gesicht. Und er ist gar nicht freundlich. Deshalb gehen sie ihm stets aus dem Weg.» Eine Strähne des geflochtenen Stricks, mit dem sie gefesselt worden waren, zerriß. «Es wäre doch komisch, nicht wahr, wenn der dunkle Ton tatsächlich von so einem Wesen herrührte», meinte sie. «Dann kämen wir von dem Regen in die Traufe ...»

Letty erkannte, daß sie es mit der Tochter von James Onedin zu tun hatte, nur daß ihr dessen Blindheit, die Halsstarrigkeit und der verbohrte Materialismus fehlten. Und sie war dumm genug gewesen zu glauben, daß Charlotte sie haßte.

Als Daniel Fogarty das Hafenkontor in Manáos betrat, glaubte James Onedin, jede Beziehung zur Wirklichkeit verloren zu haben. Er traute seinen Augen nicht. Ebensogut hätten er und seine Familie wieder in Birkenhead sein und sich zum sonntäglichen Mittagessen einladen können.

«Was, zum Teufel ...» war alles, was er herausbrachte.

«Was bedeutet das ganze Gerede über Isabel?» fuhr ihn Daniel an. «Ich hörte von deinem Mann, Lombardo, ihr Schiff sei ihr gestohlen worden, und es sei unbekannt, wo sie sich zur Zeit aufhält. Jetzt erfahre ich, daß du weißt, wo sie ist, und daß sie sich in Not befindet.»

«Wie hast du das erfahren?» Für James schienen sich die Ereignisse zu überstürzen.

«Ich stieß zufällig auf Baines. Auch er war erstaunt, mich zu sehen. Ich versuchte, dich zu finden, sobald ich über Isabel Bescheid wußte, aber du warst nicht in der Stadt. Irgendwo flußabwärts, sagten die Leute.»

«Was machst du, um Gottes willen, ausgerechnet in Manáos, Mann ...?»

Daniel hielt inne. Das ist eine gute Frage, dachte er bei sich. Er war sich selbst nicht mehr im klaren, was er in Manáos machte. Die Nachricht, daß Isabel in Schwierigkeiten geraten war, hatte allem eine neue Bedeutung gegeben. Daniel konnte nicht sagen, warum: Auf dem Höhepunkt seiner Vernarrtheit in Chiara Santa hatte er gedacht, daß zwischen ihm und seiner Frau alles aus sei. *Vernarrtheit.* Ja, so war es. Chiara sollte an diesem Abend auftreten und singen. Bei dem großen *musicale* würde praktisch ganz Manáos anwesend sein; aber Daniel hatte jetzt keine Lust mehr, hinzugehen. Es war beunruhigend und in gewissem Sinne mysteriös.

«Wie ich höre, befindest du dich in finanziellen Schwierigkeiten», sagte Daniel ohne Umschweife.

James sah ihn an. Es hatte keinen Sinn, Daniel etwas vormachen zu wollen. «Stimmt», murmelte er, «und was Isabel und Letty und Charlotte zugestoßen ist, wird diese Schwierigkeiten nur noch erhöhen. Was passiert ist, ist ...» Und er erzählte Daniel alles, was er von der Kaperung und der Entführung der Frauen wußte.

Daniel war entsetzt. «Fünfzigtausend Pfund!» rief er aus. «Und du willst sie diesem verbrecherischen Henriques in den Rachen werfen?»

«Ich werde das Geld aufbringen», gab James zurück; seine Stimme klang, während er sein Gegenüber betrachtete, plötzlich wärmer. «Aber wie du dir vorstellen kannst, ist so etwas nicht leicht, wenn man sich ohnehin in finanziellen Schwierigkeiten befindet.»

«Sei nicht so dumm. Wenn die Summe tatsächlich gezahlt werden sollte, habe ich natürlich die erforderliche Deckung. Aber ich frage dich: Wollen wir beide – du und ich – auf die Forderung dieses Mannes wirklich eingehen?»

James blickte absichtlich an ihm vorbei. «Ich sehe für uns keine andere Wahl.» Er sah jetzt Daniel Fogarty in einem neuen Licht. Es war lange her, seit sie füreinander kaum etwas anderes als unverhohlene Feindschaft empfunden hatten, aber jetzt waren sie zwei Männer, die genau vor demselben Problem standen.

Sie hatten jetzt ein gemeinsames Ziel. «Wenn wir Henriques' Forderung nicht erfüllen, wird er die Frauen umbringen.»

«Sie werden irgendwo tief im Dschungel festgehalten, sagst du», sinnierte Daniel. «Wie kommt man dorthin? Wie lange dauert es?»

«Weiß der Himmel. Als man mir die Augen verbunden hatte, zerrten sie mich etwa zwei Stunden lang über irgendeine Art von Pfad.»

«Pfad? War es ein Pfad?»

«Ein Dschungelpfad! Das heißt, ein Weg durch Unterholz und Dickicht. Er ist bestimmt nur ganz wenigen bekannt. Jeder andere würde dort umkommen.»

«Jeder andere, außer denjenigen, die einem solchen Pfad zu folgen verstehen.» Daniel nickte nachdenklich. Dann sah er sein Gegenüber scharf an. «James Onedin, du bist schlapp geworden. Die Trägheit der Tropen hat dich erfaßt. Es gab eine Zeit, da hättest du dich nie derartigen Forderungen gebeugt. Ganz gleich, ob sie von einem Verbrecher, einem Bankmanager oder einem anderen Seemann erhoben worden wären.» Er grinste in Erinnerung an ihre früheren Auseinandersetzungen mit grimmigem Vergnügen. Er sah Isabels Gesicht vor sich – Isabel, die James gewaltsam von ihm getrennt und in Elmar Frazers Arme getrieben hatte. «Sieh dich doch an. Wenn man niedergeschlagen wird, steht man eben wieder auf. Du enttäuschst mich, James. Ich habe dich fast ebenso respektiert, wie ich dich in vergangenen Zeiten verabscheut habe. Du magst mein Widersacher gewesen sein, aber du warst auch mein Lehrmeister.»

«Was sollten wir deiner Meinung nach tun, Mann?» James konnte Daniel nicht ganz folgen, obwohl dessen Worte ein fernes

Echo in ihm wachriefen. Er hatte in diesem fremden Land tatsächlich nachgelassen. Nur Geld und Gelderwerb hatten ihn beherrscht. Bei dieser letzten, so unglaublichen Forderung war er vielleicht selbst zu einem jener Menschen geworden, auf die er sonst herabgeschaut hatte. «Wir können nicht kämpfen, wenn vielleicht andere darunter zu leiden haben.»

«Wir können kämpfen», entgegnete Daniel Fogarty. Die junge Isabel hätte zweifellos Verständnis für die Tatsache gehabt, daß er, als Chiara Santa auf dem Flußdampfer ihre Kabinentür für Daniel offenließ, aus irgendeinem Grund sich außerstande sah einzutreten. Er war bei Nacht hingegangen, weil er wußte, daß sie ihn erwartete, und hatte sich in letzter Minute wieder entfernt. Er hatte beim besten Willen nicht gewußt, warum er so handelte – und er wußte es auch jetzt nicht genau. «Wir können kämpfen», wiederholte Daniel. «Solange wir uns an deine vom Egoismus bestimmten Regeln halten ...»

Die *Neptune* war ein stolzes Schiff, als sie sich zum Ablegen rüstete. Es war schwül, wie meistens in diesen Breiten, aber es wehte trotzdem genügend Wind, die Segel zu füllen, und der in der Nähe liegende planmäßige Flußdampfer wirkte im Vergleich dazu grau und schäbig. James fragte sich, ob er einem unmöglichen Traum nachjagte, wenn es um die Schiffahrt ging. Auch beim Bau des unglückseligen Port Baines war ihm klargeworden, daß es ihm mehr um Dampfschiffe als um Segler ging. Aber die Errichtung leistungsfähiger Kohlenbunker hatte noch nicht einmal begonnen. Sollten denn die weißen Schiffe in feuchtheißen Häfen vermodern und für immer von der hohen See verbannt werden? Das schien ein trauriges Ende für die hohen Masten und stolzen Rahen zu sein.

«Erwarte Ihre Befehle, Captain Onedin, Sir.» Baines grüßte kurz. Er wirkte nicht mehr wie ein Untergebener. Baines war richtig aufgelebt, als er erfuhr, daß James und der vor kurzem angekommene Daniel Fogarty um ihre Frauen kämpfen würden. Waffen waren an Bord der *Neptune* genommen worden, und Baines schritt über das Deck mit grimmigem Gesicht, als sei er Kommandant eines Kriegsschiffes.

James nickte. Er wartete auf Daniel, dem er von der Fiebererkrankung seines Sohnes William hatte berichten müssen. Daniel war sofort ins Spital gegangen. «Ich hätte mir denken können, daß er hier ist», hatte sein kurzer Kommentar zur Anwesenheit seines Sohnes in Manáos gelautet. «Auf der Suche nach seiner Mutter, natürlich. Weil er glaubte, ich betrüge sie. Und auch ihn. Auch ihn.»

James' Blick wanderte über das Deck. Eine kleine Gruppe hockte dort und wartete. Es waren drei *cabodos*, Stadtindianer, die die Sprache des weißen Mannes sprachen und das Leben des weißen Mannes führten. Aber sie hatten sich nicht ganz der althergebrachten Fähigkeiten ihrer indianischen Artgenossen entwöhnt. Baines hatte diese drei Männer entdeckt und hoffte, sie könnten bei dem bevorstehenden Unternehmen von Nutzen sein. Wieder empfand James jene Ironie des Schicksals, die sein Verhältnis zu den Eingeborenen dieses Kontinents bestimmte. Sie schienen ihm und seiner Familie immer irgendwo zu Hilfe zu kommen, aber er behandelte sie nur mit Verachtung. Er hatte aus ihrer Arbeitsleistung erhebliche Gewinne gezogen. In jeder Beziehung, nur nicht dem Namen nach, hatte er sie versklavt.

«Da ist Captain Fogarty, Sir.» Baines sprach von Daniel immer noch mit dessen seemännischem Titel. Jede andere Anrede war auf diesem Deck von zweitrangiger Bedeutung und unwichtig. Als Daniel an Bord kam, brüllte Baines: «Fertigmachen zum Ablegen», und die Gangway wurde eingeholt, und die Leinen wurden abgeworfen.

Daniel machte ein ernstes Gesicht.

«Der junge William», sagte er zu James. «Er hat angeblich Gelbfieber ...»

«Mein Gott ...»

«Wir haben anderes zu tun. Für William wird das Menschenmögliche getan.» Daniel schüttelte den Kopf, als wolle er damit seine Sorgen loswerden. Das Gelbfieber war immer noch die tödliche Gefahr in den Tropen. So wie früher die Lepra in Europa grassierte, so war es hier das Gelbfieber, das von der Menschheit einen ständigen Tribut verlangte.

Ein kleiner Schlepper bugsierte die *Neptune* in die Fahrtrinne. Bald würde sie ihre Flügel ausspannen. «Schade, daß Lombardo von seiner Fahrt noch nicht zurück ist», meinte James, nur um irgend etwas zu sagen, denn Daniels Stirn zeigte tiefe Falten.

«Lombardo . . .?»

James lachte in sich hinein. «Er muß länger aufgehalten worden sein, als er erwartet hatte. Wahrscheinlich verflucht er sich in diesem Augenblick, weil er nicht früher zurückkommen konnte. Er ist ganz verrückt nach Musik und Oper», fuhr er fort, während ihn Daniel erstaunt ansah, «und diese italienische Sängerin soll heute abend auftreten. Diese Klara – Chiara . . .»

Daniel nahm sich nicht die Mühe, den Namen zu vollenden. Sein Stirnrunzeln vertiefte sich. «Wir haben andere Dinge zu tun, James. Kunst, lebensgefährliche Krankheit, jede andere mögliche Rücksicht . . . nichts darf uns jetzt aufhalten.»

Die Befreiung

«Wartet», sagte Isabel. Sie war außer Atem und lehnte sich einen Augenblick gegen einen Baum. «Wartet ...»

«Tante Isabel, wir müssen weiter!»

Nur ein blasser Lichtschein fiel von oben durch das dichte Laubwerk herab, und Charlottes Gesicht war kaum zu erkennen. Aber Isabel brauchte keine brennende Fackel, um zu wissen, daß es von Angst gezeichnet war. Sie befanden sich jetzt in einer Welt, wo der Dschungel immer dichter wurde, wo Himmel und Erde gleichermaßen verhüllt waren und man kaum einen Fuß vor den anderen setzen konnte. Es war eine unheimliche Welt, in die Charlotte sie geführt hatte.

«Ich muß rasten», stöhnte Isabel. «Rasten.»

«Komm weiter, meine Liebe», sagte Letty und legte ihr den Arm um die Taille, um sie zu stützen. «Es wird schon gehen. Ich helfe dir.»

Merkwürdig, dachte Isabel verwundert. Sie war am Ende ihrer Kräfte, und ausgerechnet Letty war es, die ihr jetzt beistand. Isabel wußte nicht, was mit ihr los war. Sie glaubte nicht, daß sie krank war. Als Charlotte sie in der Baumhöhle befreit hatte und ihr klargeworden war, daß ein Entrinnen im Bereich des Möglichen lag, hatte sie sofort reagiert. Aber die Besserung ihres Zustandes hielt nicht lange an. Sie war entsetzlich müde, nachdem sie die Hauptverantwortung seit der Abreise aus Santos auf der *Lady Isabel* getragen hatte und dann in dieses Abenteuer mit seinen Strapazen geraten war. Die drei waren erst wenige Meilen in den Dschungel eingedrungen, als Isabel wieder einen Schwächeanfall bekam und zu einer Last für die beiden anderen wurde.

Charlotte war überzeugt, den Weg zum Fluß zu wissen. Es gab keinen ausgetretenen Pfad, nicht einmal irgendeine Richtungsangabe, aber die junge Frau behauptete, sie habe vor langer Zeit von den Indianern gelernt, wie man einem Dschungelpfad zu folgen habe. «Man muß die Augen offenhalten», sagte sie zu Isabel mit einem kindlichen Selbstvertrauen, das unter den gegebenen Umständen wenig beruhigend wirkte. «Zweige und kleine Äste sind in eine bestimmte Richtung gebogen, wo Menschen vorbeigekommen sind. Es kann Fußspuren geben. Solange man weiß, worauf man achten muß, kann man sich nicht verirren. Ich habe das alles in Port Baines gelernt. Die Indianer haben mir dort viel beigebracht.»

Aber noch immer nicht genug, dachte Isabel trübsinnig. Noch immer nicht genug. Sie befanden sich in einem dichten Labyrinth, wo es unmöglich gewesen wäre, irgendwelche sogenannten Zeichen zu erkennen, auch wenn es diese gegeben hätte. Es war offenbar töricht gewesen, auf Charlottes Gedankengänge einzugehen. Wenn sie von Henriques und seinen Helfershelfern jetzt nicht eingeholt würden, mußten sie mit Sicherheit sterben. Und Letty – ausgerechnet Letty – war ruhig und gelassen, fast heiter. Das ergab keinen Sinn.

«Seht mal», sagte Letty und zeigte nach vorn. «Schaut dorthin.»

Sie standen in einer grünen Kathedrale, meinte Isabel schläfrig. Sie wünschte, sie könnte sich einmal richtig ausschlafen. Ein grünes Gewölbe dehnte sich hoch über ihren Köpfen aus. Wenn man lauschte, konnte man den Chor hören. Oder waren es wieder diese lächerlichen, kreischenden Vögel? Aber warum sangen sie dann ganz deutlich: ‹*Dies irae, dies illa* ...›?

Sie wurde jäh aus ihren Träumen gerissen. «Ja!» rief Charlotte fröhlich. «Ja, Letty, du hast recht. Es ist eine Fußspur. Die klarste, die wir bisher gesehen haben!»

«Ich wurde darauf aufmerksam, weil das Gebüsch sich dort in die kleine Mulde neigt», antwortete Letty. «Nach so etwas hast du doch schon den ganzen Tag Ausschau gehalten, Kind.»

Trotz des Schmutzes und der kleinen Schnittwunden, die das Geäst auf ihrem Gesicht hinterlassen hatte, strahlte Charlotte. «Ich hätte es *nie* bemerkt, Letty. Hier nicht. Warte mal einen Augenblick. Das heißt doch, daß der Pfad in diese Richtung führt, nicht wahr? Ja, das stimmt. Wir haben offenbar nur einen besonders schwierigen Abschnitt vor uns. Sobald wir erst einmal aus dem Dickicht heraus sind ...»

Letty und Charlotte scheinen sich jetzt besser zu verstehen, kam es Isabel in den Sinn, als Letty wieder erschien, um ihr zu helfen. Es ist wirklich erstaunlich. Man redet sich ein, daß manche Menschen solche Strapazen niemals aushalten können, und dann erweisen sie sich als die zähesten von allen ...

Chiara Santa sollte in dem Salon des Regierungsgebäudes singen, das bei Tag die Büroräume der Provinzverwaltung beherbergte. Sie hatte den ganzen Nachmittag mit dem Pianisten, den man ihr zur Verfügung gestellt hatte, geprobt und den Mann mit ihrer Gestaltung von *‹Madre, pietosa vergine›* aus ‹Die Macht des Schicksals› zu Tränen gerührt. Aber Chiara, die sich Sorgen machte, wo Daniel geblieben sein mochte – er hatte gesagt, er würde mit ihr zu Mittag essen, war aber dann nicht erschienen –, wußte, daß sie das letzte hohe A nicht ganz erreicht hatte. Sie probierte die Takte noch einmal und beging denselben Fehler. Als sie später nach der Probe von etwas anderem wieder zu *‹Madre, pietosa vergine›* zurückkehrte, erreichte sie den Ton wieder nicht ganz. Chiara nahm an, es seien lediglich die Nerven. Und eine innere Unruhe. Sie hatte ihre Kabinentür in der letzten Nacht auf dem Flußdampfer offengelassen, aber Daniel war nicht zu ihr gekommen. Warum nicht?

Sie ging ins Hotel zurück, um sich auszuruhen, zu waschen und umzuziehen. Noch immer war keinerlei Nachricht von Daniel eingetroffen. Chiara wußte nicht, was sie davon halten sollte. Die Bevölkerung betete sie an. Überall verbeugten sich die Menschen vor ihr, knicksten oder küßten ihr wenigstens die Hand. Aber Daniel war nicht in ihre Kabine gekommen, obwohl sie einmal in der fraglichen Nacht den bestimmten Eindruck gehabt hatte, er stehe draußen im Gang vor ihrer Tür. Warum war er wieder weggegangen? Hatte ihm die Göttin den Zutritt verwehrt? Sie legte sich eine Weile hin, und als ihr die Augen zufielen, kam Chiara Santa der Gedanke, daß sie, wenn sie ehrlich war, neuerdings nicht mehr auf die Stimme der Göttin gehört hatte. Hier in dieser ungewöhnlichen, extravaganten und höchst unwahrscheinlich anmutenden Stadt mitten im Dschungel war sie dem Unwirklichen ausgeliefert. Es war, wie Daniel gesagt hatte, ein ‹Leben dazwischen›. Daniels Lächeln verfolgte sie bis in den Schlaf. Er war wirklich ein sehr gutaussehender Mann, und die meisten Frauen würden sich geschmeichelt fühlen, seine Aufmerksamkeit zu erregen. Aber es gab ja schließlich auch

Hotelzimmertüren, die man offenlassen konnte, überlegte sich Chiara.

Als sie sich ankleidete, erwartete sie jeden Augenblick, Daniels Klopfen zu hören. Aber als dann schließlich angeklopft wurde, war es der Konzertmanager, der gekommen war, um sie im Frack und mit strahlendem Gesicht zu ihrem Auftritt zu geleiten. Der Salon lag an derselben Straße unmittelbar gegenüber dem Hotel.

Unten in der Halle hatten sich, mit Blumen und anderen Huldigungen, ihre Verehrer versammelt. Aber von Daniel war nichts zu sehen ... Chiara ärgerte sich und fühlte sich verletzt, denn ihm konnte bestimmt nichts zugestoßen sein. Davon hätte sie erfahren. Er blieb ihr also absichtlich fern. Was für ein Mann war er eigentlich? Der Konzertmanager trat mit wiederholten Verbeugungen in den Hintergrund. Chiara hatte wirklich nichts gegen ihn, aber sie hätte es am liebsten gesehen, wenn er beim Rückwärtsgehen in eine offene Falltür gestürzt und von der Bildfläche verschwunden wäre.

Donnernder Applaus empfing sie. Daniel wollte sie demütigen – das war es. Er hatte sich mit ihr in der Öffentlichkeit sehen lassen und kam jetzt absichtlich nicht zu ihrem Auftritt. Während sie lächelte und sich verneigte, wanderte ihr Blick über die goldlackierten Stühle hin, die man für das prächtig gekleidete Publikum aufgestellt hatte. Er mußte doch dort irgendwo sitzen. Vielleicht hatte er sich verspätet, war erschöpft, bereute sein Benehmen ...?

Chiara Santa begann zu singen. Ihre Stimme klang heute nicht so gut wie sonst, stellte sie gleich nach dem Anfang fest. Das Publikum, das ihr gebannt zuhörte, schien nichts zu bemerken, aber sie und die Göttin wußten es. Chiara wurde etwas unsicher, als sie die ersten Koloraturen anstimmte. War die Göttin vielleicht böse auf sie? Weil sie sich Daniel auserkoren hatte? Gewiß, sie hatte ihm nie gesagt, daß für ihre Beziehung nur ihre Bedingungen maßgebend sein könnten. Die Göttin konnte eifersüchtig werden, das wußte sie. Sie erinnerte sich an ihren ersten Gesangslehrer, der sie vor vielen Jahren unterrichtet hatte. Er hatte ihr eingeschärft, daß sie in den Dienst der schwierigsten und launischsten Herrin trete, die es gibt. Sei vor ihr auf der Hut. Violetta versagte in ‹La Traviata›, und du weißt ja, was ihr passiert ist.

‹Caro nome› fand begeisterten Beifall. Chiara fühlte sich ermu-

tigt. Hier brauchte sie Daniel gar nicht. Natürlich nicht. Sie brauchte keinen Mann, es sei denn einen von der Art, wie sie von der Göttin gutgeheißen wurde. Als ihre Stimme in *‹Madre, pietosa vergine›* in große Höhen emporstieg, wußte sie, daß sie auch hier Triumphe feiern würde. Die Spannung im Publikum war förmlich zu spüren. Ihr Vortrag war brillant. Es blieb nur noch das hohe A. Und diesen Ton erreichte sie zu ihrem eigenen Entsetzen wieder nicht ganz.

Das Ganze war natürlich verrückt. Sie hatte bisher das hohe A mit Leichtigkeit gesungen. Sie erreichte sogar notfalls das hohe C. Was war bloß los? Im Publikum entstand eine leichte Bewegung. Einigen Zuhörern war es aufgefallen. *‹Ah, che la morte!›* Sie sang den Refrain in schmelzendem Ton, um diejenigen, die ihre Ungenauigkeit bemerkt hatten, abzulenken. Aber das hohe A kam unentrinnbar näher.

Diesmal verfehlte sie den Einsatz um mindestens einen halben Ton. Die Unruhe im Publikum war jetzt erheblich lauter, und Chiara war erschüttert. Sie hatte noch nie so falsch gesungen. Sie hatte sich nie träumen lassen, daß ihr eine solche Ungeheuerlichkeit unterlaufen könnte.

Es war das Ende. Es war ihr Untergang. Die Gnade der Göttin war ihr offenbar genommen worden.

Weil die Göttin über sie aufs höchste empört und wütend war, da sie ihre Kabinentür für Daniel Fogarty unverschlossen gelassen hatte; so hatte sich die Göttin direkt eingeschaltet und ihre unwürdige Schutzbefohlene gerettet. Und Chiara hatte es nicht bemerkt.

‹Permi veder la lagrime! O terra, addio!›

«Weiter fahren wir nicht», befahl James ruhig. «Wir werden hier vor Anker gehen. Wenn Senhor Henriques einen Posten zurückgelassen hat, um den Landeplatz zu beobachten, dann braucht er nicht unbedingt zu wissen, daß wir mit geballter Kraft anrücken.»

Baines nickte kurz. Es wurde schon dunkel, und sie wollten so unauffällig wie möglich an Land gehen. Die Gruppe bestand aus ihm selbst, Baines, Daniel Fogarty und den beiden Seeleuten, die sich freiwillig gemeldet hatten, dazu die Indianer. Eigentlich hätten sie die Reise mit einer *cuberta*, die auf dem Fluß weniger Aufsehen erregt hätte, unternehmen sollen. Aber es hatte nie außer Frage gestanden, daß sie diese Unternehmung mit Hilfe der prächtigen *Neptune* durchführen würden. Baines hatte dies für durchaus passend gehalten.

Sie ließen ein Beiboot zu Wasser und ruderten ans Ufer. Alles war still, während sie sich einer verlassenen Stelle näherten. Ein Alligator glitt in der Nähe ins Wasser und erschreckte sie.

«Mein Gott», murmelte Baines. Er verachtete dieses Meeresgetier, das weder ein echtes Seeungeheuer darstellte noch mit den Delphinen etwas gemein hatte, die den Seemann zum Lachen brachten, wenn sie neben dem Schiff aus dem Wasser sprangen, wieder eintauchten und sofort wieder erschienen.

«Und wenn William stirbt?» flüsterte Daniel neben James.

«Sei nicht dumm. Rede nicht so.»

«Falls William stirbt, wird es für mich der härteste Schlag sein, den ich je habe ertragen müssen», fuhr Daniel im Flüsterton fort. «Aber ich weiß jetzt, was ich vorher nicht gewußt habe, daß, falls Isabel stirbt ... es noch viel schlimmer sein wird. Das würde mein Ende bedeuten.»

James runzelte die Stirn. Er fragte sich, ob er aus tiefstem Herzen etwas Ähnliches sagen könnte. Falls Charlotte stirbt ... falls Letty stirbt ... Er zog es vor, diese Fragen aus seinen Gedanken zu verbannen. Er tat das Bestmögliche, damit niemand zu Tode kam.

Sie gelangten ans Ufer, als es noch nicht ganz dunkel geworden war. Die Indianer, die die Zeichen des Dschungels lesen konnten, sollten sie von dieser Stelle aus landeinwärts bis zu der Lichtung führen, wo Henriques' Haus stand, und ihnen dann den Pfad zeigen, den man James mit einer Binde über den Augen entlanggeführt hatte. Die Gruppe hoffte, daß sie auf den Überraschungseffekt bauen konnte, und sie hatten sich einen Angriffsplan zurechtgelegt, der zu keinem Blutvergießen führen würde. Aber James hatte grimmig gemeint: «Dieser Schurke ist bewaffnet, und wir werden uns nicht einfach hinstellen und von einem solchen Kerl erschießen lassen.»

Der Weg durch diesen Küstenstreifen des Dschungels war nicht schwierig. Als die Nacht schließlich hereinbrach, ließ James halten, und sie legten sich alle auf den Boden, um sich auszuruhen. In der

Morgendämmerung wollten sie weiterziehen. Der Dschungel war voller Geräusche, und James wachte immer wieder auf. Es war wie auf der See, wenn irgendeine Gefahr drohte, die man aber noch nicht genau ausmachen konnte. Das Gesicht, das ihm im Halbschlaf ständig erschien, war merkwürdigerweise nicht das von Charlotte, wie er erwartet haben mochte, sondern Lettys. Auf See, wenn Gefahren drohten, ohne daß er genau wußte, woher, war ihm im Schlaf immer das Gesicht von Anne erschienen.

Als der neue Tag anbrach, gelangten Charlotte, Letty und Isabel (die immer noch von Letty gestützt wurde) an einen Dschungelfluß. Sie hatten auf ihrem Nachtlager das Rauschen des Wassers gehört, und als der erste Lichtschein des anbrechenden Tages durch die Baumkronen herabfiel, gingen sie in dieser Richtung weiter. Am Ufer ließen sie sich einfach hinfallen und hielten die Köpfe ins Wasser. Sie hatten über einen Tag nichts mehr gegessen, und auch davor war ihre Verpflegung alles andere als gut gewesen. Sie hatten Hunger und Durst; sie waren übermüdet und völlig verschmutzt.

Nach kurzer Zeit hob Charlotte den Kopf aus dem kühlen, reinigenden Wasser. «Sollen wir etwas zu essen suchen?» fragte sie mit tonloser Stimme. «Irgendwo muß doch etwas zu finden sein ...»

«Wie weit müssen wir noch gehen?» fragte Letty. «Ich habe den Eindruck, daß wir uns im Kreis bewegen ...» Charlotte merkte, daß es für Letty eine erhebliche Belastung war, Isabel mitzuziehen. Aber Letty hatte sich damit einverstanden erklärt – beinahe pflichtschuldigst, wie ihre Stieftochter fand –, daß Charlotte der Pfadfinder war und deshalb von anderen Aufgaben, die ihre Konzentration beeinträchtigt hätten, befreit werden mußte. Letty zeigte sich jetzt von einer ganz anderen Seite, sinnierte Charlotte. Es ist eine Seite, die ich ihr noch vor kurzem nicht zugetraut hätte. «Wie wird es denn sein, wenn wir schließlich den Strom erreichen? Vielleicht ist es eine unwirtliche Stelle, wo nichts wächst.»

«Vater wird zu dem mit Henriques vereinbarten Treffpunkt zurückkehren. Er muß. Ich hoffe, daß dieser Pfad uns direkt zu ihm führen wird.»

«Glaubst du denn, daß dein Vater unsertwegen fünfzig Millionen *Reis* ausgeben wird?» fragte Letty. Sie fühlte sich jetzt ebenso erschöpft, wie Isabel aussah. «Das ist fast ...» Sie konnte nicht weitersprechen. Sie machte eine resignierte Handbewegung. «Wird ihm denn nichts Besseres einfallen, als eine solche Summe Geldes einfach wegzuwerfen?»

«Letty!»

«Man muß für eine solche Investition auch selbst etwas bekommen. Er bekommt dich zurück, natürlich – aber er muß auch mich wieder zurücknehmen ...» Letty sprach jetzt Auge in Auge mit ihrer Stieftochter, von Frau zu Frau. «Ich war dumm, Charlotte. Wirklich sehr dumm, weil ich nicht eingesehen habe, daß seine Zuneigung zu dir in gar keiner Weise seiner Zuneigung zu mir im Wege stand. Er ist kein Mann, der seine Gefühl zeigt, gewiß, aber ich sehe jetzt ein, daß er mir das Maß an Liebe geboten hat, dessen er fähig war. Ich habe ihm gesagt, dies sei nicht genug. Ich habe ihm gesagt, ich sehnte mich nach einer anderen Art von Liebe, oder ich würde auf die Liebe überhaupt verzichten. Ich habe ihm zum Vorwurf gemacht, daß er dich liebte. Er – und du – ihr müßt ziemlich durcheinander gewesen sein.»

Tränen standen in Charlottes Augen, während sie die andere Frau ansah; sie waren nicht nur die Folge von Überanstrengung und Erschöpfung. «Weißt du denn nicht, daß ich dich stets geliebt habe, soweit es möglich war, Letty? Du warst nicht meine Mutter, und das wußte ich. Aber das hieß nicht, daß ich dir nicht dankbar für das, was du tatest, gewesen wäre. Daß ich dich nicht gebraucht hätte. Vielleicht bin auch ich so wie Papa. Nicht fähig, meinen Gefühlen Ausdruck zu verleihen.»

«Kind, Kind.» Letty war auch gerührt und ergriff Charlottes Hand.

«Letty, verzeih mir.»

«Meine liebste Charlotte!»

«Guten Morgen, meine englischen Ladies», sagte eine sanfte Stimme hinter ihnen. «Ich sehr hoffen, Sie gut geschlafen.»

Letty riß den Kopf herum, und Charlotte stieß einen lauten Schrei aus. Henriques stand an dem nächsten Baum, das Gewehr in der Hand, und seine weißen Zähne blitzten auf. Der Neger stand hinter ihm sowie zwei andere bewaffnete Männer, die die Frauen bisher nicht gesehen hatten. Henriques lächelte gewinnend.

«In Dschungel herumlaufen ist nicht leicht», meinte er lächelnd. «Leute kommen manchmal dabei um. Sie müssen Pfad gut kennen.» Er grinste breit. «Aber Sie haben Glück, englische Ladies. Sie sind *curupira* nicht begegnet.»

Er lachte laut und ausgiebig, und das Echo hallte von den hohen teilnahmslosen Bäumen zurück.

Der führende *caboclo* wies den Weg. James kam sich klein und unbedeutend angesichts der Art und Weise vor, in der diese Menschen lange und aufmerksam beobachten, sich dann mit völliger Sicherheit für die einzuschlagende Richtung entscheiden und dann geräuschlos wie eine Katze auch durch den dichtesten Dschungel bewegen konnten. Der weiße Mann konnte so etwas nicht. Der weiße Mann hatte andere Fähigkeiten und hielt sich für überlegen. Aber waren diese Fähigkeiten weniger wert? James hatte die Fähigkeiten des weißen Mannes in diesem Lande zum Tragen gebracht, besonders mit seiner großartigen Brücke, die die Schlucht bei Port Baines überspannte. Aber diese lag jetzt als ein verrosteter Haufen auf dem Boden der Schlucht. Würden die Indianer sich jemals so haben in die Irre führen lassen?

«Mein Gott, Sir!» Es war Baines. Der führende *caboclo* war plötzlich stehengeblieben und zeigte nach vorn. Durch eine kleine Öffnung in den Bäumen waren plötzlich Menschen zu sehen. Sie bewegten sich über einen an dieser Stelle verhältnismäßig breiten Dschungelpfad und merkten offenbar nicht, daß sie beobachtet wurden. Es waren drei bewaffnete Männer; einer von ihnen war ein Neger, einer Henriques; dann folgten Letty und Charlotte Onedin, die Isabel Fogarty von beiden Seiten stützten.

«Isabel!» Es war nur ein Flüstern, aber Daniel Fogarty war durch den Anblick seiner Frau zutiefst erschüttert. Er hatte bei ihr noch nie eine solche Erschöpfung und einen solchen Verfall in ihrem hübschen Gesicht gesehen. Er begriff jetzt, was er selbst dazu beigetragen hatte, um diese Veränderung in ihr herbeizuführen. Er hatte dies, in einem Anfall von Wahnsinn, seiner Frau angetan, die Williams Mutter war. Und William lag vielleicht im Sterben.

James umspannte mit der Hand den Revolver, den er in seinem Gürtel bei sich hatte. Baines legte ihm sofort die Hand auf den Arm.

«Jetzt noch nicht, Sir», zischte er. «Warten Sie, bis sie an uns vorbeikommen. Dann können wir sie überwältigen.»

James hielt inne und war sich zum erstenmal der Tatsache bewußt, daß es ihm tatsächlich ein Vergnügen bereitet hätte, Henriques umzubringen. Der Mann war ein Verbrecher, der nur dann seiner gerechten Strafe zugeführt werden konnte, wenn er den Behörden übergeben würde; aber es lag vielleicht eine gewisse Unlogik darin, ihn auszuliefern. Daniel und er waren gekommen, um ihr Vorhaben im Alleingang durchzuführen. Sie mußten ihre eigenen Angelegenheiten selbst in Ordnung bringen.

Die *caboclos* waren im Dschungel untergetaucht, da sie wohl spürten, daß sie ihren Auftrag erfüllt hatten. James, Daniel und Baines warteten, während die kleine Gruppe näher herankam. Baines gab den beiden Seeleuten, die bei ihnen waren, ein Zeichen, den Flankenschutz zu übernehmen. Dann, als Henriques und die Frauen den nächstmöglichen Punkt erreicht hatten, stieß Baines ein urweltliches Gebrüll aus, sprang aus der Deckung und stürzte sich auf den Neger.

Der Neger war zwar ein kräftiger Bursche, aber nicht ein Hüne wie Baines. Das waren nur wenige, kam es James in den Sinn, als er sich auf den anderen Mann stürzte. Der Neger ging nach einem vernichtenden Hieb zu Boden, dann hob Baines das Bein und rammte Henriques den Stiefel in die Magengrube, worauf dieser zurücktaumelte und hilflos niedersank. Die zwei Seeleute waren inzwischen zu beiden Seiten der Gruppe erschienen, was den dritten Mann veranlaßte, Hals über Kopf im Dschungel zu verschwinden. Daniel rannte auf Isabel zu und nahm sie in den Arm, als Letty und Charlotte sie losgelassen hatten. Isabel lehnte sich gegen ihren Mann und sah ihn mit weit offenen Augen an.

«Daniel», flüsterte sie. Sie schien nicht im geringsten überrascht zu sein. «Natürlich. Ich habe oft über dich nachgedacht, Liebster. So oft. Es war dumm von mir, mich so abkapseln zu wollen ...» Und sie fiel lächelnd in eine Ohnmacht.

Nachdem James seinen Mann niedergeschlagen hatte, drehte er sich um. Plötzlich war Henriques wieder auf den Beinen und hielt sein Gewehr im Anschlag. James wollte sich auf ihn stürzen, aber Henriques richtete seine Waffe bereits auf Letty und Charlotte, die sich zu einem Baumstamm zurückgezogen hatten. Sie schrien vor Entsetzen auf. James warf sich auf sie und riß sie zu Boden. Die Waffe ging los, und die Kugel traf den Baum, wo sie gestanden hatten. James schob Letty rasch hinter sich, um sie mit seinem Körper zu decken. Er zog den Revolver.

Wieder ertönte ein Schuß, aber er ging in die Luft, ohne Schaden anzurichten. Baines hatte sich mit aller Kraft auf Henriques gestürzt und dessen Gewehr nach oben gerissen. Gleichzeitig versetzte er ihm einen solchen Hieb in die Magengegend, daß Henriques kaum einen Laut von sich gab. Er riß weit den Mund auf, und ein gläserner Ausdruck trat in seine Augen. Er sackte zu einem kümmerlichen Haufen am Fuße eines Baumes in sich zusammen.

James ließ den Revolver sinken. Er hatte wenigstens niemanden zu töten brauchen. Das hätte sein Gewissen belastet. So wie die Indianer. Die Indianer, von deren Sklavenarbeit er profitiert hatte. Daniel hatte inzwischen Isabel auf die Arme genommen. Sie schlummerte friedlich, wie sie wahrscheinlich seit langer Zeit nicht mehr geschlummert hatte.

«James.» Es war Lettys Stimme. Seine Augen wanderten zu ihrem verhärmten, von Schmutz gezeichneten Gesicht. Sie betrachtete ihn, wie ihm schien, mit einem Ausdruck höchster Verwunderung. «Du wolltest *mich* retten», sagte sie leise. «Mich ...»

James wußte nicht, was sie damit meinte, bis sein Blick auf Charlotte fiel. Sie lag nicht weit von ihnen am Fuß des Baumes und schluchzte vor Erleichterung. Sie war offenbar noch unter der Einwirkung des Schocks. Sie war Henriques völlig ausgeliefert gewesen. James hatte daran gar nicht gedacht, sondern in dieser Situation, wo es um Leben und Tod ging, sich nicht vor seine Tochter, die er so liebte, sondern vor seine Frau, die er nicht zu lieben glaubte, gestellt.

James schob den Revolver wieder in den Gürtel. Sie mußten jetzt die *caboclos* zurückrufen, denn diese allein konnten sie aus diesem Dschungellabyrinth zum Wasser zurückführen, wo ein befreiender Wind alle Erinnerungen an Bitterkeit und törichte Mißverständnisse wegblasen würde.

Zu neuen Ufern

«... du meinst, daß es ihm tatsächlich gelungen ist?» fragte James in ungläubigem Ton. «Er hat die Kautschukpflanzen, die ich nach England gebracht habe, mit sich nach Ceylon genommen, und sie gedeihen dort?»

«Sie gedeihen sogar ganz ausgezeichnet», erwiderte Letty. «Angeblich soll er dafür in den Adelsstand erhoben werden – *Sir* Henry Wickham. Und das alles nur deshalb, weil er innerhalb des britischen Empire eine neue Kautschukquelle geschaffen hat. Wir sind nicht mehr nur von Brasilien abhängig. Von Menschen wie *dir.*» Und sie lächelte nachsichtig.

«Mich trifft der Schlag», sagte James. Er war fassungslos. Er sah sich in der weitläufigen Hotelhalle um. Er und Letty bewohnten das Fürstenzimmer, das bis vor einigen Tagen die Opernsängerin Chiara Santa gehabt hatte. Sie war ziemlich plötzlich aus Manáos abgereist – über ihren Auftritt recht unglücklich, wie der Manager gesagt hatte. Aber seiner Meinung nach – und er würde natürlich niemandem ein Wort davon sagen – spielte ein Gentleman dabei eine Rolle. *Sim, seguro.* Ein Gentleman von Rang. Der auf eine gewisse Diskretion großen Wert lege ...

«James», begann Letty zögernd, «jetzt kann ich es dir ja sagen. Ich weiß, ich habe Anne in deinem Leben nicht ersetzt. Das wäre unmöglich. Aber –»

«Sei still, Letty, still. Das gehört der Vergangenheit an.»

Der Vergangenheit. Wie rasch doch alles zur Vergangenheit wurde, dachte sie. Und die Zukunft ...? «Kehrst du jetzt nach Liverpool zurück? Und nimmst deine Geschäfte an dem Punkt wieder auf, wo du sie hast liegenlassen?»

Ihr Mann seufzte. «Wenn Kautschuk auch anderswo wächst, dann kann man in Manáos wohl kein Vermögen mehr verdienen», erwiderte er. «Wenn ich aber nach Liverpool zurückgehe, könnten dort erhebliche Probleme entstehen. Werdet ihr – du und Charlotte – mich im Gefängnis besuchen?»

«Rede nicht solchen Unsinn», empörte sich Letty, die plötzlich wieder zur Gouvernante geworden war. «Gefängnis! Du hast hier eine Menge Geld verdient. Du wirst einen großen Teil deiner Schulden sofort begleichen können. Und für den Rest werden deine Gläubiger stillhalten.»

«Es ist das Ende der Onedin-Linie.»

«Nicht, wenn du auf Isabel hörst.»

«Ach, Isabel ...»

«Und Daniel.»

«Daniel!»

James erinnerte sich, wie Isabel, die sich nach diesen Strapazen im Krankenhaus befand, geweint und sich hilflos eine lange Zeit an Daniel geklammert hatte. Das hatte ihn überrascht, denn James hatte nicht geglaubt, daß zwischen den beiden noch eine echte Zuneigung bestand. Er hatte eher zu der Annahme geneigt, daß diese Ehe im Begriff war, auseinanderzugehen. Isabel schien lediglich unter Erschöpfungserscheinungen zu leiden. Und was William, ihren Sohn, anging, so war bekannt geworden, daß er bestimmt wieder genesen würde. Die Rekonvaleszenz würde zwar lange dauern – wie immer bei derartigen Erkrankungen –, aber er blieb am Leben. Das tödliche Gelbfieber hatte ihm nichts anhaben können.

«Letty ...», es war jetzt an James, nach den richtigen Worten zu suchen, «als ich – dich vernachlässigte – ich hoffe, du weißt, es war ein Mißverständnis auf meiner Seite. Ich war so verbissen in meine Absicht, das verlorene Vermögen zurückzugewinnen, daß ich mich nicht so um dich gekümmert habe, wie es richtig gewesen wäre. Das mußt du einsehen. Ich hätte nie vorsätzlich –»

«Still, James, mein Liebling», unterbrach ihn Letty. Ihr war leicht ums Herz geworden, und sie lächelte. «Sei still. Das gehört der Vergangenheit an.»

Eine Woche darauf stand James mit der wiedergenesenen Isabel im Hafen von Manáos und schaute auf die Schiffe hinab, die dort festgemacht hatten. Die Drahtseilbahn war unermüdlich beim Löschen der Ladungen und beim Beladen der Schiffe tätig.

«Du wirst jetzt wieder auf dein Schiff zurückgehen», sagte

James. «Die *Lady Isabel* ist von Pernambuco nach Para gebracht worden. Deine Piraten haben ihr keinen Schaden zugefügt.»

«*Dein* Schiff», berichtigte ihn Isabel und schaute hinaus auf die Aktivität, die auf dem gewaltigen Strom herrschte. «Die *Lady Isabel* ist jetzt dein Schiff.»

«Isabel, hör mir mal zu –»

«Ich sage dir, so muß es sein.» Isabels Stimme klang fest und unnachgiebig. «Ich habe Daniels Einverständnis und die Zusage finanzieller Unterstützung für dich, und zwar ohne weitere Bedingungen. Damit ist die Angst vor dem Bankrott beseitigt. Ich muß zwar noch Williams Zustimmung zu diesem Vorschlag einholen, aber ich bin sicher, daß er einverstanden sein wird. Schließlich ist er an der Firma Frazer in Wirklichkeit nicht interessiert. Jedenfalls nicht im Sinne eines Unternehmers. Er haßt die See.»

Haßt die See. Der Gedanke machte James Onedin frösteln. Sein Blick lag auf der *Neptune*, die an einem Ponton festgemacht hatte. Er glaubte, die hohe Gestalt von Baines an Deck ausmachen zu können. Er wollte sein Kommando nicht zurückgeben. Sie übernahmen gerade eine gemischte Fracht, mit der das Schiff nach England zurückkehren sollte.

«Eines will ich dir ganz deutlich sagen», meinte James gedehnt. «Du wirst die Firma Frazer für eine symbolische Summe an die Onedin-Linie verkaufen. Dafür garantiere ich dir und William auf Lebenszeit eine finanzielle Beteiligung sowie nach unserem Tod unseren Erben und Rechtsnachfolgern zu gleichen Teilen.»

«Einfach so – ja.»

«Aber verdammt noch mal», fuhr James auf. Die Rahen der *Neptune* überragten jedes andere Schiff im Hafen. «Was soll ich denn mit Frazer anfangen? Ich würde dann in die Dampfschiffahrt einsteigen.»

«Ihr gehört sowieso die Zukunft, James.»

«Aber ohne mich.»

«Auch ohne die übrige Welt?»

«Die verdammte Welt ist mir gleichgültig.»

«Aber du sorgst dich um die Menschen dieser Welt», gab Isabel zurück. «Du hast dir große Mühe gegeben, damit Henriques' Sklaven freigelassen und angemessen versorgt wurden. Und du hast für die Antisklaverei-Bewegung in England große Summen gespendet. Oder war das alles nur deshalb, um Charlotte einen Gefallen zu tun? Weißt du eigentlich, daß das Mädchen Anthropologie studieren will, James?» fügte Isabel mit einem gewissen Nachdruck hinzu. «Und sie wird dazu im Stande sein, wenn du Frazer übernimmst und ihr einen entsprechenden Geldbetrag zur Verfügung stellen kannst. Die Lage der Frauen hat sich geändert. Schon seit einiger Zeit.»

James sah sie stirnrunzelnd und erstaunt einen Augenblick an. «Wie hast du Daniel Fogarty dazu gebracht, finanziell die Bürgschaft für ein Unternehmen zu übernehmen, in das ich vielleicht einsteigen könnte, Isabel?» fragte er. «Ich bin mir bewußt, daß wir beide uns versöhnt haben – wenn das der richtige Ausdruck ist –, aber er handelt bemerkenswert selbstlos.»

Isabel zwinkerte mit den Augen, während sie auf das glitzernde Wasser hinunterschaute. Es war ein klarer Tag, und der Fluß sah ausnahmsweise beinahe anziehend aus. «Da war einmal das Problem mit einer gewissen Opernsängerin», antwortete sie sanft und strich sich lächelnd über die Haare. «Der arme Daniel. Er hat ein schlechtes Gewissen, aber ich glaube ihm, wenn er sagt, daß er gar nicht so viel zu bereuen hat. Aber William hat die weite Reise hierher unternommen und wurde krank, weil er glaubte, daß Daniel mich betrügt. Ja.» Ihre Augen begannen wieder zu tanzen. «Betrug ist etwas Schreckliches. Er dürfte Daniel vielleicht noch mehr Selbstlosigkeit kosten, bevor er endgültig in Vergessenheit gerät. Aber er ist ein freigebiger Mann, das weißt du ja. Er schenkt gern.»

James sah wieder zur *Neptune* hinüber. Er glaubte, die großen Segel, die noch eingerollt waren, sich blähen zu sehen, wenn das stolze Schiff vor dem Wind dahinlief.

«Merkwürdig, daß sich ein Mann wie ich mit diesen verdammten Kohlenpötten abgeben sollte», meinte er griesgrämig. «Sogar der Eiserne Jack pflegte zu Lebzeiten zu sagen, daß ich nicht dazu geboren sei, mit einem stinkenden Dampfschiff um die Welt zu fahren. Entweder lag ich bei Flaute still, oder ich flog nur so dahin.»

«Das kann wieder so werden. Es ist jetzt zu einer Frage des Unternehmungsgeistes geworden. Der Dampf braucht Männer wie dich, um die größten Höhen zu erreichen.»

«Und was wird aus dir?»

«Oh, ich werde wieder eine einfache Hausfrau», antwortete Isabel schlicht. «Es ist meine freie Wahl, falls du auf andere Gedanken kommen solltest. Daniel weiß, daß ich jederzeit wieder fortgehen und selbständig werden könnte, falls er versucht, mich zu einem Möbelstück zu degradieren, wie er es getan hat. Aber ich möchte mit ihm in Australien leben. Ich möchte seine Ehefrau sein.»

«Die *Neptune* soll euch dorthin bringen», sagte James, einer plötzlichen Eingebung folgend. «Die letzte Reise auf einem freien Schiff, bevor sich die Welt in Fesseln legen läßt.»

«Glaubst du, daß es so schlimm wird? So völlig hoffnungslos?»

«Wir haben die schönsten Zeiten erlebt», erklärte James Onedin seiner Schwester. «Wir haben erfahren, wie ein Mann wirklich frei sein kann – so frei, daß er sein Schiff niemandem, auch nicht einem anderen Kapitän, sondern nur dem freien Wind überantworten will. Und wir haben das Geheimnis des Meeres erfahren und geliebt; dies wird jetzt vergessen sein. Vielleicht ist es ein Geheimnis, das von vornherein nur von ganz wenigen begriffen worden ist. So sind wir die Auserwählten gewesen. Und unsere Namen stehen auf den ewigen Weltmeeren geschrieben.»

Er stand hoch oben auf dem Achterdeck, während die *Neptune* sich hob und senkte. Die Seefahrer, die so wie er das Geheimnis des Meeres erfahren und geliebt hatten, waren bei ihm. Die Falleinen knarrten, und die Takelage spannte sich, als sich die gewaltigen Segel über ihren Köpfen blähten. Über der endlosen Wasserfläche versank die Sonne blutrot hinter dem Grün des Dschungels. Aber er fürchtete sich nicht. Wenn sie in die Nacht hineinfuhren, würde bestimmt danach ein neuer Tag anbrechen.

1045/4

Das Haus am Eaton Place

Porträt einer englischen Familie

die Romane zu der erfolgreichen Familienserie

Bis jetzt erschienen:

Porträt einer Familie
John Hawkesworth · rororo Band 1937

Die Frauen der Bellamys
John Hawkesworth · rororo Band 1938

Die Zeiten ändern sich
Mollie Hardwick · rororo Band 1939

Für König und Vaterland
Mollie Hardwick · rororo Band 1952

Dornen im Siegerkranz
Michael Hardwick · rororo Band 4160

Ende und neues Beginnen
Michael Hardwick · rororo Band 4194

901/2